长路远方

万 军 著

江西教育出版社
JIANGXI EDUCATION PUBLISHING HOUSE

图书在版编目（ＣＩＰ）数据

长路远方 / 万军著. — 南昌：江西教育出版社，
2019.4

ISBN 978-7-5705-0471-8

Ⅰ. ①长⋯ Ⅱ. ①万⋯ Ⅲ. ①散文集－中国－当代
Ⅳ. ①I267

中国版本图书馆 CIP 数据核字(2018)第 195136 号

长路远方

CHANGLU YUANFANG

万军　著

江西教育出版社出版

(南昌市抚河北路 291 号　　邮编：330008)
各地新华书店经销
江西千叶彩印有限公司印刷
787 毫米×1092 毫米　　16 开本　　16 印张　　字数 200 千
2019 年 4 月第 1 版　　2019 年 4 月第 1 次印刷
ISBN 978-7-5705-0471-8
定价：39.80 元

赣教版图书如有印装质量问题，请向我社调换　电话：0791-86710427
投稿邮箱：JXJYCBS@163.com　　　　电话：0791-86705643
网址：http://www.jxeph.com

赣版权登字-02-2018-475

山水人家　山水　水墨纸本　2018年

奔驰　山水　水墨纸本　2018年

送君千里終有別
江水茫茫情意長
此去江南商旅事
歸來且聽古琴音
戊戌萬軍書

送君千里　山水　水墨纸本　2018年

游江图　扇面　水墨纸本　2018 年

青烟禅思　扇面　水墨纸本　2018年

所谓性相近，习相远，道不同

道合的朋友。近年好习书画。结交一批志同

朱老志。近墨者黑。其才情志养令我钦佩不已。近

养。首推陈玫先生。而娱乐精神和艺术感觉。江西籍

视主编大伽陈深先生刀首屈一指。此人脸门光光聪明远顶

智高情商皆为一流。浑身充满喜感。其文人画偶抄一帜几年

思陈。玉叔兴半行已深入人心。或为其标志性的乌

等躬。还有江西著名编剧人兼收藏家文

如今在滕章画界小有名气。一

陆云推出铁跌两位篆刻高手熊武和勒威二位。执刀迷石几十年

一时绝尘。年拖的文人诗有诗书画之

向演先生不但文采出众。如此不得不

向演先生不但文采出众

人。绝不可少金石篆刻之友

一群人经常聚在一起。各

灵感和火花四溅。艺术责者需要这样的氛

感觉。我摆小酒。一番小聚。切磋交流。夫复何求

珍惜这种缘分。喜欢这种感觉。我们一起

努力。不求其他。但求纾解即可。

戊戌新春蕉军题识

日照香炉生
紫烟遥看
瀑布挂前川
飞流直下三
千尺疑是银
河落九天
戊戌 萬軍作

望庐山瀑布　山水　水墨纸本　2018年

登庐山远眺图　山水　水墨纸本　2018年

书法作品　水墨纸本　2017 年

等於人類的浮想

媒體上说。地球不遇是外星人的一個试验基地。人数不遇是其豢養的一批動物。相對於地球生物的多樣性。人数不遇相對高級一點而已。故替时代成為了地球的统治者。徑由他们思想信仰的演变。或我我争戰。荒的肆虐。徑中觀察人类及其他生命的思耐力。承受力。变化力和创造力。地球的需临滄田。朝代交替。豈非什麽神和主在起作用。這一切都是外星人试验计划和程序的一部分。生存或是毁滅。最终的主尊權和裁决権芒不由人类操纵。外星以人类無法發現的體系存在於我们另一個空间。随観测和记录着人类。

丁酉萬軍書。

山水有真意
深树隐生机
丁酉初夏黄军

山水有意　山水　水墨纸本　2017年

雙休本来
喫盂茶
偏偏喜歡
玩書畫
半桶水
平戋的很
天天涂鸦
来越狠
丁酉仲夏
志六勵畫

吃茶去　小品　水墨纸本　2017 年

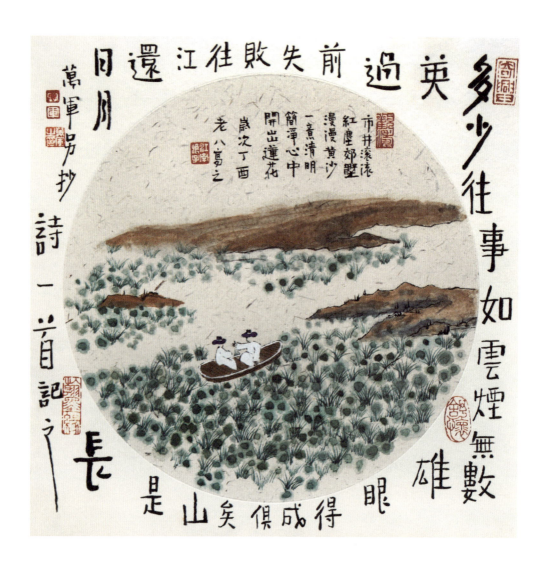

多少往事如雲煙無數雄

英過

前失敗往江還日月 萬軍男抄 詩一首記之長

眼得成俱矣山是

市井滾滾
紅塵郊墅
漫漫黃沙
一意清明
簡淨心中
開出蓮花
歲次丁酉
老八寫之

往事如烟　小品　水墨紙本　2017年

移舟泊煙渚
日暮客愁新
野曠天低樹
江清月近人
丁亥清秋
萬軍

宿建德江　山水　水墨纸本　2017 年

撫琴彈奏
震山河
琴舞乾坤
婉韻和
聽峰弄潮
臨江生
雨雲搖曳
醉笙歌

丁酉英軍

抚琴图　人物　水墨纸本　2017 年

目　　录

光影

泉思

清韵

记忆

杂弹

论剑

光影

冬天的逆旅行

难得的一次短年假，选择了走一趟白山黑水。当别人候鸟般地"逃离"，我却选择短暂性深入。

之前有人就说，这时候去东北有些"蛇精"，人家东北人此刻大多在三亚潜水。对南方人来说，零下十几摄氏度的寒冷似乎是个恐怖的概念，而在祖国的东北端，这不过是严冬的开始，暖冬条件下南方越来越稀缺的银装素裹，在这却是习以为常。

旅行，是从自己呆腻的地方到别人呆腻的地方去。大多国人的旅行，喜欢追逐名山大川、名胜故里，尤其黄金周出行，长城只见长龙，断桥快被挤断，一组照片除了人头不见我，这种"花钱买罪受"的体验，大大降低了旅行的品质。

一个在网络上与我有缘相识快十年的朋友，一再推荐他的家乡吉林和有着"中国十大名山"之誉的长白山，说那里的冬景美得令人心颤，值得一去。

南方人看大山的机会很多，尤其像我这般年纪的人，多少到了"见山不是山，见水不是水"的境地，选择冬天去长白山，或许与高寒、雪景和我一贯的逆向思维有关。

心情即是风景！旅行是一种眼睛、味蕾和心灵的综合感受，去什么地方并不重要，和什么人去很重要；旅行的目的地不重要，旅行所经历的过程体验最重要。当别人趋之若鹜的时候，选择"剑走偏锋"，或许有一种另类的收获。

年假的旅途就穿行在这广袤的白山黑水间，而"白山"所指的正是长白山。冬日的东北大地显得空旷而寂寥，沿途车流稀少，大路朝天，因为冰雪皑皑，所以一路小心翼翼。

随着海拔的逐渐升高，被雪覆盖的山峦绵延起伏，白茫茫的大地如冰雪般凝固，屯落静静地散落在大山深处，稀疏有致的房屋相对低矮，房顶青瓦缝隙中烟囱偶尔冒出的白烟，告诉你那里存有生命的气息。

大片的原始森林越来越茂密，只是因为冬天，落叶早已随风，留下那成片不知道年轮高耸的树干和枝丫，颇有枯枝迎风、桀骜不驯之感，宛若一幅幅冬日的写意国画。更有挺拔颀长、舒展高洁的长白松，当地人称之为"美人松"，因为它的青松气质，我更愿意把它形容为一个修长俊秀的"长腿欧巴"。

抵达长白山登顶入口，两次换乘景区的观光车和越野车。"以环保的名义"已经成为许多国内景点常用的"套路"，但在冬天的长白山却有必要，因为冰天雪地，山路蜿蜒，没有经验的老司机很难驾驭，毕竟安全第一。

老天眷顾，天气晴好，阳光直射得有些刺眼，天空一望无际的湛蓝，只是冬季游客稀少，山门为我大开。向海拔 2600 多米长白山天池进发，观光车司机告诉我们，今天看到长白山天池的概率为 99.99%，比较难得。顿时，全身包裹严实下的心情开始绽放，且有一种"超值购物"之感。

魏魏长白山，天池在眼前。下车后，才真正感觉到什么是"高处不胜寒"。朔风劲吹，寒气逼人，如果不是景区工作人员及时清扫，顶峰的山道

早已是雪漫膝盖，寸步难行。

对长白山天池的前世今生，很多人多少有些了解。曾经的"全部拥有"而今已成为中朝界湖，白山依旧在。正南向那个邻国，把这里称为"圣山"，赋予其某种特殊的血脉传承符号。

中国每一座名山，几乎都披上了某种神奇的面纱，留下了各种传说，这或是旅游文化的需要，天池也不例外。当地人说，能看见天池多是有福之人。因为，在一年中，只有三分之一的时间才能窥见天池的真容全貌，大部分时间都掩映在云雾中，而冬天是邂逅它最好的季节。

虽然高寒风大，游兴丝毫不减。面朝名山圣湖，你隐约感觉它非同一般的圣洁而神秘，你想大声呐喊又恐惊扰了它的宁静。环湖侍立的雪峰仿佛是它的御前卫士，整个湖面如一块晶莹剔透的玉璧，平和而不张扬，高洁又略显矜持，立于苍穹之下，澄澈得了无牵挂。

山上的简餐，是长白山温泉沸水煮过的几个鸡蛋和玉米棒，然而，在"美色诱惑"下了无饥饿之感。待下山来到二道白河镇，已是下午两点，因长白山地处延边朝鲜族自治州境内，朝鲜族居民众多，这里满街的"韩式美食"更是令人垂涎。

找了家幽雅的韩式特色餐饮小店，各种泡菜、烤肉、冷面、汤饭，品种繁多，甜辣相伴，油而不腻，且价格不贵。朝鲜自酿米酒浓稠甘甜，味道绝对正宗，对于我这个擅长吃辣的南方人来说，韩式美食没有任何违和感。

短短几日，深感东北餐饮的份大量足，物美价廉。似乎他们不太计较餐饮成本，由此可以领略东北人的豪迈大气，而韩式餐饮更加深了对其特色美食的印象，让我对东北山水及其饮食产生了颠覆性认知。

行走归来，南方深秋与初冬时空交错，让我在微信朋友圈留下这样一段"鸡汤":高山平湖,几度秋月! 天地之大,你又是谁? 季候变幻带来不同的体感,朔风之下寻觅人生的去处。远山呼唤心灵的行者,极顶之上即便高寒风劲,却是另外一道风景。

天大地大不如心大,苦也乐也不如旅也,一切譬如尘埃,唯山川日月不朽!

秋 的 婺 源

那年,江西的秋天好像特别漫长,温暖得有些让人倦怠,不似往年短秋转瞬即逝。此刻的北方或已落雪飘飘,而秋水长天的赣鄱大地,依然散发着浓浓的秋意。

带着暖暖的心绪去婺源,在这秋天的季节。山野阡陌间虽没了春天里油菜花开的绚烂,亦不见新茶吐绿的清香,然而,婺源的美不因某个季节而存在,也不因某个景点而显赫,那种浑然天成的整体之美,恰恰是她四季不同的风韵。

难得的一场小雨,让干燥的秋日有了些许湿润。深呼吸来自于原野的空气,夹杂着一丝泥土的芳香,让人倍感亲切。环顾四野,雨色空蒙,翠色青郁,远处云雾缭绕的山峦,显得愈发静谧,一湾碧水环绕黛瓦白墙的农家小院,如珍珠落玉盘般洒落在起伏的茶山与河岸边,那山间农舍层叠晒秋的景致,则成为众多"好摄者"镜头里的珍品。

作为"中国最美乡村"的婺源,自古游走于赣皖两省间,但地域人文风情受徽派影响更深。1949 年,挥师南下的人民解放军某部解放了赣东北及婺源一线,因当初军管的需要,婺源县变更建制划入江西上饶专区,自此,"徽地"归入"赣土",江西更添妖娆。

入住的朱熹故里酒店,是一家依山而建的生态型特色酒店,融合了徽赣两地的民俗民风,以木材为主的原生态装修风格,加之各式景德镇青花瓷点缀的楼道,既自然拙朴,又典雅清新。在这里,我们品尝到婺源地道的"徽菜":婺源粉蒸、臭鳜鱼、荷包鲤、米粉果,味道清淡且营养丰富,与赣菜的风格迥异。

婺源自古盛产好茶,秋天虽非产茶时节,然茶人近茶。入夜,邀上远方的朋友去了间清幽的茶馆,几个身着汉服的茶艺姑娘给我们表演了"三道茶",芽影水光、满口流香之间,一缕甘甜沁人心脾。且不论如此茶艺是否舶来,婺源高山有机绿茶的优良质量,却是早已被国内茶客们所追捧的。

来婺源,一定要去彩虹桥走走。遥想 800 多年前南宋时期旅人商贾进山出山匆匆的步履,以及明清时期学风鼎盛之下,莘莘学子满怀期待走出大山远行赶考的背影,这一切,随历史的车轮滚滚至今,留下了众多文化名人的足迹。如今,站在彩虹桥下,又见竹林深处升起的袅袅炊烟,青山绿树掩映下的小桥流水,那清澈见底的溪流中,密绿的水草舞动出生命的韵律,三三两两的小鱼儿在水中欢快地嬉戏,岸旁木屋水车正"吱吱"地浅吟低唱,勾勒出"最美乡村"一幅田园牧歌似的风情画卷。

行走婺源,那山是文脉的传承,那水是风景的梳妆,古村落则是她残留的历史断片,成为今天维系婺源之美重要的文化符号。在这里,可以欣赏到两个版本的"徽派"建筑风景画,一幅为"现代版"的水彩江湾,一幅为"原始版"的国画理坑。今日江湾声名鹊起,精巧的规划与修缮让江湾显得沉着大气,隐约有了些许贵族风范。而养在大山深处的理坑古村,不事雕琢,古朴依然,至今完好地保留着多幢清朝以来的"徽派"民居,在深宅古巷中流连,与断垣高墙对话,浑然进入虚缈的聊斋世界,想象爱恨情仇中那些人鬼未了的迷离凄婉的故事,以及千年以后依然美丽的传说。

有人因季节的风景来追婺源的美丽,而我却因婺源的美丽忽略了季节的变化。婺源最诱人之处,或不在于漫山油菜花开的金黄,而恰是那份不事张扬的宁静与安详。随处可寻的古村,无处不在的风景,这里曾经自然随意的生活,并不因外来的纷扰而改变。都市人群今日苦苦的追寻,不过是一种悠闲几日的精神寄托,谁也无法做到真正放弃,而生活在历史与现代之间的婺源人,拥有的是一份难得的淡定和从容。

秋的婺源,"醉美"季节行走的慢板,品味更加层次分明的色彩,感悟天人合一的意境,让我对婺源之美又有了新的理解。我也不记得这是第几次来婺源,只要来了,那便永远是心中最美的初次!

凤 凰 遗 梦

沿着雾霭蒙蒙的沱江顺流而下,艄公的摇橹声伴着苗女清脆的山歌,悠悠飘荡在清澈无比的水面上。岸边的水车"吱呀呀"地斟汲江水向古城的深处流去,那错落有致的吊脚楼如镶嵌在沱江两岸的花边,一排排红红

的灯笼依稀摇曳出古城曾经的盛昌。

小船缓缓地穿过凤凰古城那道著名的虹桥，那紧闭的扇扇窗户，仿佛珍藏着一个个隐秘而久远的故事，让人心动神往。坐在小木船上，我努力地搜寻"边城"影像，品味一代文豪沈从文先生从漂泊惆怅的心河里，流淌出的一段凝重的文字：

黄昏时间闻湖边人家竹园里有画眉鸣啭，使我感觉悲哀。因为这些声音对于我实在极熟习，又似乎完全陌生。二十年前这种声音常常把我带向高楼大厦灯火辉煌的城市里，事实上，那时节我确是个小流氓，正坐在沅水支流一条小河边大石头上，面对一派清波，做白日梦。如今居然已生活在二十年前的梦里，而且感到厌倦了，我却明白了自己，始终还是个乡下人，但与乡村已离得很远了。

成名之后的从文先生，在经历了几度风雨之后，晚年过着极为平静的生活，然而，对故乡边城的青山丽水，却始终保持那份铭心刻骨的印记。上个世纪 80 年代初的一个潇潇春雨夜，老先生重新踏上回乡的山路，尽情呼吸着湘西大山里的清新空气，瞬间动容，一种多年不曾有过的情愫油然而生。他写道：

一年四季随同节令的变换，山上草木岩石也不断变换颜色，形成不同画面，浸入我的印象中，留下种种不同的记忆，六七十年后还极其鲜明动人，即或乐意忘记也总是忘不了。

穿过古老的城墙，沈老先生站在"归来风物故依然"的吊脚楼下，望着穿城而过的沱江水发呆，有人问到从文先生对家乡凤凰的感受时，经纶满腹的他居然显出几分木讷，一时，竟无法找到合适的词汇来形容，只是喃喃不停地慨叹，美啊，美得很，美得很！

沈从文先生的故居，是一栋已有百余年历史的清朝晚期建筑。在这个古朴清幽的四合院内，阳光洒满了院内的天井坪坝，我独坐在那张褪色的老书桌前，想象老先生撰写传世之作《边城》时的样子。透过雕花的木制窗棂，一缕阳光点染在我的身上，我仿佛看见年轻清瘦的沈先生戴着黑色圆形眼镜，一袭粗布长衫，在天井长满青苔的青石小路上信步凝思的样子，瞬间，有种穿越之感。

我固然为从文老先生充满浓郁乡情的文章所吸引，更被从文老先生孙女为祖父所做的那篇情真意切的长篇祭文所感动，而对于从文老先生一生的概括，莫过于他的姨妹，现旅居美国耶鲁大学的张充和教授在凤凰城外的听涛山下，为从文先生所作的那副挽联：不折不从，星斗其文；亦慈亦让，赤子其人。如文人画写意之寥寥数笔，却是再恰当不过了。

坐着小船顺江而游，我们来到了富有传奇色彩的万名塔。据说此塔为沱江的镇江之塔，建在沱江流经于凤凰城的拐弯处。与其他斑驳陆离的古城建筑相比，万名塔带有明显的现代痕迹。一打听，原来万名塔几毁几建，于上世纪 80 年代，由从文先生的表侄、画坛泰斗黄永玉先生牵头筹善款重建。江的右岸，就是黄永玉先生的画室，一座临江而建的别致小楼。

我们让小船绕着黄老的画室静静地飘游一会，希望从中寻觅到一丝特殊的艺术气息。画室临江，缄默无语，外观已略作修缮的吊脚楼，除了位置有些突显外，并无其他特别之处。听说，现居香港的永玉大师每年都要回来住上一段时间，汲取故乡灵气，凭吊从文先生，而他为从文老先生碑文所写的"一个战士不是战死沙场，便是回到故乡"，又何尝不是抒发自己对家乡的一种深深的眷恋呢！

凤凰之美，确实难以用一个"美"字来形容。我有些诧异，在湘西这片

柔婉清幽的大山里,居然养成了一种粗犷彪悍的民风,长年生活着一群充满血性的人们,当他们被逼走投无路的时候,落草也是一种无奈的选择。因此,这里自古匪患成灾,而电视剧《乌龙山剿匪记》所讲述的发生在这里的故事,则又另当别论了。

在从文老先生儿时记忆中,也曾留下一段这样的文字:那人在刑罚中画了供,用墨涂的手掌取了手印。第二天,我们就簇拥了这二十七个乡下人到市外的田坪上把头砍了。这画面,就如鲁迅小说中描述的国人每每喜欢蜂拥到法场上,脸色漠然却又兴致盎然地围观屠杀革命党人的血腥场面,这种蒙昧而可悲的感觉,正是那个时代留给中国人的特殊记忆。

而真正发现凤凰之美的,除了从文、永玉两位老先生外,还有一人值得提起,那就是"文革"时在《新闻简报》上频频亮相的国际友人路易·艾黎。1966年,这位新西兰人只身来到凤凰古城,不知是层峦叠嶂的南华山打动了他,或是清幽的沱江水迷醉了他,站在古拙的虹桥上,面对潺潺流过的一泓碧水,他不禁感叹:凤凰是中国最美的两个小城之一。而另一个小城,便是早已闻名于世的丽江古城。

梦之所倚沱江水,魂兮归来凤凰城。一切终于过去,士兵回到故乡,永远地驻留。我的心也随着沱江之水汩汩流淌,在记忆的深处镌刻下一个美丽的瞬间,且随时间的流逝而不断地定格和放大。从文老先生说,他一直生活在古城的回忆中。我想,我将会一直生活在对凤凰古城的梦境里。凤凰,你真的很美!

美 哉 周 庄

烟雨中的江南水乡,把苏锡沪这片水乡泽国装扮得分外清娆,河汊交错,清波激滟,小船在蜿蜒狭长的河面上轻悠地行走着。柳影婆娑,田垄金黄,那构建精巧得不知该称为农舍或是别墅的农庄,让你深感"富庶"二字在这里所具有的现实意义。

走出都市的轮廓,这里的每一寸土地都蕴含着别样的美丽,每一个角落都散发着江南园林的灵秀。虽然,自然天成的构图没有城市园林建筑刻意般的雕琢,但散落于田园中随处可见的水泽烟波的情趣,梦里江南的缱绻,则倍加令人流连。

记得有人说过,小即为美。江南水乡小家碧玉似的布局风格,恰似镶嵌在中国版图上的一颗透亮的明珠,置身其间,你会自然而然地浮想起张继的《枫桥夜泊》,想起"小桥流水人家,杏花烟雨江南"幽远绵长的意境。游历中的周庄,可以说是集江南水乡之大成,或者说,如同一处江南水乡古风旧貌的微缩景观,她自明朝以来几百年完好地保留下来,就像一个矜持而古朴的少女,面对滚滚红尘的纷扰,不为所动地执守着那份传统。

因毗邻上海,游历过周庄的达官贵人、文人墨客多如牛毛。周庄之美,在三毛、陈逸飞的笔端和画卷中早已得到极致描绘,"上有天堂,下有苏杭,中间有周庄",举着三角小旗的导游们嘴里不断夸张出这一诱惑。而进入

周庄,踩着琵琶奏出的弹词开篇婉约缠绵的曲调,信步青石的长巷、幽深的古宅,思绪随小船悠悠,心灵因水波荡漾,感官寻着那摇橹的船娘丝竹般清脆的吴侬小调而渐渐伸延。

你稍许会发现,那份轻灵绝不需要用过多的语言去渲染。一种散淡,几分闲情,浓缩在这个面积狭小却蕴含丰沛的空间里。于是,你的眼睛,你的耳畔,很快便填满了水乡古镇的记忆,且变得越来越温柔而隽永。

周庄显赫而又不失静美,这不仅仅在于她曾经富甲一方的高贵,也不在于她古镇风韵的妩媚。江南首富的沈厅,高官之家的张厅,尽管庭院深深深几许,亭台楼阁锁春秋,但和许多北方财阀气势磅礴的大宅院相比,依然透出几分"小气",但因坐落于此,尽得天地之灵气,更显精巧实用。

周庄虽周遭环水,空间受制,但却因水借势,水桥通连,街依水行,宅托水筑,尤其大户人家宅院与水道、小桥、街巷如脉管间浑然一体的通络贯畅。宅深而静,巷长而幽,桥短而曲,显示了周庄的先人们善于巧借水利营造便捷,不事张扬但求安详的用心,其"天人合一"的性灵与奇巧,如同一幅淡雅的水墨画卷跃然于宣纸之上。或许,恰恰因这种"小气"成就了周庄,也造就了人们印象中的江南后辈精明细腻的性格。

中国一些古城镇的保留一般得益于它的偏远,而周庄的保留则得益于周庄后人一直以来对先人的留意和保护,更得益于英年早逝的著名画家陈逸飞的慧眼挖掘和不遗余力的推广。这里的每一片古宅,每一栋楼榭,每一座小桥,都能钩沉起历史长河的碎片,带给人悠远又清晰的记忆。

周庄的"小气"因为浓缩变得小而集中,美而精巧,如同其间那条狭长拥挤的"一线天"小街,两边密集的商铺应有尽有,江南的土特名优,天下俊杰才艺,水乡民间工艺,真是小中见大,包容天下。即便在一座不甚起眼的小宅院，那里的私人藏品，也令人大开眼界。内屋深处开掘的一口古井，潜含着主人先辈们"藏富不外露，肥水不外流"的用心，让人参观后惊叹之余，对周庄人的聚财观，又有了几分独到的认识。

一把绢布折扇，一双绣花小鞋，一顿水乡的鱼虾便宴，算是我在周庄一日的收获。打开折扇，里面的一行小诗吸引了我的目光，"一带江水如画里，风物江南水涟漪。水映碧天小桥边，桃红柳绿近酒家"，小诗虽有几分"克隆"的痕迹，但放在周庄身上，倒也自然贴切。

今日的周庄，商业气息日渐浓郁，有人因此屡批周庄，而我却不失誉美。因为，周庄毕竟地处江南水乡的商埠发达地带，先辈经商有道成就了富甲一方的周庄，难道在市场大潮的今天，仅仅为了一些闲士养眼，就非要周庄人穿上长衫大褂，刻意呈破落复古之态？该保护的要保护，该发展的也要发展，变与不变的周庄，或许不是风华绝代，但依然有着别样的美丽。

梦 回 大 宋

初春的中原大地，雾霭缥缥缈缈，迷迷蒙蒙地笼罩着远处的莽莽沃野，沿途的白杨树一溜地高拔挺立，像一群威武的勇士忠诚地护卫在路的两旁。

踏着早春的气息去游开封清明上河园，不知是因为六朝古都的大气勾魂，还是被北宋画匠的巨作吸引。千年古都开封曾经的辉煌，全部浸透和

浓缩在画家张择端一纸浩然长卷之中,得以摄人心魄,流芳百世。而人称"最具艺术范儿"的宋朝,于今日又是怎样的一番景象呢?

九时许,清明上河园城门外已是人头攒动。城楼之上彩旗飘飘,园门内唢呐声声,鼓乐震天,但见一个身着北宋官服,额头一道弯月痣,满脸油彩黑如炭,似京剧舞台上包公装扮的"花脸"人物,带着弟子王朝、马汉,在一群敲打着开封盘鼓的鼓手们的簇拥下,来到游人跟前。"包大人"煞有介事地展开徽宗皇帝的绫锦圣旨,向游人昭告:为天下子民得欢颜,特恩准清明上河园即日开园娱众。

古朴的园门"吱呀呀"地缓缓打开,一个历史断面的缩影,随阵阵清音雅韵扑面而来。汴河之上,碧波荡漾,华丽的画舫与渔家小舟穿梭于波光粼粼的河面,"包大人"这边乘上八抬大轿带着"衙吏们"开始了汴州城里的巡查断案。各色民间杂耍艺人散落于店铺酒肆、街头巷尾之间,一口地道的豫腔豫调,几声"叮当"锣镲之音,"有钱的捧个钱场,没钱的捧个人场",耍猴的、卖艺的,其吆喝声、叫卖声,在街道的上空此起彼伏地响起。

沿着青石小道信步而游,跨虹桥,登善门,游趣园,"平湖观鱼锦鲤欢,汴京斗鸡博彩盛",一路的繁华景致,令人兴致盎然。欣赏了织抒、年画、官瓷、汴绣的"汴州四宝",宋人巧夺天工的手工技艺令人惊叹,而那些糖人、泥人、剪纸等民间工艺的表演,更是吸引游人和孩子们新奇的目光。

这边厢,一幢深宅大院的楼上锣声骤起,引得游人汇集,原来是当地豪绅王员外择黄道吉日,欲为小女抛球选婿。只见那王大小姐款款碎步,颦笑之间,百媚顿生,让楼下众多"张生"翘首以盼。那路上,一俊俏民女拦住巡查的"包青天"长跪喊冤,或又一桩"秦香莲案",令"包大人"好生为难。

想来,那日最搞笑的事,莫过于亲历了一次"高仿真"的北宋科举殿试了。当我等转至科考馆时,正遇上一日一次的"大宋科考"。朝廷特派一名资深"老太监"亲任"总监官",在两个"小太监"的搀扶下,颤颤巍巍来到众多"秀才"面前,未曾开言,那副"阴盛阳衰"的模样早已让人忍俊不禁,稍后又扯起"鸭公"嗓子宣读起"大宋科考律",称来者志愿报名,即日赴京城应试了。

这时,随行的朋友不由分说地把本"公子"推搡上台,同时跟上来一名小伙子和一位姑娘,也不知大宋什么时候允许女子科举应试了?入闱者一律换穿宋服,入考席,捉狼毫,进入闭卷初试,先是照着几道简单的宋朝历史知识题答对错,首轮三人全部通过。接下来为口答复赛,当问到我"南宋大奸臣是谁"时,我脱口而出"秦桧",而小伙因答题失误被淘汰出局,最后,落下我与那姑娘同场 PK。

就在我誓在必夺之际,岂料那"老太监"反复无常,朝令夕改,竟突然宣布采取"石头、剪子、布"的方式一锤定音。结果,本"公子"手掌一伸,立刻被那姑娘"一剪没",最终落了个榜眼之命,想必我金銮殿的"驸马梦"算是落了空。那女子却在披红挂彩、鼓乐齐鸣声中,趾高气扬地做起了"女状元"。游戏虽有些"无厘头",想想倒也有趣。

梦回千年,不免生发出些许感叹。当年北宋因金人入侵,"两帝"被掠,汴京沦陷,南宋皇帝被迫偏居临安后,不思国恨家仇,却在一种极度的苟且和颓废中,延续着汴州的浮华与奢靡,一曲"山外青山楼外楼,西湖歌舞几时休。暖风熏得游人醉,直把杭州作汴州",既说明南宋王朝的腐败无能,同时也印证了宋朝数百年的盛极而衰。

那幅《清明上河图》中所描绘的历史卷轴,通过今人现实的演绎,给人无限想象的空间,让人们仿佛在历史和现实的时空隧道中轮回交错,不禁

怀思古之幽情，叹尘世之变迁。这正是：大宋多少事，尽付笑谈中，开封依旧在，汴州已千年。

印 象 漓 江

"唱山歌嘞……哎……山歌好比春江水"，这首黄婉秋于上个世纪60年代初唱红的山歌，经过斯琴格日勒糅合摇滚风格的音乐元素，变成了一首另类的民歌经典。

时尚的风向标不管如何变幻，我心灵的深处依然怀念那个没有金属电声节奏，而纯粹在民族器乐伴奏下的《刘三姐》。今年秋天再次去桂林阳朔，欣赏到那些在电影名导"老谋子"悉心调教下的当地渔夫、村姑，一群来自三乡四寨没有任何表演经验的纯业余演员，居然能够在漓江上演一部气势恢宏的实景歌舞剧——《印象刘三姐》，让人再次感悟到"越是民族的，越是世界的"的深刻道理。

深秋的桂林，青山翠绿依旧，气候凉爽而清怡，夜幕下的阳朔漓江演艺场，人头攒动而喧闹着，看台依岸边拾级而建，错落有致，对面黑漆漆的山峦上仿佛笼罩着一层厚厚的天幕，愈发显出几分神秘，让人不禁想探访大幕深处隐秘着三姐与阿牛哥怎样的一段爱情故事。

当演艺场的音乐骤然响起，对面山的脚下，水的中央，缓缓漂来一艘点着烛光的小渔舟，"三姐"清脆的歌喉刹那间响彻整个漓江的上空，"唱山歌嘞……"熟悉的旋律，甜美的韵味，一下子把我们的眼眸牢牢抓住。继而，江岸边多角度的彩灯光影四射，制造出一个如梦如幻的七彩夜空。江水之上，歌声如潮，长长的红绸漫舞如霞，数百演员在江水中层迭错落，此起彼伏，翻腾如浪，表现出桂林山水的奇美俊秀，以及壮乡人"日出而作，日落而归"的劳动场景和生活画面。如此大山作景、江水作台、渔民作秀所表现出的实景舞蹈的大气势、大场面，让人叹为观止。

此情此景，体现了张艺谋导演典型的大写意风格，从《红高粱》到《大红灯笼高高挂》，乃至西方歌剧《图兰朵》，无不蕴含着中国道教文化中"天人合一"之道。摄影师出身的他，用光着色得心应手，因而极其善于运用中国人传统的大红大绿、反差强烈的色彩搭配，加之舞台灯光的角度变幻和布景与实景交替运用，来调度和装点梦幻般的江水舞台，加之远处山峰黝黑背影如中国水墨画般的烘托，勾勒出一个跌宕起伏、绚丽多彩的山水世界，让人在光的影像、水的激溅与人的演绎融为一体的多维空间里，感受到中国传统艺术美与现代舞台造型美相结合的强烈冲击。

今天的"老谋子"，俨然成为中国艺术圣殿的代言人。他的《印象刘三姐》依然沿袭了一贯风格，浓墨重彩，恣意张扬，挥洒自如，粼粼的江水中，淡淡的月光下，田园牧歌如桃源美景，渔舟唱晚似人间仙境，闪光灯"咔嚓、咔嚓"响成一片，你看那婀娜多姿的美女出浴图，吸引了多少观众的眼球。

一个多小时的精彩演出高潮迭起，蔚为壮观，让人在感受漓江魅力的同时，又领略了一番既古朴又现代的壮乡风情。临结束时，数十名身着壮族服装、满身佩戴精美银饰的壮乡少女，款款来到观众席前，无伴奏合唱似仙乐飘飘，清脆而高亢地穿透于漓江的夜空，把演出推向了最高潮。高雅艺术与壮乡风情的巧妙嫁接，漓江实景与壮乡群众的原生态演出，使这台

实景歌舞剧表演兼具内在的民族特质和外在的时代气息。

次日的漓江—阳朔游,我没再去。我想,十多年前已探访过,山还是那山,水还是那水。或许因为桂林的城市建设,漓江发生了一些必然的改变,但这种改变我不希望是走向负面,而依然是青山秀水甲天下的美丽。我以为,对于那些自然风景名胜,不改变便是最好的保护。因为有了那晚的漓江印象,我的脑海将会长久地保存一份美好、一种记忆。

向 往 牯 岭

连日的高温橙色预警,让人感觉到南方的酷热异常,这时候大概知道什么叫"热狗"了。那些网络段子手们,也只能躲在空调房里,开始"北方南水北调,南方集中供热"的气候演绎。

作为江西人,自然会怀念身边的那座避暑名山——庐山。虽历百年,但庐山对人们夏天的清凉诱惑却丝毫没有减退,今日的庐山因此完全蜕变成了一座老百姓消暑纳凉的旅游胜地。每至盛夏,庐山牯岭熙熙攘攘,让人们在凉爽的风景中,感觉到这个曾经国之"夏都"的特殊魅力。

说来也巧,最近正好看到CCTV播放了有关庐山《百年牯岭》的专题片。曾经多次上庐山牯岭,不知是"久居兰室,不闻其香",抑或是"不识庐山真面目,只缘身在此山中"之故,对牯岭的前世今生了解并不多,儿时的印象来自于著名的"庐山会议",以及毛泽东同志那些激情澎湃的诗篇。

随着 20 世纪 80 年代初的全国热播,《庐山恋》成为庐山最好的形象宣传片。我们通过银幕感受到庐山之秀美,四季之斑斓,爱情之浪漫。今天的庐山电影院几十年如一日放映的唯一影片就是《庐山恋》,至今还有人念叨着当年百花影星张瑜换了多少套时装,但与今天多姿多彩的生活相比,简直是"小巫见大巫"。

我所知道的庐山,早已留存了唐宋时期李白、白居易、苏轼等众多文豪朗朗上口的锦绣诗篇,但在《百年牯岭》电视片中,我更了解到一百多年前的庐山,只不过是一块名气在外但却未经任何开发的"处女地",牯岭能有今日之盛景,得益于一个英国基督教传教士李德立最初的创业梦。

当时的李德立年仅 22 岁,从小接受大英商业帝国的市场浸淫,在一个朔风横吹的冬日,来中国不到一年的他上山后,敏锐地发现了地势平坦、林木茂盛的庐山牯牛岭东谷即长冲一带,最适宜避暑,便动起了在庐山顶上做避暑房产生意的念头:在这兴建别墅群,打造避暑的人间天堂。那个年代可不是房地产生意火热的当下,而是 1886 年的冬天,即光绪十二年。

李德立主意已定,便借助山下浔阳道(今九江市)的人脉关系运作购地事宜。一开始他以"李德立"的中文名字申报购买手续,待清朝当地官员面见他时,发现是个金发蓝眼的"洋鬼子",便断然拒绝。渐渐熟悉了清朝官场潜规则的李德立知道该怎么做,一方面转而求助于九江的英国领事,让他们与浔阳"市政府"多方沟通,另一方面向浔阳道"分管领导"巧行"雅贿",估计是些稀罕的西洋玩意儿,终于如愿获得购地批文。

尽管得人好处,浔阳道台做事还是"讲规矩"的,人家有言在先:根据大清律条,官方不能直接将卖地契约给洋人,必须自己找一位当地乡绅作为中介,由乡绅先购继而转卖之,税契亦用乡绅的名字。李德立通过一个同

行联络到当地知名秀才万和赓。万和赓负责立契并向官方交税,然后再将地转租给李德立。有浔阳道之令,年轻的李德立费了一番周折,总算拿到了契约。这样看来,早在一百多年前,办个证也不是件容易的事。

拿到一纸永久租约,长冲一带约四千五百亩风景绝佳地尽落李德立之手,一百多年前李德立在异国他乡的精明能干,实在令人称奇。他将此契约在英国领事馆进行了正式注册,寻求保护。长冲为庐山牯牛岭之东谷,得到租地的李德立结合汉名的读音,将之英译为:KULING,取 cooling 即清凉之意,牯牛岭从此被人称为"牯岭",一直沿用至今。

自此,踌躇满志的李德立,面对庐山这个几乎以他为上帝的世界,开始了"欧式化"的全面规划和建设,其间据说也遭遇到一些征地拆迁问题,但均被他一一化解。到1927年,牯岭之上已建起别墅560栋,居民数千人,分别来自15个欧美国家,俨然一个精致微缩且自成体系的小世界,李德立也当然成了一方"洋土豪"。

曾经荒芜的庐山顶上,成就了一个中国近代最美丽的花园城市,这里的别墅堪称"万国建筑博物馆"。英国人李德立在自身"得利"不菲的同时,又被称为"一个改变庐山历史的人"而载入史册。

1929年,庐山部分别墅被国民政府的一些官员和大亨征用或购买,这里渐渐成了南京国民政府的"夏都",蒋介石和宋美龄似乎对庐山牯岭情有独钟,几乎抗战前的每年夏天都上山避暑。小小牯岭美丽的花园别墅里,灯火辉煌,夜夜笙歌,经常成为国民党达官显贵们举办夏日纳凉晚会的处所。

我在《百年牯岭》中,频频看到了风姿绰约的宋美龄女士,与蒋介石先生如神仙眷侣般漫步于花径林荫之下,与那些蒋家"官二代"的孩子们嬉戏游玩的历史图像,他们乐不思蜀地流连于这个"除却沪上十里洋场,与西方最为接轨的山中城市"。而此时的中国,早已陷入内外交困、水深火热的深重危难之中。

卢沟桥事变后,蒋先生一纸全面抗日声明,也正是从庐山牯岭传遍世界,声明郑重陈述了南京政府的立场:如果战端一开,那就是地无分南北,年无分老幼,无论何人,皆有守土抗战之责任,皆应抱定牺牲一切之决心。于是,一场风起云涌、艰苦卓绝的全面抗战拉开了悲壮的序幕。

"冷眼向洋看世界,热风吹雨洒江天。"牯岭之上,在庐山大厦、庐山大礼堂(今庐山会议旧址)、美庐别墅,依稀触摸着这些昨日的印记,聆听着历史的回声,感悟先辈们保家卫国之坎坷,更了解到新中国成立后庐山政治风云的变幻。

当这一切化为历史烟云,今天的庐山,已还原于她的自然和社会属性,以其旖旎的风光和适宜的气候,拥抱四海宾客,在这酷热的暑夏,带给人们一片难得的清凉。

走进今天的牯岭镇,一座大型牯牛雕塑首先映入眼帘,那是景德镇著名工艺美术大师刘远长先生引以为豪的传世之作。对面远处山巅那清晰可见戴着红黄橙绿各色屋顶子的别墅群落,已成为众多国家机关疗养地或星级宾馆。当年位于牯岭花径公园最幽静处的铁道部疗养院,如今也变身为庐山西湖宾馆,成为庐山上为数不多的几座四星级宾馆。每至暑期,这里客流爆棚,如不提前预约很难订到客房。

除了络绎不绝的游客,在牯岭的每个角落,几乎都能见到来庐山写生的国内各大美术院校的大学生,一袭休闲打扮的学子们随意找个阴凉处,支起画架描绘起庐山的远山近景。看到他们的专注与投入,你会感觉到庐

山牯岭别样的风情。

　　庐山牯岭的故事仍在延续，不同的时代幻化出不同的人文风景，最近庐山行政区划的整合，或将改变庐山长期以来"九龙治水"的困局，为庐山大旅游的创新发展带来新的动能。

　　时光流转，物是人非，庐山特有的风韵和气候不因时间、区划的改变而改变，所谓"万里长城今犹在，不见当年秦始皇"，历史人文与自然环境的融合与传承，为这座名山平添了一些故事，也多了一份念想。

　　今天的庐山牯岭，固然少了些惊世传奇，却多了一份平和与生动，漫步于牯岭街边清幽的街道，感觉仲夏丽日和风的清凉，你无法想象此刻山下的燥热难耐，只是牯岭镇上的人头攒动，让人依然感觉到几分都市的喧嚣。然而，作为一座自然之山，它无法拒绝那些有钱有闲的人们，尤其是在这个夏季！

培　田　往　事

　　沿赣瑞龙高铁一路往东，进入闽西连城县境内，有一个历史悠久的古老村落——培田。800 年光阴荏苒，迎来了多少日月轮回，淡去了多少人世更替，而培田，依然如一个"静静的美男子"安居于连城西南一隅。

　　去过不少古村，要么过于原始，破败不堪，荒凉中难免产生落寞；要么过度开发，失去原味，除了现代与时尚，几乎看不到原住民的踪迹。而培田古村的传承和保护却是恰到好处，留住了青山，留住了绿水，也留住了乡愁。这或许是今年中央电视台"乡愁"系列专题片首集选择培田的原因吧！

每个人心中都珍藏着对乡愁的独特注脚，无论是浅浅的，或是深深的，那都是人生中一段抹不去的记忆。我以为，乡愁的具象，是家乡的山水、家乡的亲人、家乡的味道，那里，一定有你曾经生活过的留痕。培田村口高大的古树和醒目的青石牌坊，如一个饱经风霜的岁月老人，伴着水车轻悠悠地转动，带你走进古村，走进那条曲折狭长的明清古街。

培田村子不大，只有 300 户人家，1000 多人，以吴姓为主，自宋代始至明清逐渐兴盛，历经 800 年风雨，较为完好地保存下来不同时期的三十幢大宅、二十一座祠堂、六处书院、一条千米古街、两座跨街牌坊、四处庵庙道观。与许多中国古村的地缘成因一样，当年也是因一条官道沿村而过，直通长汀、连城，培田就成为古时闽西官道上一个重要的驿站。

在传统的香港武打片中，我们对驿站或客栈一点都不陌生，似乎很多侠客的传奇故事都围绕着那个小小的"必经之地"展开。那里集市繁华，店铺林立，客来客往，好不热闹。住店的、歇脚的、用膳的、赶考的、压镖的、打劫的……可谓三教九流，无奇不有，只不过武打片里多了些刀光剑影的血雨腥风，而全然没有培田古村那种"慢生活"的悠闲与宁静。

"人之初，性本善。性相近，习相远……"只听得晨曦中的书院传来一阵阵朗朗的读书声，又见家家门口的小渠沟边，蹲着漂洗衣服的客家女子，祠堂的小戏台上"咚咚锵，咚咚锵……"梨园戏班子也已登场，村里的佛殿道观是老人们常去敬香朝拜的地方。山谷之间，田垄之上，勤劳的培田汉子在挥汗如雨，深宅幽院，炊烟袅袅，一顿香喷喷的客家美食正等着他们归来。入夜时分，倦鸟归巢，村民们品着自己采制的茶叶，喝着自己酿制的糯

米酒,"吧嗒吧嗒"吸着自己种植的手工烟卷,在山村一片蛙鸣蝉唱中进入到甜美的梦乡。

今天的培田古村已名声在外,描绘古村景致的图文很多,我感兴趣的不是那些深宅大院、达官显贵,而是它完备的村民自治体系及其配套的内部架构。每个祠堂里的村规民约明确具体,几百年来,尊师重教始终是培田村规民约不变的第一条款。或许,正是千百年来客家人因为战乱颠沛流离,与生俱来所产生的恐惧感,对"家园"二字的理解尤为深刻,他们渴望得到保护,文武之道则成为族人后代求取功名的唯一途径,培田的文武庙坚持培养族人"文武双修,出将入相"的进取意识,而崇文尊教、大建书院则是它主要的"实现路径"。

相传,在培田 800 年的历史中,共有"南山书院""云江书院""紫阳书院"等 18 座书院,每十户人家即可设书院,其中最有名的当属村南角的"南山书院"。明清以来,培田村对村民子女考取功名建立了一套与今天政府或单位助学金类似的奖励制度,并高薪聘请当地一批举人名士到此执教。仅"南山书院"一家,500 多年来,就曾为这个小山村培养过 140 多位秀才,其中不乏"中央和省部级文武高官"及社会名流。至今,培田民居中的每一处牌匾、每一块雕刻、每一扇窗棂、每一面墙壁,无不散发出浓浓的书卷和人文气息。

走入一座别致的"容膝居",据说这是专为村里妇女构建的。房间不大,三开间,雅致而幽静,中间有用来讲课的厅堂,是妇女专门受教育的地方。天井墙壁上书"可谈风月"四个遒劲的大字,墙角种满了兰花,在被封建礼教重重束缚的年代里,这四个字简直是"大逆不道"。原来,培田的先辈们除了向村里女子传授最基本的伦理道德等家规村约外,还教她们识字、女红、厨艺等生活技艺和兴趣爱好,更主要的是,在这个小院子里,允许她们"可谈风月",可以大胆交流男女之情事,既谈"红袖添香"之情,又叙"琴瑟和鸣"之趣,共同品味"幸福的滋味"。培田村人思想的解放,对女性教育的重视,由此可见一斑。

村中还有一处地方让我印象深刻,那就是"道山草堂",又称"拯婴社"。这是该村当时的孤儿院和敬老院,凡是孤儿或无人赡养的老人,都由村民捐资,统一留在社里照顾。拯婴社还明确规定:"有生女苦养而愿养者,社内报明,给钱五百,薄助布姜;不愿养者,将女送至,给助如前,即抱配别姓乳娘为媳,其畏累多者,着人送至,报明某姓,给赏抱配如前。"这里最多时收留有 30 多名女婴,除较少一部分来自本村外,相当一部分还是邻村贫苦人家的孩子,足见培田民风之厚朴纯良,亦说明其独有的社会教育和保障体系自清中期已初具雏形。

就"尊重女性,男女平等"这一点,培田体现得尤为明显。这在村里规模最大的"九厅十八井"合院建筑——继述堂,也得到了印证。进入继述堂大门的内侧,有"培兰植桂"四字横批,"兰"指的是女孩,而"桂"指的是男孩,并且将女孩置于男孩之前,意思是不管生女孩还是男孩,都要努力培养成才。当地管理人员告诉我,客家人本来四海为家,行走天下,故有此一说:有太阳的地方就有中国人,有中国人的地方就有客家人。因此,培田先民们早就意识到,男子需要出门求取功名或在外谋生打拼,多把女子留在家里掌管家事、教育后代。只有女子文化水平的提高,才会使子女后代受到良好的启蒙教育,才能有利于整个家族的文化素养的提高。

客家人的远见卓识和积极修为,成就了客家人过去乃至今天的"江湖声誉"。而客家人那种深入到骨髓里的"乡愁意识",远比一般人来得更加

浓烈深沉，德高望重的乡绅、四海漂泊的乡党、功成名就的乡贤、一见如亲的乡情，无论走到哪里，都不忘记自己是客家人，很多人最后纷纷落叶归根并造福桑梓。这种乡愁是发乎内心的真情，而非现在影像中的"煽情"，那些文字影像可能让我们记住了乡愁，而在培田古村，他们数百年来不遗余力的保留和传承，真正留住了乡愁，也留住了自己的血脉与根系。这也让我更理解了艾青的那句诗："为什么我的眼里常含泪水？因为我对这土地爱得深沉！"

江西知名文化学者陈政先生，在考察过培田古村后也感触颇深，他用一段这样的文字来表述：

山水为表，文化为里。培田古村堪称中国封建社会村民自治模式的经典模板，是中国传统文化、农耕文化与客家文化融合与创新的代表作。客家的先民们一代又一代，在这片桃花源似的热土上播种耕耘，创造出不同于中原，也不同于当地的异样文化，哺育出一批又一批优秀儿女。

采风赣瑞龙，悠然见培田。虽然不是客家人，但客家人保留至今的许多优秀的文化精髓和道德元素，应该成为我们当下核心价值观"重拾"和"重构"的重要资鉴，亲历培田这个小小的闽西山中古村落，我的内心除了惭愧，还有希望！

厦 门 与 海

因为一片海,爱上一座城

因为一座城,爱上这的人

——题记

这是一座号称中国最温馨、最宜居的城市,让人来了就不愿意走,且每次来都有一种清新的感觉。几年前,初识厦门大学易中天先生,先生告诉我,当年之所以出走武大而投奔厦大,正是冲着这里宜人的气候和优美的环境。

几十年前的厦门,因金门炮战的硝烟,让这个城市几乎看不到什么高层建筑,唯有鼓浪屿之波、集美建筑群之美,成为厦门的地标,一直传承至今。这里的一年四季,总有成群的白鹭在岛的上空翱翔起舞,故名鹭岛。入夜时分,鼓浪屿优美的琴声枕着波涛飞向海天的深处,又名琴岛。

厦门,中国最早的特区之一,30 多年的沧海桑田,彻底颠覆了她置身台海前线"戎装一身"的形象。岛内的高楼连片成群拔地而起,绿树红花铺缀在小区街道每处干净的角落,蜿蜒的环岛路从海中走来,向远方伸展,随着阵阵舒爽的海风,带我去银色的沙滩看海,带我走进幽静的厦大校园感受书香的浓郁,以及漫步于精巧成片的集美村落领略关于侨领的传说。

　　曾经游历过许多海滨城市，感觉厦门的美，美自天成。几乎随处可见的老榕树，仿佛一个时光老人正述说如烟的往事。山海的呼应，人文的胜景，远看海天一色，近观姹紫嫣红，岛内处处葱茏，似一座天然的植物园环抱其中，让生活在这座名为经济特区城市的人们，鲜有"时间就是金钱"的喧嚣和浮躁，他们始终循着自己温婉的慢板，以舒缓而惬意的步伐走着。

　　喜欢黄昏去听南普陀随风飘送的晚钟。白天，因游人和香火的鼎盛，少了一分菩提般的清静，而当夜幕来临，微风徐徐的时候，你才会发现原来身处闹市的南普陀，有种超然物外的神秘气质。紧邻的厦大校园，略带青涩且书生气十足的学子们出没其间，又为这座千年古刹平添了一份厚重的文化内蕴。

　　最温馨的城市孕育了中国最美丽的高等学府，厦大的美丽不仅仅因为她的名人和学术，还有她临海而居、凭栏远眺的绝佳景致，曲径通幽、古色古香的缱绻气息。平心而论，我更喜欢十几年前厦大校园的整体之美，规划错落有致，建筑风格一体，一幢幢老房子告诉你她的曾经和未来，一片片绿荫下支撑起明天的希望，在你艳羡之中，更多的是今生的无缘与遗憾。

　　琴岛又如一座天然的舞台，这里琴师演奏的曲目中少有跌宕起伏的英雄交响，而更多似舒伯特的小夜曲，让人在静夜的星空中，遥望海的那边岛屿上的点点灯火，感受海风轻柔的摩挲，聆听潮起潮落的余韵，如同心灵与潮水的对话，让你平添一份生活的淡定和从容。

　　黝黑的海面，在周边岛屿和远泊的巨轮璀璨灯色的辉映下，泛出道道粼光，远处灯火阑珊的地方，那就是金门外岛了。而眼前的海滩上，时有三三两两的红男绿女在海边相拥散步，夜空中不时飘来女孩银铃般清脆的笑声，岸边的棕榈树下，散落着几家临海而建、风格迥异的海景酒店和咖啡厅，一排排通透开放的玻璃房子，更吸引了众多的年轻人在此欢聚畅饮。

海边、沙滩、礁石、潮水，这是个极易让人生发联想、演绎浪漫的地方。置身其中，梦随心动，你会不由自主地冒出许多"海枯石烂""天荒地老"之类的华丽辞藻，但目睹现实生活中一幕幕活剧，又似乎有许多的无奈，于是，有的人宁愿活在梦境中，而不愿醒来。

然而，希望又似鹭岛岸边细软的海滩在无尽延展，人生就像潮起潮落的海水变幻无常。因为海的吸引力，但凡来厦门的旅人多会到环岛路边的海滩上走走，每个人来到这里都会留下自己的足迹，而一旦潮水袭来，转瞬之间，便会把它冲刷殆尽。虽然最终没留下什么，但不管怎样，毕竟我们走过。

或许，每个人的心底留存有关于海的不同影像，而大海却从来不留下你的痕迹。如岁月山川周而复始的沧桑演进，你会感悟到，在苍茫天地间，生命个体的印迹如白驹过隙，无论是深足宏印，或凡人碎步，在看似柔弱的海水面前，也变得那样不堪一击。

是夜，一个人在海边散步，感觉到一种简单而空灵的放松，沿着海边那条长长的木栈道，寻一块礁石静静地坐着。海的涛声伴着风的清凉，轻拂过我的心房，仿佛此刻的一切已经凝滞，而生命和灵魂正融入这片茫茫的大海之中。

一个人的散步，是一种放松的方式；而一群人的散步，在厦门则成为一种特殊的形式。厦门人异常珍视这一片蓝天碧海，而不愿苛求 GDP 下高昂的改变。故而，当几年前厦门市准备引进某一实体项目时，人们发明了"集体散步"这样一种表达方式，用心良苦却又匠心独运。在这个舒缓的岛城，人们似乎连生气都是那么温柔，这便是厦门岛内文化特有的气质。

一个人走在海边，孤独并快乐着，眼前的良辰美景，令你不免泛起波

澜。厦门人的悠闲与自在,并不意味着他们与世无争,他们深深懂得,爱她的美就要用心去呵护、去付出,而不是轻易扼杀她的美。

说什么放下一切、停止思考,那不过是某种消极厌世的托词,人的存在如果没有思想就如同行尸走肉,除非你的肉体和灵魂彻底消亡!

琴岛归来前夜,在曾厝垵的文创小店,精心挑选了一个拧紧发条便会机械弹奏的水晶钢琴做礼物。《鼓浪屿之波》是水晶钢琴里唯一能够奏出的旋律,在深夜,闭上眼睛静静地聆听,仿佛似风铃"叮当"作响,点点随风,沁入你心灵的最深处,那样的柔美而悠长!

妈祖的家园

海的这端是闽南,海的那端是台湾。诗人余光中用"最浅的海峡,最深的乡愁"表达了游子浓浓的乡愁,曾经一曲《外婆的澎湖湾》,又让我们领略到海峡之间如珍珠般撒落的美丽列岛的迷人景色。而海的这边,距福建莆田城不远的湄洲湾,因为妈祖祖庙的伫立,则成为串起海峡两岸乡情的一根柔柔的丝线。

在雨中,我们沿着高高的台阶向上行走。妈祖庙的正殿,就坐落在湄洲岛山顶湄峰的最高处。妈祖,源自一个名叫林默的湄洲姑娘真实而神奇的传说,其救难扶危、济世悬壶、福佑众生却不幸英华早逝的感人故事绵延千年,代代相传。人行善事,死后为神,一个民间人物在岁月的演绎中渐渐幻化图腾。海峡两岸乃至但凡有闽南人足迹的地方，妈祖大庙的香火也就越来越鼎盛，以致湄洲妈祖庙中最古老的一尊塑像，因为过去常年奔波于两岸间祭祀巡游，经香火熏染已成一个独具风韵的"黑美人"了。

据说，作为一个民间备受推崇的"巾帼英雄"，从前的妈祖庙极为普通，人们只在湄峰顶上山崖的一块开阔处，敬奉了一尊工艺比较粗糙的塑像让信众朝觐，这倒也符合妈祖节俭一生、不慕虚荣、乐善好施、不图回报的品格。而今，随着妈祖文化的日渐兴盛，妈祖庙及其配套建筑的改扩建工程可谓大气磅礴，让"平民"妈祖平添了一种豪门贵妇的雍容华贵。我丝毫不怀疑妈祖后人的虔诚之心，只是不知妈祖泉下有知，是否愿意如此。

在芸芸信众的心目中，妈祖就如西方的圣母玛利亚、东方的观世音菩萨。当然，历朝历代的官员也有加封她为"天后""天妃"或"海神娘娘"等。而湄洲湾的乡亲则更愿意叫她"妈祖"，因为在闽南方言中，"妈祖"表示对德高望重女性长者的最高尊称，亲切自然又不失平民化。

湄峰登高处，肃立在妈祖高大的塑像前，见她正宁静地遥望海的那边，前方海天一色，烟雨空蒙，从她那母仪天下却又不失端庄的面容上，我们仿佛读懂了宽容与博爱的真谛。当年，她穷尽一生试图消弭人世间的一切疾病和苦难，成就了她传世的美名，而今她那仁爱的目光里又带着一颗滚烫的爱心，穿越茫茫大海，飞向更遥远的地域。妈祖，因她在人们心目中的高大而变得愈发美丽。

海的那边，翻卷起不同的涛声。两岸曾经禁闭的铁门开启后，湄洲湾人曾经以"海之情"的切切呼唤，一次次带着妈祖的美好祈福巡游宝岛南北，似乎在那个时候，不管什么颜色，不管来自何方，乡情亲情的祭祀和展演，往往可以超越政见和时空的藩篱，让宝岛千万信众共沐妈祖之光，即便

汹涌的波涛也瞬间变得驯服,无聊的口水也复归平静。或许,这就是妈祖普度的特殊魅力所在。想想,纷纷扰扰的世事尘埃,那些曾经的和现在的纠葛,在历史的长河中终究是过眼烟云。

作为妈祖故里,湄洲岛的妈祖庙"天后宫"颇有些祖庭圣地的光环,海内外信众尤其台湾同胞来大陆,亦多来湄洲岛敬香朝拜。这里有最古老的妈祖塑像,有最正宗的祭祀大典,这是湄洲湾人引以为豪的事情。陪同我们的湄洲岛管委会官员在介绍情况时,总不忘"炫耀"他们在巡游宝岛台湾时所受的极高礼遇。因而,与其把妈祖看作一种地方宗教,倒不如提升为一种宗亲文化更为贴切,祭奠妈祖,就是不忘祖先。倘若妈祖在世,看到今天在两岸间频频所扮演的"亲情大使"的身份,相信向来慈悲为怀的她,当乐此不疲。

尽管天气不佳,但在小小的湄洲岛上,还是可以看见成群结队的台湾游客敬香团,且以年长者居多。我们也无法辨别什么叫外省人、客家人和台湾人,但中国人基本的体貌特征却是无法改变的。只不过从他们的语态、气质和穿着上,还多少能看出一些细微的差别,想想,60多年分治下不同社会生活形态的影响,双方的认知模式和行为习惯有些差异很正常,但是,一旦这些差异成为鸿沟,那或是可怕的事情。

乘坐高速游艇返回的途中,风雨中的湄洲湾更显清新迷人,游艇在海面上微微有些颠簸,而思绪也一如滔滔波浪起伏不定。虽然,我们身居内地,过去对妈祖有所耳闻,但此番游历,才知这个千古传颂的"海上女神",原来在海峡两岸有着如此巨大的影响力,这种文化认同的脐带,不是谁人可以轻易割断的。那道浅浅的海湾,看似有些遥远,相信终有一天,我们会用我们自己的力量蹚过去。

高原记忆的碎片

从拉萨回到南昌,5000 多公里行程,往返于万米的高空,原本的遥远已经不再,而心中的记忆却如纳木错圣湖碧绿的湖水般清澈。

回到鄱阳湖畔的秀美家乡,几天的昏昏欲睡,调整过来的第一件事就是整理相机中那数百张照片,依序排列的图片犹如一串记忆的项链,连接着青藏线海拔一路升高的山水草甸,以及那条传奇般的天路之旅。

雪域高原十里不同天,四季分明的气候和景致,更迭着我一度缺氧的记忆。湛蓝的天空、雄伟的雪山、幽险的峡谷、奔腾的江河、宁静的庙宇、白色的佛塔,空气虽然稀薄却不失清新和甜润,时而还可以捕捉到藏羚羊机敏而悠闲的身影,这里的每一个角落、每一种生灵,都可以成为相机的主角,让我们这些摄影水平一般的人,稍不留神也留下了几幅青藏风光的经典画面。

入住在拉萨的酒店里,除每个房间配备了一个如重磅炸弹似的氧气瓶外,还有一个细节令我关注,这儿的小垃圾桶没有像内地那样套一个塑料垃圾袋,以便打扫时直接打包。向服务员打听,原来是出于环保的考虑,拉萨的宾馆、酒店乃至商店极少使用这类垃圾袋,每天房间清扫虽然麻烦些,但日积月累,也算为保护好这片高原圣土做出了一份贡献。

高原之高,仿佛离天很近很近。阳光的直射明艳又灼人,而夜晚的月

光则亮泽而温柔,行走在拉萨大昭寺旁八角街的街道上,一轮当空皓月朗朗如水般地铺洒在我们身上,两旁店铺林立,游人熙熙攘攘,大昭寺前长明的酥油灯扑闪着点点幽光,清凉的晚风中飘散着酥油特殊的芳香。寺前广场有三五成群磕着长头大拜的藏胞,那般虔诚地忠实于他们的信仰,仿佛冥冥中有一种神秘力量的召唤。

当地朋友告诉我,"磕长头"是藏传佛教地区信徒一种极为虔诚的拜佛仪式,与内地合十跪拜不同的是,"磕长头"为等身长头,必须五体投地匍匐,双手往前伸直。每伏身一次,以手划地为号,起身后前行到记号处再匍匐,动作规范而又机械,如此经年累月,周而复始,坚石为穿,令人感叹。

雄伟的布达拉宫沐浴在灿烂阳光下,尽染重重金色,充满神秘气息,更显巍峨壮观。进门拾级而上,很快便有头胀气虚之感,步履已如灌铅似的沉重。登攀中,抬眼远眺,美丽的拉萨城尽收眼底,拉萨河似玉带绕城而过,向南汇入滔滔雅鲁藏布江。整个拉萨城市规模不大,人口也只有几十万,但保留的古迹遗址众多,远处群山起伏,山谷阡陌纵横,绿柳楼舍间的园林亭塔,大多具有浓郁的民族特色,布达拉宫居城市中央,立天地之间,成为享誉全球的城市地标、世界屋脊上的日光之城,美得令人心动。

来到布达拉宫的最高层,这里曾经是西藏宗教领袖和行政最高长官达赖喇嘛生活居住和发号施令的行宫,威严而森然,其奢华程度令人咋舌。在这个"黄金和珠宝最不值钱的宫殿"里,历代达赖喇嘛生前享尽富贵奢华,死后建造的灵塔耗费珠宝无数,并安放在宫中供后人顶礼膜拜。

有人说,布达拉宫既是一个世界珍稀的文化遗产,也是西藏一座巨大的财富宝库。宫内保存完好的大量精美壁画、经卷文献,作为西藏历史文化血脉传承的符号,其价值则是无法估量。

今天的西藏与过去相比，真是换了人间。看得出来，拉萨城的建设在基本保留传统建筑风格的同时，许多现代建筑受内地影响很大，但藏族同胞的宗教信仰和生活习性却丝毫没有改变，酥油茶、青稞酒依然香甜，玛尼堆、转经筒依然摇转，大昭寺里的酥油灯四季长明，喇嘛和信徒众多，温和的藏胞们似乎并没有感觉到世俗社会的沧桑巨变，依然我真故我在地生活在他们自己的精神世界里。

这是一片神秘的净土，雪峰、森林、江流铺画出高原生态的自然景观，佛塔、庙宇、经幡形成了这里浓郁独特的宗教文化，天人合一的菩提世界曾经隔阻了现代文明的进入，让藏族同胞在清贫纯净的生活状态下独享自然天成的"幸福指数"。如今，现代化发展进程正悄然影响和改变着他们，并且，这种改变不是一种割裂和迷失，而是化作对雪域高原幸福生活更加美好的期待。

扎西德勒！

去漠河找北

丁酉年盛夏，与家人远游漠河，去祖国最北的那端，为的是逃离南方持续难耐的酷热，寻找北方夏日的清凉。

飞越千山万水，一路去漠河"找北"。漠河，在黑龙江上游的南岸，地理坐标位于东经 $121°07'—124°20'$、北纬 $52°10'—53°33'$，与俄罗斯远东地区

隔江相望,因镶嵌在中国雄鸡版图纬度最高的鸡冠之顶,而被称为"中国的北极"。

进入漠河地界,大兴安岭深处的各色花儿漫山遍野地自由绽放,成片的森林一望无际,葱郁苍翠,山林虽然茂密,却并不显高大和粗壮,很多树木看上去生长年月不长。30年前,因为那场举世震惊的"春天里的一把火",吞噬了这里大片的原始森林包括足下的漠河县城,给整个大兴安岭林区带来灭顶之灾,成为漠河人难以抹去的伤痛记忆。

漠河之夏,气候凉爽宜人,尤其早晚温差较大。我们行游几日,白天最高气温在25—28摄氏度之间,早晚在15摄氏度左右,漫步于森林小径,即便在午后艳阳下,清风徐来,树影婆娑,也倍感清幽舒爽。原来,这才是中国真正的"夏都"啊!

夏日的漠河,有着不亚于欧洲大陆的旖旎风光,加之城镇建筑风格的"中俄混血",又多了一丝异域风情。蓝天白云和森林湿地合成的天际线由远而近铺开,仿佛一幅色彩明快而又丰满的全景油画,入夜的半弯弦月早早地挂在白桦林高高的树梢上,柔美的月色映在这颇具特色的尖顶小木屋上,淡淡幽幽地让心渐渐化了,一缕潜伏已久的浪漫情怀不禁悄然滋长。

浅黑亮澈的龙江水静静地向东流淌,这条中俄边境的界河承载着太多的往事,而最负盛名的北极村,就坐落在这片曾经是中苏对峙的军事要地中。如今,沐浴着和平与安宁阳光的"神州北极",以她特殊的地理位置和四季不同的景色,成为中国最北的一个旅游胜地。如果运气好的话,能够邂逅漠河梦幻多彩的北极光,那将是人生旅途的一大奇遇。也有人说,北极光其实极为罕见,不过是漠河旅游的一个噱头而已。

入住的旅店里,摆放着数本展现漠河风光的摄影画册,信手翻来,不禁被画册中四季变幻、色彩斑斓的多幅美图所吸引。即便零下三四十摄氏度的极寒天气，仍有很多游客专程为感受北疆"千里冰封，万里雪飘"之壮美而乐此不疲。当茫茫林海披上洁白的盛装，狗拉爬犁一路滑出游人的欢唱，当大红灯笼装点的小木屋里飘出袅袅的炊烟，人们聚在暖暖的火炕上，喝两盅东北小烧，品几钵东北乱炖，幸福的雪乡之旅想必更加令人神往。

　　或许是路途和交通的缘故，夏天来漠河的游客还不算太多，据说这个季节的机票和火车票是抢手货，一路偶见的自驾游虽然时尚但未成气候，而这，恰是我所渴望和寻找的那份宁静。没有车水马龙，没有人头攒动，分众化的游客各自寻找着各自的喜欢，你住你的小木屋，我睡我的农家乐，你去森林吸氧，我上江岸吹风，如此漫不经心地自由行走，让心灵得以充分的释放。

　　人生路漫漫，最美的遇见在于最美的季节遇到最美的你。黑夜里，人们通过北斗七星寻找北的方向，此番来漠河"找北"，虽未体验到传说中的北极光，然在这鸟儿和森林的故乡，演绎着大自然和生命的无尽想象。季节春去秋来，大地绿了又黄，纵然纬度变幻着维度，亦不忘来时的归途！

七彩嬗变的旅途

　　彩云之南之旅，我们选择沿茶马古道一路北上，再访丽江古城，寻访香格里拉，最后飞赴中缅边界的瑞丽感受浓郁的热带风情。这次"风光不与

四时同"的大跨度旅行,随纬度的变化带给人以五味杂陈的观感。

魅力丽江

距上次来丽江已经有六年之久。记得那是千禧年的深秋,几天的古城记忆一直铭刻在我心中,我曾经发誓,我一定要再来。

今夜故人来,依旧住古城里的客栈,古城扩容了许多,游人如织,店铺喧哗,尤以四方街周围的红灯笼层层叠叠,摇摇曳曳,在一轮清凉弯月的辉映下,构筑起一座宛若天庭般的海市蜃楼幻影。曾经的清幽和宁静,被那条长长的酒吧街潮水汹涌般的声浪所淹没,与纳西人舒缓节奏形成鲜明对比的是,这里的现代与时尚,张扬与释放,已然像我们熟悉的内地城市。

古老的四方街中依旧有纳西女子自由的"锅庄"打跳,而游人更多地聚集于街道两旁的酒吧里,随着吉他的弹唱,摇滚的劲爆,对歌的狂热而酣畅淋漓地扭动着各自的身躯,欲癫欲狂,欲罢不能。今天的丽江,如一个清纯的少女蜕变为一个风情万种的成熟少妇。

每个酒吧的楼上楼下簇拥着许多身着纳西族、白族等各色民族服装的少女们在疯狂地引吭对歌,本以为是原生态的演唱,仔细一听,原来一色的现代流行金曲,其中夹杂着一些低俗的段子互相调侃,简直是网络搞笑歌手的现场版,这样的对歌闹剧不听也罢。

白天的古城,弥漫着商家的此起彼伏的吆喝声。那一条条曾经令我流连的通城沟渠中,清澈的雪山之水流经到此已经有些浑浊,金色的小鱼依然故我地在沟渠漫游着,外面世界和水质的变化,或许它们已经感受到了,但小鱼儿又能怎样?

"艳遇之城",让我们似真似假地听到了在这座柔软的古城里曾经发生过许多缠绵悱恻的浪漫旅途故事,但我更多认为这不过是个诱人的噱头。目睹了丽江今天繁荣背后各种质的变异,内心深处则多了一些莫名的失落,客栈的纳西老板用"喜忧参半"一词形容得甚为恰当。

看看古城入口处,肯德基、韩国料理店富丽堂皇且咄咄逼人地伫立,古城内偶尔还能见几块东巴文字的招牌。据说,丽江"非遗"传人宣科的纳西古乐队今年又走了好几位老人,好在古韵尚在,后继有人,只是酒吧一条街的异军突起,令宣科的小剧场冷清了许多。

此景,如当年外族军团兵临城下,古城在野火春风中的执守还能保留几分?

香格里拉之憾

《失去的地平线》让我们记住了神秘的香格里拉,那是个神仙居住的地方。

从丽江继续前行,一路多处炸山修路,青翠的金沙江两岸的山体破坏严重,很多碎石直接滚入江中,堰塞江道。我知道,相对于这儿千年的遥远和封闭,一切的发展似乎都是硬道理。

跃过虎跳峡的咆哮,海拔越来越高,我们离天也似乎越来越近了,头部开始有了些微微的晕沉感,而那一望无际的高原草甸就像一张绿色的大毯,张开宽阔的臂膀,欢迎着远方的客人。

迪庆,这个经再三考证最终被确立为香格里拉的地方,住着一群勤劳善良的藏族同胞,原始的风貌乃大自然的天赋,而迪庆城市的街道和建筑却一如内地"千城一面"的小城,并无太多藏民族的文化印记。

高山、湖泊、森林,牦牛、绵羊、藏獒,这里的风光和我去过的一些高原

地带并无二异,既不似九寨沟的神奇和秀美,更与心目中的那个梦幻伊甸园相去甚远。

唯一温暖的记忆,来自当地年轻的藏族女导游那姆,这个脸颊圆圆带有两圈高原红印迹的小姑娘,一路上她用优美的藏族民歌消除我们旅途的疲惫,用合理的线路安排尽量满足我们观光的需求,品着她从自己家里带来的青稞酒,吃着她上牧民家为我们买来的烤全羊,我们时刻可以感受到她的纯朴、她的善良。

没有天堂的感觉,也没有天堂的快乐,在这片陌生的高原之上,那姆是我们唯一可以称作天使的女孩。

"人大"气质

离开"人大"已经有段日子了,尽管只是短期的高管培训,但临别时教授的一句话"进入人大门,就是人大人",让我等惭愧而又欣慰地感受到一种暖意。

早就听说"天大地大不如人大",同属京城顶级名校,它可能不如北大清华那么家世显赫,风光无限。若论及办学历史和名师大家,当未名湖畔、清华园内风生水起,一代先贤大儒意气风发、推波逐浪的时候,这个诞生于陕北高原黄土地裹着泥土芬芳的大学,前期是一段光荣的红色记忆,之后便是在那个疯狂年代遭遇停办遭散厄运的"黑色片段"。

今天的"人大",虽然与北大、清华并称为京城乃至国内高等学府赫赫有名的"三驾马车",但"人大"天然的底色和内在的气质,决定了它与生俱来的内敛与低调。这个伴随新中国脚步成长起来的大学,几乎找不到什么"民国传奇"或者"大师轶事",其校训"实事求是",朴实无华,一不留神,你以为进了中央党校。它不施粉黛,淡雅如菊,静静地安坐于北京海淀的一方角落,默默为共和国培养和输送了一批又一批人文社会科学的杰出人才,被民间誉为"高官摇篮"。

"人大不大",这一点完全颠覆了我的想象。进校门,入校区,环境整洁、有序、幽雅,半个小时基本可以走完。除了商学院、体育馆、图书馆略显规模和气势外,其他建筑大多老旧而寻常。置身其中,你会隐约嗅到,似乎这的空气中都弥漫着淡淡的书香。有道是"室雅何须大,花香不在多",相比前些年高等教育快速扩张,许多二三流地方院校大兴土木之举,"人大"依然保持着它既有的理性和低调,以求真务实之精神,专注于特色学科的教学与科研,不求最全但求最好。

不像那些综合性大学包罗万象,作为培养国内经济学界翘楚的高校之一,"人大"或许深谙"差异化"战略之道。正是凭借一种"墙角数枝梅,凌寒独自开"的坚守,不慕百花争艳,甘为"岁寒之友",终于在今日中国人文经济几大学科领域独树一帜,如今已是桃李满枝、名动天下。尽管如此,它极少显摆和张扬,始终稳健低调地前行。或许,这就是它所独具魅力的"人大气质"。

大凡高等学府,培养人才是第一要务。早年曾经参观过美国麻省、耶鲁、斯坦福等世界名校,除了斯坦福校区郁郁葱葱的环境令人惊叹,其他坐落于市区开放式的名校,一眼望去大多极其普通,两三百年前的老房子比

比皆是，有的几乎与国内一些年代久远的居民小区无异。即便在花园或路边有一些获得历届诺贝尔奖的"杰出校友"半身塑像，也难以用"高大"来形容，而这种名校的深邃感和岁月的沧桑感，恰恰印证了其学风之纯正、学养之厚重，这种气质绝非几栋雄伟的现代化建筑所能表现的。

"人大"的厚重并非是它的历史，而着重体现于它内在的气质。即便被冠以某种"摇篮"称号，比如"杰出校友"，用北京话说："一般不说，说出来吓死你。"几天的培训，我了解到一叠长长的名单，包括当下位高权重或者富甲一方者。与其他名校不同的是，它极少炫耀，一如它经纶满满下的无华气质，简约而不简单，质朴又有质地，许多先生宁可放弃从政的机会，选择回归宁静的校园，一袭布衣青衫躬耕于三尺讲台。面对莘莘学子的渴求，伫立于这座校园的学术前沿和精神高地，他们收获到人生最大的快乐。

所谓"筚路蓝缕，以启山林"，自古以来，中国的教书匠，如果不走"学而优则仕"之路，大多清贫一生。作为名校名师，以今时地位和声誉，或许他们不再窘迫，但是，高等学府的高材生如果毕业后人人选择仕途，或者人人为自己设定的小目标而追逐，而作为大学，如果缺乏真正有思想、有风骨、有学养的顶尖级高人，从"取法乎上"和"桶水满杯"的角度看，则必然走入"不进则退"的怪圈。我以为，学问最高的人不应该当领导，而应去当个好教授。

短暂的培训，我们管中窥豹，匆匆领略了几位名师的风范，他们的忧思，他们的境界，绝非我们简单几日培训就能企及。经济社会的多元发展，各行业间固然需要高超的"领路人"，但也需要更多的"明白人"。学术的交锋可以永无止境，而运用的共识如何选择客观、理性和精准，绝非易事，高等学府其中一个重要功能就是化"争议"为"共识"，以共识求解路径和方略，把理想照进现实，让现实尽量少一些"摸着石头过河"。

2000 多年前秦汉时期的《大学》，并非针对高等教育的专著，而是一篇纵论儒家修身治国平天下思想的散文，但其中很多思想的光芒不失为今天的"大学之道"。比如"大学之道，在明明德，在亲民，在止于至善。知止而后有定，定而后能静，静而后能安，安而后能虑，虑而后能得。物有本末，事有终始。知所先后，则近道矣"一说，虽有其时代的局限性，但阐述了关于"德与才，知与行"的朴素哲学道理，作为今天的大学，传道授业，释疑解惑，知行合一，学以致用，不正是我们孜孜以求的目标吗！

一入人大方觉浅，恨不读书年少时。感悟"人大"气质，不仅仅感慨于它历经周折、负重躬行时的从容不迫，而更多仰望它阅尽繁华、洗尽铅华之后的静水流深，汩汩流淌而致大道无形，薪火相传且又生生不息。可惜，当今之社会，当今之大学，这样超凡脱俗的学术涵养和人文气质，实在是不可多得也！

巴黎 巴黎

那年的圣诞前夜，进入巴黎市区，已是华灯初上，车流如海，长而有序，一番缓缓地行进，我们入住巴黎 93 区一家小宾馆，简单实用的标间，空间虽然狭小，但非常干净。

次日早七点起床，向窗外眺望，整个巴黎城仍在沉睡中，远近错落有致

的高楼霓虹闪烁,大街静悄悄。据说巴黎人少有早餐的概念,一般九十点左右,才去咖啡馆浸润,有些类似于中国广东人的早茶,但巴黎的咖啡馆绝非果腹之地,他们品的是香浓,找的是情调。

匆匆用完早餐,我们乘大巴行驶了一小时左右,到达罗浮宫广场,天气阴沉,细雨绵绵,这感觉,恰有些中世纪欧洲油画的味道。令人惊讶的是,广场上的路面全部铺的是细小的沙砾,没有淤泥和积水,这大都市里的乡土气息,或许与法国人崇尚自然的生活理念有关。

罗浮宫的正面,是一座倒金字塔式的玻璃幕墙建筑,这是著名华裔建筑设计师贝聿铭先生的杰作。

上个世纪 70 年代,法国政府把罗浮宫改造设计任务交给了贝聿铭先生,他以融合古典美与现代美的奇思妙想,给已经有 900 多年历史的罗浮宫注入了新鲜而反传统的审美元素。就如同当初埃菲尔铁塔的命运一样,建成伊始备受争议的倒金字塔设计,如今已成为罗浮宫的文化新符号。

在当地友人的导引下,我们从罗浮宫中央大厅进入,经过严格的安检,穿越地下通道,进入罗浮宫内。

刹那间,仿佛一扇神秘的艺术圣殿的大门徐徐开启。迎面而来的是著名的胜利女神雕像,这座出自两千多年前的古希腊艺人之手的女神雕像,由一块完整的汉白玉雕刻而成,技艺极其细腻而精湛。因此,作为罗浮宫的镇馆之宝,女神雕像陈放在宫殿最抢眼的显赫位置。

只可惜,女神像的头部已被损毁,但身体的曲线和轮廓仍然清晰。细细端详,你仿佛看见,在高山之巅,一个身穿白色长裙、长着一双美丽翅膀的青春女神,迎着风雨正待展翅高飞,那被雨水打湿了的长裙,被狂风卷起一侧,袒露出女神修长温润的玉腿,柔软的长裙与丰腴的肌肤相贴,展现了女神刚强性格与柔美体型的完美结合。

　　震惊之余，我就在想，当代雕塑家，恐怕一时也难以达到如此神奇的高度，更何况在两千多年前，各方面的技术和工艺条件远不如今天。由此，我不禁对人类璀璨的历史长河中，那些久远却毫不知名的工匠们所练就的鬼斧神工般超凡技艺，充满了感动和敬意！

　　转入展厅，太多琳琅满目的世界级艺术珍品，尤其那些欧洲文艺复兴时期的人体雕塑和宗教油画藏品，令人眼花缭乱。维纳斯残缺之美、蒙娜丽莎永恒的微笑、米开朗基罗"被缚者"的挣扎……内心期待着，期待与这些艺术瑰宝的零距离接触。

　　眼前是达·芬奇的《蒙娜丽莎》，远没有想象中的壮观，仅仅是一幅 77 cm×53 cm 的小框油画，却是围观人群最密集的地方之一。这，就是令无数人向往已久的世界顶级艺术珍品。

　　虽然平时在各种画册中见过她多回，但是当你真正来到她的跟前，凝眸感受她那神秘温婉的微笑，无论从哪个角度看，她都在和你平和地对视，从眼睛渗透到心灵，莫名的，我的心底一阵莫名的悸动，眼眶竟然忽而有些湿润。恍然若梦，感觉那样的陌生而又熟悉，那么的遥远而又亲切，她仿佛穿越时空与我交流，让我久久不愿离去。

　　恋恋不舍地离开了罗浮宫。下午，我们乘游艇欣赏了塞纳河的沿岸风光，两岸邻河的老式建筑风格独特，连排成片，蔚为壮观。河道的分岔处和众多的跨河大桥两旁，散落着一座座精美高大的人文雕塑，包括今天美国著名的"自由女神"最原始的本尊雕像，正是来自法国塞纳河畔，是当年法国人为纪念美国独立 100 周年奉送的一份"大礼"。

　　从游船上望去，巴黎圣母院的尖塔直耸云霄，耳畔仿佛传来一阵阵沉闷悠长的钟声，脑海中油然浮现出在雨果《悲惨世界》里，奇丑的敲钟人卡西莫多与美丽的吉卜赛姑娘埃斯梅拉达之间奇特爱情故事的经典画面。

因为这部电影，我认识了最初的巴黎，也接触过一些法国文学作品。可惜因行程安排，我们未能如愿参观巴黎圣母院。

次日，我们驱车前往巴黎西南近郊的凡尔赛宫。当初波旁王朝的王宫在罗浮宫，到路易十三登基后，为加强对各方诸侯的控制，在巴黎郊外大兴土木，建设了这座更加豪华、气势磅礴的花园式新王宫，并要求各路诸侯必须在凡尔赛宫周边兴建自己的官邸，以便于国王随时掌控他们的行踪。

从路易十三至路易十六，四任法国国王先后在此当政，凡尔赛宫成为法国历史上封建王朝高度集权的象征，也是当年世界上最奢华、最气派、最逍遥的王宫之一。

进入宫殿，宫内富丽堂皇的程度令人咋舌，在当时用数百块极其昂贵的玻璃镜片整体装饰的镜廊，一色用金粉、金边镶嵌的议事厅、会客厅，以及国王及其子女寝宫，每个房间都有当时欧洲最负盛名的画师和雕塑师制作的大型油画和雕塑，几任国王还不惜血本搜罗了世界各地的奇珍异宝，包括远涉重洋进口了中国大量的名贵瓷器等。路易国王、王后与大臣们，在这里夜夜笙歌，纵情欢娱，可以想见当年是何等的奢靡。

回转至香榭丽舍大街，体会着法兰西民族的浪漫。街道的两边几乎都是"沙驰""香奈尔""BOOS""法国鳄鱼"等著名的品牌旗舰店和各色咖啡馆，因为圣诞即将来临，家家店铺前都摆放了圣诞树和笑容可掬的圣诞老人，四处张灯结彩，时有轻柔欢快的旋律从店内隐隐飘来，浓浓的欧式"年味"，令远在异乡的我，不由想起了《白毛女》喜儿的唱段："年来，来到噢！"

登上著名的埃菲尔铁塔，这座一百多年前曾被法国许多文化艺术大师嗤之以鼻的"垃圾建筑"，今天已经成为巴黎最著名的地标建筑。看来好的建筑作品，就如同陈年老酒，时间越久远，才愈发品出它的香醇和珍贵。

而曾经的中国，特别在一些有着悠久历史文化积淀的古都，到处一个

"拆"字，许多具有地域和民族特色，具有文物保护价值的老房子、老建筑被一拆而光，取而代之的是看似现代、洋气十足，却了无特色的钢筋混凝土筑成的高楼森林，所幸此风得到扼制。

从埃菲尔铁塔放眼望去，美丽的巴黎尽收眼底。巴黎老城区规划科学，布局合理，几乎看不到高大的现代建筑，而外围新区的高楼则鳞次栉比，颇具现代气息。

法国政府对老城区保护有着极其严格的规定，虽然历经了 19 世纪和 20 世纪中叶两次大的城市改造，但是老城区限制体量，建新如旧，十分注重风格的协调统一，尤其那些有着数百年斑斑历史的特色老街区、老建筑得到了完好保存，巴黎享有盛誉的城市排水网络和交通体系得到进一步升级和改善，而新区扩容又大大缓解了老城区的负荷。巴黎的"城改经验"为世界公认。

之前，我曾看过一篇报道，说是在二战末期，焦躁不安的纳粹党魁希特勒眼看大势已去，这个战争狂人突发邪念——"我得不到的东西，别人也别想得到"，于是下令毁灭巴黎，但当时的德军守备司令在痛苦的抉择中最终违抗了此令，使巴黎城得以幸存。这不仅是法国人民的幸事，也是地球人的一件幸事。

今天的巴黎，作为全球著名的浪漫之都、艺术之都、时装之都，变得更加迷人。巍峨的城堡，高耸的教堂，雄伟的宫殿，美丽的花园，精美的大餐，凯旋门下梦幻般的香榭丽舍大街，一切都显得那样优雅从容、高贵大方，像法国香水、葡萄酒和巴黎的时尚美女，吸引了世界各地的游客纷至沓来。

我们来到协和广场，在具有 3400 多年历史的埃及方尖碑前合影留念。据说，为感谢法国"解放"埃及的"杰出贡献"，埃及人民把它作为最珍贵的礼物"送给"了法国。想想，我们中国有多少珍品也曾经如此这般"送给"了

西方列强。今天,他们以艺术的名义堂而皇之地炫耀着他们的辉煌、我们的曾经!

不管法国曾经有过怎样的殖民史,今天的法国,无疑是世界上最具包容性的国度。在法国的街头巷尾,各类工作场所,随处可见北非黑人和其他有色人种的身影,他们已经逐渐融入今日法国社会的各个阶层,成为法兰西民族的一分子。

我们从法国足球队的构成就可以洞悉,在这支队伍中,有世界足球先生——具有阿拉伯民族血统的齐达内,有黑人"枪手"亨利和"铁闸"德塞利,他们与德尚等众多法国白人球员一道,成为高卢雄鸡征战天下的主力军,他们高唱雄浑的《马赛曲》,追随"胜利女神"飞翔的翅膀,为法兰西民族赢得了欧洲杯、世界杯等诸多赛事的荣誉。

巴黎,巴黎,看不够的风景,享不尽的浪漫,说不完的故事!

行走美利坚

那年岁末,行走于美国,从洛杉矶到波士顿,从纽约到费城,从华盛顿到旧金山,大跨度的东西部穿行,最后又由美国东部的华盛顿飞回西部大都市旧金山,这里是我们此次赴美文化考察的最后一站。

旧金山作为美国西部的金融中心、重要海港及海军重镇,也是美国本土华人最多的城市。早在 1848 年,这一带发现金矿资源,而当地劳动力严重匮乏,很多带着"淘金梦"的中国劳工被骗到这里来做苦力,从此在这里创业打拼，繁衍生息，并逐渐融入美国社会。

美国的高等教育号称世界第一，访美一路我们重点参观了不少世界顶级名校——哈佛、耶鲁、麻省理工、西点军校、斯坦福大学。国人习惯把高等学府的密集区域称之为"大学城"，那里，一所所大学错落有致，院墙分明，建筑风格大多雍容华贵，气势恢宏，特别近年在教育产业化的驱动下，中国大学规模迅猛扩张，新校区和各色新潮现代的教学楼如雨后春笋般涌现。

而我们所到的这几所名校，除进入西点军校需要安检外，其他则完全是开放式的，与所在城市、街区融为一体，既没有豪华的校门，也没有围墙隔阻。教学区、图书馆、博物馆、体育场、俱乐部、生活区乃至教堂一应齐全，且多有百余年历史，略显古旧和沧桑的欧式建筑，甚至不如国内一些名牌中学之气势恢宏。校区总体集中但又相对分散在不同的街道上，不会对城市交通和当地市民生活带来任何影响，校区建筑与城市道路贯通，车流来来往往，行人熙熙攘攘，各类商店正常营业，如果不是接待人员的讲解，你几乎无法想象这些名校都是各学科诺贝尔奖获得者的"金色摇篮"，而那些并不高大的获奖者名人塑像，大多伫立在校区小楼之间的拐角处或花园里，静静地守护着这些百年名校历史的荣光与未来的梦想。

最后一站参观的是位于旧金山附近的世界级名校斯坦福大学，令人印象深刻。该校的诺贝尔奖获得者达 60 多人，但在美国仅排第六位。据了解，这所大学始建于 1885 年，是美国一所私立大学，由当时的加州铁路大王、曾任加州州长的老利兰·斯坦福捐资建立。斯坦福大学拥有的资产在世界高等学府中数一数二，多次被权威媒体评为全美前五名明星级大学，尤其学术排名居全美第一的龙头地位。斯坦福大学占地 35 平方公里，是美国面积第二的大学，就像一个美丽而幽静的森林小城市。

说起斯坦福大学的建立,还有一段传奇的故事:

时间回到 1884 年,其创办者斯坦福夫妇带着爱子赴欧洲旅游,天资聪颖、能讲三国语言的小斯坦福被一场伤寒无情夺去了生命,不满 16 岁的生命永远停留在意大利的佛罗伦萨。白发人送黑发人的悲剧,让年过花甲的老斯坦福悲痛万分,想到儿子从小希望就读哈佛大学的心愿,老斯坦福计划捐出自己的一部分财产,以儿子的名字在美国当时最著名的哈佛大学捐建一所图书馆,但遭到了该校校董会的无情拒绝。之后,斯坦福夫妇决定用自己的土地和财产在加州以儿子的名义建一所新大学,这就是今天的斯坦福大学。

今天的斯坦福大学,天空下起了一丝小雨,空气格外清新,虽是隆冬季节,在户外活动的学生们普遍穿得很单薄,身体显得非常壮实。这种现象我们在美国其他城市也经常看到。作为参观者,我们里三层外三层,浑身包裹得严严实实,室内虽然暖和,但室外已是零度以下,冰雪茫茫。大街上依然有不少只穿着短裤 T 恤的年轻人,尤其一些大块头的白人青年,白净的皮肤在冬天凛冽的寒风中已经冻得发紫,可他们似乎毫不介意,照样喝着冰水,无惧无畏地行走着,我就纳闷,这都是些什么样的神人啊?

站在斯坦福校区的胡佛塔下往四周望去,我们仿佛置身于一个巨大的天然植物园中,满目宽阔而整齐的草坪和花坛,校园内没有什么高层建筑,茂密的树林环绕着风格各异的办公楼和教学楼,环境清幽,到这里参观的游客络绎不绝。在通往斯坦福教堂的小院里,有一组法国著名雕塑家罗丹的群雕《先知》,一群困惑者、思考者和进取者的雕像,与这里弥漫着的浓厚学术氛围相映成趣,浑然一体。

穿行在浓密绿荫间的教学楼走廊中,但见各个教室里的学生有的正上大课,有的在上小课。驻足窗前观看,发现师生间的互动非常热烈,甚至有些无拘无束,有的学生歪斜着身子显出几分懒散和随意,有的则友善地向我们做起怪脸。在另一间小教室里,一个年轻的金发女教师一边比画一边说得正兴起,不知不觉间,居然一屁股坐到讲台的课桌上去了,看到窗外有人经过,才赶紧下来,稍稍整了整衣衫,继续她的海阔天空。这种案例式、讨论式和开放式教学方式,对于斯坦福大学等美国名校来说,是再常见不过的了。

参观完斯坦福大学,前往旧金山唐人街,我们才真正感受到浓浓的乡音乡情。密密麻麻的华人商铺和酒店,一色的繁体汉字招牌,一样的黄皮肤、黑眼睛,扑面而来的中国风、红灯笼、中国结、关公像,很多华人店铺都张挂有大写意的中国山水画卷、遒劲的书法长卷,令人倍感亲切。这里的中餐馆,川菜、湘菜、京菜、沪菜等一应俱全,与美国其他城市的中餐相比,更接近国内正宗的家乡味道,更重要的是,还能收看到中央电视台国际频道。访美期间,到处见星条旗飘扬,天天被云遮雾罩的美式英语充斥耳膜,而央视国际频道主持人那几张熟悉的面孔,那些熟悉而温馨的画面,多少慰藉了我们一路寂寥的心情。

转眼已是中国农历的腊月二十三,按照中国人的传统,今天是小年,小年一过,春节将至。中国有句老话"有钱没钱,回家过年",忽然有种感觉,好像做了半个多月的海外游子,终于要回家了,那种急切的心情比任何时候都更加强烈,仿佛听到大洋彼岸亲人和孩子们遥远的呼唤,那正是唐人街和央视国际频道带给我们的短暂而浓浓的乡愁。

次日美国西部时间早上 10 点,我们乘坐国航 CA985 航班返回首都北京。因飞机经白令海峡穿越国际日期变更线,虽然航程漫长,但好在白天飞行,日照强。最为难忘的是,当飞机飞抵阿拉斯加上空时,从舷窗俯瞰一望无际的茫茫雪原、高耸巍峨的雪山群峰,那些弯弯曲曲隐约可见的巨大

冰河隐没在连绵的雪山冰川之中,仿佛进入了壮美的人间天堂,给人以强烈的视觉冲击。

国际日期变更线的更神奇之处在于,这边是北美的落日余晖,那边的东亚已晨曦初露,日出日落下的千里冰封、万里雪原,幻化出万千景色、万种风情。大自然无穷无尽的神奇造化,人类在这片土地上栉风沐雨的梦想和创造,让我深深震撼和感叹!

泉思

吾省吾家是江西

江西有六大名山：庐山、井冈山、三清山、龙虎山、武功山、明月山。

江西有四大古镇：景德镇、樟树镇、吴城镇、河口镇。

江西有四大书院：白鹿洞书院、白鹭洲书院、鹅湖书院、豫章书院。

江西有三大名湖：鄱阳湖、柘林湖、仙女湖。

江西有三大名洞：龙宫洞、义龙洞、神龙宫。

江西有三大古村：婺源古村群落、安义古村、流坑古村。

…………

江西风景独好，好就好在不事雕饰，自然天成！

当然，此话不尽然，一些名山镌刻的特殊文化符号，那是共和国一段抹不去的历史记忆。

古镇已逝，留下的更多是曾经的辉煌和章节的回忆。

文风鼎盛的江右文化，如今已日渐式微。书院犹在，书声已远，一座座空旷的院落中，唯有古樟与今人孤独的对话，稀稀落落的游人慕名而来，往往扫兴而归，因为这里除了一尊躯壳，其他已了无内涵。

那些"俊彩星驰、人杰地灵"的夸耀，曾经让我们引以为豪，久了，也就倦了，曾经的文化高地日渐荒芜，如同一个家道中落之人，逢人便说"上辈子曾经阔过"的碎语。今天，我们的精神家园早已没了古人的情怀和空灵。

"万里长城今犹在,不见当年秦始皇",既然老祖宗留给我们的遗产,今人不能发扬光大,那么,能保持也是一种在世的修为、一种时代的呼唤。

那么,江西还有什么?秀美的青山绿水,广袤的田园生态,是上苍赐予我们的宝贵财富。我们不一定要跟别人短板比长,是人必将老去,而江山风景依旧,山水田园吾家。

不离不弃,在这片依然丰美的土地,不敢轻易用"大美"来赞美,但只要你走出江西任何一座城市外延的不远处,你一定能找到一块风景悠然的净土,为你掸落尘世的颗粒,让你尽情地呼吸,放声地歌唱。

现实的社会,金钱丈量着一个地区的身价。"清贫的江西"一如先烈方志敏笔下的"可爱的中国",相当程度上,清贫而俊美成为它的代名词,过去如此,今天依然。

追赶是一种负累的痛,盲目地追赶更让人无所适从。"口号江西"换来的不过是概念的更迭与反复的折腾,一个人可以改变一时,一个人也可以打回原形,可叹那曾经稍纵即逝的曙光,而我们依然拥抱着希望。

回归于山水,今天的江西依然如此这般,你无法指望它的"一步登天",唯有咬紧牙关、奋力地跳跃和摘取,才可能尝到一口鲜嫩的果实。

但是,这"苹果"应是自然的、生态的、有机的,依托于江西山水滋养生成的,离开了这个,江西并无多少优势可言,因为环顾周边,我们"穷得只剩下好山好水了"!

山水可以养人,山水可以寄情。纠结后理当清醒,拥有过才懂得珍惜,不要再去折腾这片原本脆弱的土地,即便它再丰美也难以抵御开发的无序。

不比了,我们不比车水马龙,不比"膀阔腰圆",不比雾霾尘埃,只望青

山隐隐,溪水潺潺,枫林暮归,渔舟唱晚,以及那炊烟袅袅中家乡的味道……

我依然为今天的江西点赞,因为它不完美却很宜人,虽不富态却也纯良。它让我懂得珍惜,懂得感恩,没有这片故园的土地,或许我就没有今天自由的呼吸、自在的生活。

让江西山更青,水更绿,天更蓝,那就在造化,就是情怀,就是我们最大的良知!

老宅子的回响

我的童年是在故乡的老宅深巷中度过的,两层的木制瓦房,长巷的两旁,老屋与老屋紧紧相连,里面冬暖夏凉,干爽宜人,清静又自在。

每天早上,阳光透过门窗的缝隙透进来一道道粗粗的金线,在金线的光影中,浮游的尘埃粒子好似生命的舞动,让你忽而产生一种想探入其中的冲动。支窗而望,对面的老屋里已是炊烟袅袅,眼前那条黝黑锃亮的青石板小路上行人悠悠,令人深感岁月静好。

那栋曾经住过的老宅子已无从考证它的来历和年轮,但与后来游历一些古村所看到的深宅大院相比,这栋老宅甚是狭小简陋,木制的真材实料不假,但也就是南方常见的木制结构的普通民居而已。

老宅子令人怀旧,也让人遐想。尤其去到那些曾经出过名人士大夫的古村落,依山傍水的田园景色,加之古宅曲径通幽、精巧别致的建筑布局和艺术风格,让人好生欢喜,而古宅深院的背后所隐藏的故事更是令人神往。这里,不仅可以演绎《聊斋志异》里的鬼故事,还有更多名人大家的传奇人生值得挖掘。

前不久,陪江西文化名家陈政老师去了趟婺源。京城的朋友吴总等几个文化人,多方筹资在婺源几个古村租用了五六个具有典型徽派特色的古宅,用于古宅保护兼而开发最美乡村度假游,透过修旧如旧的精心改造,让老宅子枯木逢春。看过古宅改造前后的对比图,我等由衷夸赞吴总做了一件"功在当代,利在千秋"的大好事。

最初开发的一个古宅叫九思堂,坐落于婺源清华镇的罗云村,始建于清光绪年间。"九思"二字,源于孔子《论语》中"君子有九思"一说。婺源原属古徽州,而徽州人大多思乡情浓,他们功成名就之后,都会衣锦还乡,造一栋漂亮、舒适的大屋以光宗耀祖,并赋雅号"某某堂",九思堂如是而来。

古宅因保护重生,文化令古宅升值。作为北大管理硕士研究生毕业的江西人吴总,因为乡愁的呼唤,抑或是人文的敏锐,从 2010 年起,放弃了京城相对安稳的生活,一头扎进婺源那些不起眼的古村落之中,一种机缘让他与九思堂不期而遇,从此开始了他的古宅保护与开发的旅程。

占地 500 余平方米的九思堂,主要由前堂、后堂、厨房和后院四大部分组成。从古宅大门精美的砖雕,到天井、阁楼、厢房门窗栩栩如生的徽州木雕,技艺精湛令人叹为观止,百年古宅几经浩劫而得以幸存,其中必定布满各种艰辛。

如果仅仅为追求投资回报,一般投资者多会把这些空间尽量改为食宿之用,但吴总他们决定不做"伤筋动骨"的改造,尽量还原传统,追求简约,

只设置了七间客房，留足多处精心布置的茶室、书房等公共空间，将澄静宁和的生活态度和自在逍遥的人文精神融合其中，体现了一个文化人应有的使命和情怀。

九思堂导入的乡村度假游全新理念，改变了婺源那种扎堆式、短平快的传统旅游模式，给婺源乃至江西旅游业界带来一缕清风，顺应了当下旅游目标市场错峰度假、快旅慢游的不同期待，让人们惊奇地发现，旅游度假原本就是生活的一部分，休闲式的自助游和深度游，才是旅游本质属性的回归。

九思堂由此风生水起。几年下来，吴总在周边几十里地的数个村落里，陆续又开发了几座新的乡村度假宅院，其简约而不简单、传统与现代相融合的风格布局，同时推出的田园风情、民俗文化体验游，深受年休度假游客的青睐。

偷得婺源半日闲，是夜，与陈政老师分享中国传统文化的博大精深，与吴总围炉夜话乡村旅游的前景和未来，受益匪浅。那些来古宅度假的客人们，在乡间的清溪田垄上自由行走了一天，也静静安坐于茶室的一角，品尝着产自于婺源大山里沁香的青绿，偶尔畅谈今日观感。一位来自上海某医院的年轻女士就说，每年她都要来这长住一段时间，白天呼吸这里的空气，晚上去看夜空中满天的星星，真好！

我曾经撰文说过，"婺源之美，不只在春天；婺源之韵，不只是外在"。如今的婺源，正在走出那种以油菜花季为营销噱头的瓶颈，以篁岭旅游度假区为龙头，主推乡村度假游模式，或许，这才是最美乡村游新的活力源和增长点。

更多富裕起来的都市人也逐渐热衷于这种休闲度假方式，包括一些离退休老同志自愿返乡，或寻一处青山绿水，邀伴购买或租用乡村老宅子，自费改造成自己或家人双休或年休的"山水居",让那些原本破败凋敝的老宅子又重新焕发生机与活力。

近日,《人民日报》专门发文,提请决策者关注"老同志下乡"现象。一方面,鼓励领导干部、知识分子、工商界人士等多种类型的"告老还乡",推动乡村发展。另一方面,也急需加强乡村的文化建设,营造开放格局,避免局部封闭,以文化为底色,形成更有效的吸纳社会能量的运行模式,让见贤思齐蔚然成风,努力弥合当下农村在现代化进程中存在的二元反差,并将这一趋势上升到培养时代"新乡贤"的高度。

中国自古便是农业大国,而乡绅文化和乡贤文化,是数千年来中国传统农耕社会中,保持农村社会结构稳定和农业人口繁衍兴旺的基石。进入现代社会,如果一味强调只进不出的"城镇化"或"工业化",二元结构的鸿沟可能越拉越大,乡音、乡情、乡愁将变得遥不可及,中国广袤的农村、广大的农民向何处去? 他们的未来在哪里? 这不能不说是个严峻而现实的社会命题。

作为有识之士,吴总们超前预见到这一问题,并力尽所能去做这样一件有意义的事情。他们是探路者,但他们毕竟不是慈善家,他们也要为生存计,他们的力量尚且微弱,但功德无量,这样的点点星火尤为珍贵,也为更多的有识之士和有能之人提供了一种资鉴。农村需要他们的火花,乡愁需要他们的滋润,生活需要他们的改变!

此刻,不由想改编海子的那首著名的诗句:从明天起,做一个幸福的人。种菜,养花,喝茶,写字,乡村度假。从明天起,关心有机粮食和无害蔬菜。我有一所老宅子,面朝清溪,春暖花开。从明天起,在老宅子里用Wi-Fi、手机和每一个亲朋好友发微信,告诉他们我的自在、我的幸福!

回 乡 散 记

这次回去,家乡一个小学同学,后来分回这所小学当老师的兄弟,把清明回家乡扫墓的外地同学,提前一天"纠集"到学校,算是来了一场分别 40 年的小聚。

那天的雨特别大,几乎倾盆如注,车开得小心翼翼,雨刮器发疯似的摇晃,也难以看清前路。而一路的颠簸,让常年住在省城,大多高铁、飞机出行的我,深感取消收费后,乡镇公路的路况维护投入明显不足,据说,通村公路更是每况愈下。

改革开放几十年来,中国交通基础设施确实有了巨大改善,尤其从高速公路到高铁,实现了质的飞跃,成为助推国民经济发展的重要引擎。今天,我们有世界领先的高铁、不输欧美的高速公路,但是,只要一下高速,你会发现,这远离高速的那一片乡镇又是另外的一番景象。

前些年,国家大举拉动内需,在国家和地方财政的合力下,很多地方"村村通公路"基本实现。而至当下的经济情势,乡镇财政有些捉襟见肘,乡村公路破损日益严重,即便家乡小镇的主干道,也有些坑坑洼洼。家乡人口稠密,虽然很多青壮劳力都进城务工,但这里终究是他们的家园。

故乡山水依旧,平缓的抚河历经岁月的风雨在静静地流淌,远方沉寂起伏的丘陵与山岗,依然郁郁葱葱。对岸不远的白虎岭一带,如今已是著名的凤凰沟风景区,早春来凤凰沟赏樱花,已成为省城人踏青的好去处。

小镇的房子建得密密麻麻,但多少还是有些杂乱无序,临街店铺林立,但街道上的秩序和卫生实在不敢恭维,甚至没有小时候感觉的那么清爽。唯一值得欣慰的是,曾经就读的乡镇小学和中学,如今成为小镇最漂亮的建筑之一,看来,"再穷不能穷教育"在这里得到了较好的落实。

儿时印象中,小镇以老房子居多,相对破败的后万村,如今已是树影婆娑,桃红柳绿,老屋长巷,曲径通幽,这样的传统民宅和古风雅韵,除了婺源、安义等江西几大著名古村,寻常已难得一见。只是,过去这里连墙成栋的老房子大多被拆,唯有万氏宗祠一小片老屋得到保留。中国如今保存较好的一些古村落,大多出自"名人效应"。走进那些府第大宅、老屋幽院,那些个丞相、尚书、侍郎、大学士之流后来落叶归根,或是衣锦还乡,谁人不想把家乡变得更好?只不过,如今这种传承的根系越来越破碎,我有此心,却无此力。

周边也有最新的成功范例,那是省城老市长李豆罗的家乡进贤"西湖李家"。这个"从农民到市长用了40年,从市长到农民只用了4个小时"的官员,回乡务农后,以"青岚农夫"自居,秉持"山水化、田园化、农耕文化"的理念,把一个不知名、不起眼的小村部落,打造成为远近闻名的文化旅游生态新农村。

我想,在倡导工业化、城镇化,甚至鼓励农民兄弟进城买房增值的今天,广大的农村,究竟是成为农民老汉苟且的养老处、农村儿童的留守处,还是让那些走出去的成功人士,在外打工有一技之长且有些积蓄的青壮年农民,最终回归家乡、建设家乡的平台?

这可能是我一时理想化的构思,而"理想很丰满,现实很骨感",我们看

到的景象却与此渐行渐远。今天的农村，如果连出行的一条路都那么那么艰难，而与他们的生活息息相关的教育、医疗、婚姻、谋生之路必将更加艰难。在发展的当下，农民乃至农村的出路到底在哪里？我陷入了某种困惑。

中国的现代化绝不能忘记农村和农民，新农村建设不能沦为一句口号，而田园牧歌式的生活，又何尝不是中国梦的重要一景！

回归同学相聚，40年的变化，童年脑海里的范本，很多人到今天几乎已无法辨识。而这批儿时的小伙伴们如今的"社会分工"也千差万别，有的定居海外，有的京城做官，有的外省发展，有的在省城、各市县立业，也有部分留在家乡小本经营，其中一个儿时的玩伴，就在小镇加工、经营当地知名的特产——三江萝卜咸菜。

对于同学的到来，最高兴的莫过于老师了。当年的班主任蔡老师，虽已年逾古稀，但在他的身上丝毫看不到苍老的痕迹，双目有神，精神矍铄，走路虎虎生风，说话中气很足。当年我学二胡、写书法，在一定程度上受到他的熏陶，那是我在小镇最早接受的"素质教育"。

老师紧紧攥住我们这些离开家乡发展的同学的手，温暖而有力。他是个喜形于色、直言不讳的人，面对我们，他几次说："看到大家今天事业有成，我很自豪！我曾经也想培养儿子当官来光宗耀祖，虽然他没有进入体制内，但现在国内一家知名大公司当高管，也很有出息，我也很自豪！"

老师家属于书香门第，完全有条件培养孩子，小镇居民也远不似更多广袤农村里的家庭那样窘迫艰难，但老师的话，让我想起最近很火的大学老师黄灯在《乡村调查》一文中类似的观点。这种观点本身没有任何问题，谁人父母不想望子成龙，尤其那些地处偏远、相对贫瘠的地方更是如此，一个农村家庭省吃俭用培养一个孩子,子女如果能够鲤鱼跳龙门,那整个家庭也可能"咸鱼翻身"了,然而事实果真如此吗?

现实的情况,如大学老师黄灯在文中所言:正是因为意识到权力的重要,婆婆生前最大的遗憾就是她的儿子没有当官,她老人家凭借想象,将博士的头衔兑换为看得见的官职和权力,却不知道这个群体的实际生存境况。无力帮助亲人的内疚,越发让我感受到农村家庭难以改变命运的结构性困境。

作为双博士的大学老师黄灯夫妻尚有如此困惑,相信更多考学出去的孩子在成家立业之后,回到家乡,面对亲人,可能也会面临同样的烦恼。故而,黄灯老师感慨地写道:留在乡村的人和从乡村走出的人,上一辈与下一代,他们之间的差异在城镇化的过程中被迅速拉大,"乡愁"的"愁"由此加剧。这便成为"回得去的故乡,回不去的乡愁"了!

杞人忧天往往是文人的一种习惯性思维,回一次家乡,与同学见上一面,确实有点"想太多了"。其实,跟几十年前比,家乡小镇还是变化很大,仅从街头密密麻麻停靠的汽车看,家乡比起很多地方富庶许多,尤其后万古村的变化更是令人眼前一亮。毕竟,美不美,家乡水;亲不亲,故乡人。

附：

清明的故乡

曾经不远

咫尺天涯的小小地方

过去的朦胧已渐清晰

排斥的坚冰因春而融化

浅浅的发酵中

已无所谓

那些乡愁与情怀的浓烈对话

只怀念故乡田园那片绿水和丘陵

在山水小镇青翠的原野上

栽满了

杂乱的幸福童趣

零碎的亲情往事

邂逅了

陌生的熟悉人

熟悉的陌生人

童年似一首歌

伴着横吹的长笛在天空荡漾

穿越那条万古奔流的长河

记忆翻卷在苍淼云水之间

人生如白驹

思绪骑于马背

任性而无缰地奔腾

那些人事

摇着年轮化为青烟的符号

袅袅地飘忽

有些随长河静水流深

有的藏在古宅的幽处

以及树影摇曳

青山隐隐的远方……

江 南 碎 忆

江南美，谁人不忆？无论是桃红柳绿、春和景明，还是杏花烟雨、莺飞草长；无论是曲水流觞、枫桥夜泊，还是风帘翠幕、十里荷花。

江南江北，地理分界线以长江为界。而我历来喜欢"江南"这个柔美的地名，从不认为这是东部或东南的专属，因我所生活的江西，地处长江中游以南，是个一样有着江南风情的好地方。

童年生活过的小镇，青山绿水，河汊纵横。每到正月新春，各种民间传统社戏、南派武术、舞狮龙灯表演穿梭于老宅深巷。从早到晚的唢呐声鸣、

锣鼓铿锵,鞭炮声不绝于耳,接了东家,去了西家,忙坏了主人,乐坏了孩子。

少年天真,本以为这就是江南应该有的模样,这就是江南的风、江南的情、江南的韵,点点滴滴,镌刻在儿时青葱明媚的记忆深处。

后来,读了些鲁迅的文字,感觉鲁迅笔下的江南故园,与自己的生活倒有几分近似,儿时玩伴"闰土"就在我的周围,只是文中的描绘依然朦胧,直到看了电影《早春二月》,才体会到真正的江南水乡的诗情画意,与江西乡村建筑和人文风情还是有一定差异性。

楼台、庭院、长桥、古塔、青石板、丁香花、紫竹调、乌篷船、杨柳岸……无处不在的风景,还有那一串串精美的诗话和古老的传说,让江南美中有景,景中有意,意中有境。有文人曾经说过,是文化构造了江南,是艺术深化了江南,是情感完美了江南。

江南臻于完美的典范,当首推杭州,虽然"上有苏杭,下有天堂",但苏杭相较,苏州过于注重内在的精巧和缜密,历史感和人文感的培育略逊一筹,今天的苏州更多炫于经济的辉煌,杭州天人合一下的磅礴大气,赋予江南三吴都会现代新意。于是,白居易诗中"忆江南,最忆是杭州",当名副其实。

杭州,"天堂"美誉纵横千百年,自古繁华,今朝更盛。记忆中,有一年黄金周去了杭州旅游,免费开放不久的西湖,游客慕名"西湖十景"而来,苏堤断桥之上,不见景致,唯见人头,人气如此之高,除了感叹,更有遗憾。

我所生活的这座城市,曾经的"豫章十景"早已面目全非,尽管我们一直在"动感""水都""秋城"中玩弄新鲜辞藻,那些游离不定的镜头,总难以聚焦这座城市的血脉与灵魂。当既有的已经失去,舶来的总是违和,得到的也只是暂时。我以为，南昌的变是暂时的，不变才是永远的。

江西，江南西道，自唐玄宗年间命名，至今已千年有余。历经"盛衰"而今依然匍匐，在今人的眼中，并没有多少人把江西看作江南。或许，经济体量决定着文化重量，今天的江南已经狭义化地局限在江浙沪区域的长三角一线，但江西是江南，一直是我固化的认知。

不管是不是在真正的江南，因为江南物华，因为江南诗话，因为江南情怀，自"触网"写作伊始，我便一直以"江南浪子"为昵称，由此敲打出数万篇闲言碎语。也不管城头如何变幻，我心头一直住着一个江南的地方，江南好，能不忆江南？

有梦藏于江南，何必心碎才懂！喜欢江南，喜欢这种眼睛里的风景，更喜欢这种骨子里的风雅，这种经年月久、由内而外的底蕴和感觉所散发出的能量，最终凝结于"文化"二字。

精 神 家 园

现代人与精神似乎渐行渐远，而对于这个熟悉又陌生的名词，今天，驻足精神的领地，我们却无法找到合乎逻辑的诠释。

我们曾经有过太多的精神，宗教给人以精神的慰藉，理想给人以精神的向往，文化给人以精神的满足，体育给人以精神的维系……

"浪漫骑士"王小波的英年早逝，仿佛告诉人们精神家园的不复存在，

虽然他一生笃信"井底之蛙也拥有一片天空,十三岁的孩子也可以有一片精神家园"。但是,囿于城堡中的精神家园纵然安逸,毕竟只有碗大的天地,童真无瑕的精神烂漫,是因为人还未曾跋涉精神的险境。

迎面而来的都市浮华、物流澎湃,现代人忙忙碌碌于一张漫无边际的"天网"中,生活在一座座钢筋水泥的森林里,硬金属器的高分贝以及跌宕起伏的股市风浪,涤荡着日渐萎缩的精神家园。曾经的理想、曾经的岁月烟消云散之后,身心皆累的现代人是否该随刘欢而歌:我已经变得不再是我!

不知是真诚的呼唤,抑或是刻意的炒作,几个不甘寂寞的精神"卫道士"开始聚焦于现代人的这种无奈与尴尬,一种与现代社会格格不入的世纪末怀旧情结已悄然闯入我们日益虚空的精神家园。

从早已作古的清末名士辜鸿铭论著的风行,到一组《老照片》的意外走俏,由几年前"廊桥热"发端到怀旧文学的重新崛起,文人笔端诸多"陈年老酒"经过一番艺术的调制和包装,一如林海音《城南旧事》般的醇香自然,凝重悠长。"长亭外,古道边,芳草碧连天"的民国风遐想,以及麦迪逊桥弗郎西丝卡田园牧歌式的美梦,令现代人如痴如醉于昨日的闪回和追忆中。难怪作家冯骥才如此直言不讳:我是个怀旧中人。

我无从参透怀旧于人的精神是负重还是挣脱,也不堪沉湎于对过去简单的复制。相信现代人同样无法忍受辜鸿铭式的"迂儒"风范,纵然满腹经纶、学贯中西,却食古不化地捍卫着大清的金科玉律,执着而可笑地为"男人辫子"而辩,为"三妻四妾"而歌,以如此《中国人的精神》,实在无以直面于世纪之潮,而终归于历史长河的"沉舟病树"。

然而,浓郁的怀旧情绪无疑代表了现代人的一种真实心态。在这股反流行的文化季风中，究竟是在承认历史厚重中担当起未来振兴的责任，还是因精神迷惘而无奈而进行无病呻吟？这使我陷入思想的迷惘之中。

现代人的精神是矛盾的，渴望精神家园的构造，却束手无策于新模式的构建；现代人的精神是困顿的，多元化选择所带来的困惑常常于前卫和传统中徘徊。如萨特所言，选择可能是在屈从或不安中进行的，它可以是一种逃避，也可以在自欺中得以实现。而面对明天，我们当作何选择？

雨　　问

有朋友问我，喜欢雨天还是晴天？这个问题，就像问我老婆和老妈掉河里了先救谁一样难回答。

四季更替，随着北回归线的移动，南北半球在季节的变换中呈现出不同的温度和色彩，让人们在不同的日子里，享受着阳光和雨露，雨雪与冰霜。不同的人因为不同的心境而对季节敏感，或欢娱或哀怨，或激越或浪漫。

地球表面的71%是海洋，水是已知的生命中最不可或缺的养分。北半球的中国，大多数地方四季分明，只不过有些季节或长或短，或日照充足或雨水充沛。稍稍有些地理知识的人都知道，中国南方多雨而北方相对缺水，否则又何必进行"南水北调"。

或许，恰是北方的大平原、大草原，加上持续时间较长的大晴天，造就

了北方人大气、豪爽、粗犷的性格。只不过，今天北方多霾的天气，让他们的"阳光心情"开始缩水，这与北方人的规模性生产生活有关，而人的活动直接影响到环境，环境又波及天气及心情。因此，北方人今天除了关注雨水，更多还关注季候风的走向。

南方固然也有霾的影响，但经常性的雨水常能给大地带来清新和滋润。南方茂密植被的嫩绿常青，也给正在被影响的空气带来些许调节，今时的雨水又被赋予了"洗肺"的疗效。因此，南方人对雨水在意更多，也习惯于在雨水的季节中生存，在一次次富有诗意的"雨打芭蕉"和"残荷听雨"中，享受着春雨如丝、夏雨如梦、秋雨如醉、冬雨如玉的万千景色，而南方人的心情和性格，也更多受到雨天的影响而变得细腻、温润而柔情。

中国自古便有"南文北武"一说，意思是南方多出文人墨客，北方多出武将侠客。这一方面反映出南北文化的差异，另一方面也存在地域自然环境的影响。北方草原的呼麦长调与江南水乡的丝竹清音，一个如风，一个如雨，就如同来自天籁的两种声音，尽管现代音乐可以嫁接融合，但其纯正的原生态本质是谁都难以改变的，一旦改变了也就变味了。

南方的文人多是在雨天写作的，无论烟雨迷蒙、细雨霏霏，还是冷雨敲窗、雨帘云栋，都往往成为灵感的生发处。古往今来，关于雨天、雨色、雨景、雨思的诗句佳文几可信手拈来，从孟浩然之"夜来风雨声，花落知多少"，苏轼的"水光潋滟晴方好，山色空蒙雨亦奇"，到陆游的"夜阑卧听风吹雨，铁马冰河入梦来"，再到现代诗人戴望舒的"在雨的哀曲里，消了她的颜色，散了她的芳香"，以及余光中的"等你，在雨中，在造虹的雨中，蝉声沉落，蛙声升起，一池的红莲如红焰，在雨中，你来不来都一样，竟感觉，每朵莲都像你"。

醉了！够了！中国文人尤其南方文人对雨水的体察入微，已经超过了水分子结构所包含的一切元素，本来无色无味的雨水，因时因景因情被赋予了或浓郁或幽远的意境，细细读来，百转千回，欲说还休，直至肝肠欲断。据说，唐玄宗入蜀时在雨中每每听到铃声而想起杨贵妃，顿生无限愁绪，故专门取词牌"雨霖铃"以为思念。作为北方人，唐玄宗尚且如此多愁善感，足见雨天可以给人带来某种特殊而温软的情愫。

雨天一般难以写出壮怀激烈的文句，但是北人甚至更北方的人，则另当别论，如苏联作家高尔基的《海燕》则描写出暴风雨下的波澜壮阔，一句"让暴风雨来得更猛烈些吧"足以激荡无数革命者的浩然之志。而今天的我，却喜欢在雨夜静静聆听那些抒情婉约的散文小品，无论细雨喃喃，还是大雨滂沱，只要你把它当作是舒伯特的小夜曲一样催眠，裹在松暖的被窝里，那感觉也是极好的。

对于人类来说，水当然是好东西。有人说雨水是上苍怜悯的眼泪，带给大地芸芸众生以生机和希望。都说女人是水做的，无论因生气或是幸福，在情感活动最为复杂波动的时候，女人的泪腺最为发达，往往哭是最有效的利器。于是，便有了"梨花带雨，泪如雨下，涕零如雨"等形容词。后人分析，哭有助于女性健康，一则纾解了积郁的心情，二则泪水可以排毒养颜。于是，我想到上苍之水，不也在为地球为人类排毒养颜，让万物滋润生长吗？你说，这雨天好还是不好！

关于"雨问"，归结为一句话，遵循规律，凡事有度。如果天天像范仲淹所描绘的"若夫淫雨霏霏，连月不开，阴风怒号，浊浪排空；日星隐曜，山岳潜形；商旅不行，樯倾楫摧……"想必日子定是无比的煎熬。日出日落，潮来潮去，该来的会来，该走的会走，东边太阳西边雨，阴晴圆缺会有时，一切源于自然，既为自然，就要有一个自在之心、随安之梦！

风　问

和雨一样，风的属性，飘忽不定。风的归去来兮，就如同我们日常生活所需要的油盐酱醋，每天可以有，而超标过量了，可能就走向事物的反面。

教科书上说，风是由空气流动引起的一种自然现象，可以说是地球气候环境变化的一大推手。尤其是在当下的"雾霾"时代，风的实用性与破坏性一样强大。

当风儿带来酷暑的清凉、久旱的甘露，那样的"春风""金风""暖风"是值得人类歌颂的。而季候风的南北交替，大小转换，风便有了等级和强度。大风要么带来大面积降温，要么挟裹着暴雨的袭扰，有时风成为一种肃杀乃至凛冽的代名词，人类唯恐避之不及。

当我们洗尽尘埃，放下一切，静静地欣赏一段甜歌或是轻音乐，自然会有春风拂面、风吹麦浪的感觉，如此则心旷神怡，宠辱皆忘。《白毛女》中的"北风吹"曾经是我记忆中的经典："北风那个吹，雪花那个飘，年来到了……""风在吼，马在叫，黄河在咆哮，黄河在咆哮"令人壮怀激烈，而现代"风往北吹"中重金属音质骤起，那种狂风大作、疾风劲雨的跌宕感也随之而来，风便成宣泄甚至愤怒的符号。

还记得好莱坞大片《龙卷风》里的画面，尽管剧情精彩，但真正的主角似乎是那席卷而至的龙卷风。当我们看到地球的一切生灵遭遇它肆虐之后的魂飞魄散,你才真切感受到人类在大自然面前的渺小与苍白。此刻的风,由"风神"蜕变成了"风魔",留给人们的是一次次灾难的记忆。

尽管大自然的很多现象我们至今无法预知,也无法解释,而人类总是在历史的长河中艰难跋涉。往事如风,终于走到今天,人类也总是向往美好,追求幸福,无论在怎样艰困的气候与环境下,始终不放弃生的勇气和梦的追求,不管是东南风,还是西北风,无论台风,或是飓风,人类都栉风沐雨,踏歌而行。

风是有动能的,不论是自然现象,还是社会现象,风起云涌,蔚然成风,风往往是前置条件。很多时候,风又赋予人类孜孜以求的风雅和浪漫。《诗经》中"风雅颂"风为先,"风花雪月"风在前,"风华绝代"那是风采与才华合体的绝妙形容。当然,也有俗的形容——风卷残云、风流快活、煽风点火,而形容年轻男子之风流倜傥,妙龄女子之风情万种,则带给人风月无边的遐想,即便足球名将,也诸多"风之子"的美誉。

关于风,几多激越,几分浪漫,几许凄婉,"风萧萧兮易水寒,壮士一去兮不复返""大风起兮云飞扬,威加海内兮归故乡""云想衣裳花想容,春风拂槛露华浓""人生若只如初见,何事秋风悲画扇""小楼昨夜又东风,故国不堪回首月明中""莫道不销魂,帘卷西风,人比黄花瘦""杨柳岸,晓风残月""秋风秋雨愁煞人,寒宵独坐心如捣",蕴含其中的,有家国情怀,更多的是儿女情长。

无论是风中的吟唱,还是风中的绝唱,风和雨一直是中国历代文人墨客咏叹的重要对象。江山社稷倡导的是"风雨同舟",黎民百姓祈求的是"风调雨顺",进入和平年代,关于风的旋律,更多赋予了轻松愉悦的小情调。

在大自然面前,人类最大的本领就是兴利除弊、因势利导,我们借风除

霾,借风聚能。中国西北个别污染严重的城市,甚至幻想着"炸山引风",从风车、风帆到风能发电,从扇子、风扇到空调,人类一步步运用现代科技手段,让风为我所用。一句"成风化人",又对现今人类社会的道德良俗、价值取向提出了拷问,因此"风问"既是物质的,亦是精神的。

邓丽君有一首经典老歌《风从哪里来》,歌词写道:"风儿多可爱,阵阵吹过来,有谁愿意告诉我,风从哪里来。爱像一阵风,不知哪里来,没有人能告诉我,爱从哪里来。来得急去得快,有欢笑有悲哀,莫非这样就叫爱。"风也一样,送人清新,带人凛冽,给人欢乐,也令人烦恼,时而惊奇,偶尔恐慌,自然的辩证法无处不在,面对风就如同人类需要面对的一切家长里短、爱恨情仇,所有的经历都是一种自然,也是一种必然!

热　　问

地球正在变热,并非仅仅气候缘故,还有前所未有的文明进步和霸蛮张狂。人类对于情感、对于财富、对于享乐及其一切的追逐,梦想不断升温,热浪开始奔涌,那些彩色斑斓之地往往被人们称为"熟地"和"热地",如果没有热度,似乎永远是不可能实现的小目标。

当夏季地球高温红色警示标注得密密麻麻,那些难耐的煎熬只是人类表皮的体感,而心之躁动藏在最隐秘的深处。你便开始洞察和投机,渴望催发想象和创造的生长,从零开始,由无生有,点点星火,渐渐燎原。如《道德经》中"道生一,一生二,二生三,三生万物",地球的生态及生物的多样性概莫能外,无穷尽也!

人类渴望阳光雨露,高歌"万物生长靠太阳",因为有阳光普照,万物复苏的季节才有更多美好的抒情与歌唱。因不同的气候、不同的经纬度分布,人类有了肤色和体格的差异。一切生灵皆有各自的生存环境,万千植物亦是如此,姹紫嫣红,春华秋实,争奇斗艳、争强好胜的生命力无处不在,且随时空的变幻竞相吐露和绽放。

从远古的"冰河时代"到今天的"温室效应",物竞天择,适者生存。猛犸象和霸王龙已经远去,尼安德特人的后续依然彪悍,人类的不断进化愈发充满着幻想、征服、创造和统治力。地球太多的未知和季候的变幻,实现着种类代际的传承,也完成了无数次惨烈的优胜劣汰,昨天无数的丛林"大王"早已成为风干的记忆,历史的尘埃也早已是一堆灭绝的化石,看今日多少"英雄"又横刀立马,叱咤风云于寰宇之间。

江山代有才人出,各领风骚几十年矣!万里长城之下,谁知秦王春秋;楚河汉界之间,谁解霸王之殇?曾经的热情和梦想,无数的激情与创造,弹指间,有人"樯橹灰飞烟灭",有人"谈笑凯歌还"。滚滚长江东逝水,一将功成万骨枯,在成王败寇、白昼流易间转换。瑜亮之争,可叹生不逢时;竖子成名,成功者不受谴责。地球之大,可以容纳很多,光阴似箭,一切如白驹过隙。

地球需要热量,人类需要能量,汇成热能,驱动世界。但一切的热能皆有限度,凡事物极必反,地球热能的过度集聚可能诱发火山喷薄,甚至山崩地裂,人类欲望的极度膨胀也可能带来无妄之灾。故而,疯狂是失败者的催化剂,理智是成功者的通行证,理性与激情的"空调",可以延缓,可以规避,可以调适,重要的是环境的和谐与内心的良知,世界的恒温正在于两者

的对立统一、协调与共。

喜欢热舞者，一般迷恋重金属的喧嚣，而相对理智者，则愿意躲进小楼，不问秋冬世故。生命的色彩如此斑斓，谁对谁错没有绝对，不同的年轮、不同的环境，赋予人不同的心态，见山是山也好，见水是水也罢，既然活着，就不该尸位素餐，成为行尸走肉，消极、麻木乃至躲避并非入世之道，梦想总是要有的，万一实现了呢！

热情富有创造，无论你处在什么方位，你必须想方设法更多去沐浴阳光、获取能量。世界需要热心肠，如果实现能量的聚变，传递更多的光和热，你是英雄，你便崇高。即便是沉默的多数，无法温暖别人，可以保持自己的恒温，体现积极的姿态，或者众人拾柴，抱团取暖，举手投足间，微言大义中，亦可汇成世界的正能量。

赠人玫瑰，手有余香。同样，杀敌一千，自损八百。无论亚历山大大帝，或是第欧根尼，要么我就是太阳，要么我享受自由的阳光，这世界，需要温暖和光热，拒绝阴冷与邪恶。当"心魔妖孽"来袭，我们唯有以正义的阳光去直射并驱散一切莫名的"怪力乱神"，还一个朗朗乾坤，造一片清新世界。

鬼　　问

夜深沉，万籁俱寂，孩子眨巴眼睛，突然问我："爸爸，这世界上有鬼吗？"我一时语塞，想半天，才回答："这世界哪有什么鬼呀！睡吧，别怕，有老爸在身边呢!"答案其实是矛盾的,一方面认为这世界无鬼,另一方面又告诉孩子别怕,典型的"二律背反"论。

孩子的心灵是纯净的天空,当他学会看动画片和漫画书时,便以为这世界有天使也有魔鬼,也渐渐懂得了害怕。害怕则是人的敬畏心的开始,"无知者无畏"不过是一句戏言。凡人不可失去敬畏,尤其要引导孩子在成长中知善恶、辨良莠,而一旦失去敬畏心,我无法想象他的将来会怎样!

我们从来没有见过鬼,但在幼年的心底里,似乎就有了一张青面獠牙的"鬼画像"。这种印象,大抵是从大人们的言谈故事中,或从各类少儿读物中获取的。之后,经历一些亲人的生离死别,那种肃穆甚至带有几分神秘的风俗和仪式,更不断强化了这种记忆。

小时候,每每踏入家乡那条长长的小巷,那盏昏暗的、时常停电的路灯折射出的人影,让我心生恐惧,感觉后面似乎总有人跟着,越是快步走,感觉那影子也在渐渐逼近。哆嗦之中,攥紧拳头,强打起十二分的精神,甚至高唱起"革命歌曲",以示驱赶一切"牛鬼蛇神"的勇气。

长大以后,读到《聊斋志异》,又知道了原来所谓的阴曹地府,不全是"厉鬼",还有不少"冤魂",更有不少善良美丽的"女鬼"。家乡那款明清时代的小巷木屋,正是演绎聊斋"鬼故事"的最佳场所,只不过,那时的我还远未到"情"的年龄,也不想体验那种"人鬼情未了"的纠葛。

面对孩子的"鬼问",作为一个唯物主义者,对这个世界的认知固然有自己的世界观。但是,作为人的本体存在,害怕和孤独又是一种与生俱来的感觉,尤其深夜中孤单地行走,明知鬼是不存在的,但外界的某些环境、声音、影像的烘托,又往往造成你的幻觉或联想,不知不觉间,你便感觉有恐惧悄然袭来。

或许,这就是一种"心魔",因为从小储存的记忆模式,即便后期的科学

教育再好也很难改变，它潜伏于我们心灵很久，就算很长时间没有感知，一旦有适宜它滋长的条件出现，这种记忆便油然而生，成为主导你思维的自然反应。按照唯心体学的观点，我们每个人的心里本来住着一个"心魔"。

明代哲学家王阳明毕生研究心学，他有一句名言："破山中贼易，破心中贼难。"我理解的"心中贼"即是一种"心魔"，那么这个"心魔"又是什么？每个人的心里或大或小都有着相同或不同的"心魔"，按守仁先生言"无善无恶心之体，有善有恶意之动，知善知恶是良知，为善为恶是格物"，心本无善恶，一切皆为意念所起，这便看你如何解，如何去破了。

人性本善还是本恶？这个命题从千年儒法论战到现代"狮城舌战"，至今依然没有定论，但相信生活在这个世界的芸芸众生，人心向善仍是主流。当下，固然有老人跌倒扶不扶的争议，但我不能同意有人以偏概全认定当下社会"良知坏，礼乐崩"的悲观论断，孔夫子两千多年前就如此之哀叹，而中华文明的大船穿越千山万水，早已千帆竞渡。

具体到个人，每个人都是不同环境下的个体存在，面对尘世间各种名利得失的诱惑，"心魔"有时不期而至，有时带着"着了魔似"的偏执，也有"冲动是魔鬼"的瞬间。中国人理解的"心魔"相对抽象，而西方人则更为苛刻地理解为"魔鬼存在于细节之中"，每一件事情的每一个过程，都可能有魔鬼的如影随形。

凡此种种，按禅宗机锋，"心动了"也就是"心魔"的前奏，"心动了"你就可能"心里有鬼"，你便会去想去争去夺，甚至于做出某些更为极端的事情。也总有一些人，被"心魔"困扰，一生烦累，处处为敌，每每遇事，纠缠不休，无论别人怎么劝导，他总说"我自己过不去这道坎"。一个人的"心魔"就是一个自己的"小宇宙"，别人进不去，他永远都出不来！

心乱只因在尘世，心静只因入禅间！这不是宗教而是修行。生于尘世，谁人没有"心魔"？有了"心魔"，怎么遏止乃至破除，这就是一生的修行。人问我："你有心魔吗？"我目光游离，闪烁其词，那人便说了："你，心里有鬼！"而我，竟不敢否认。

古渡横州江水长

一场春雨，让谜一般朦胧的云雾锁住了起伏的远岫，缥缥缈缈的流云如梦如幻，在青翠的茶山松林间缠绵悱恻，极目而眺，山水写意的实景画境，美得实在让人心颤……

青山深处的小镇，静静铺陈在一条蜿蜒河道的岸边，山路弯弯，渐入清境，身心的节奏也随之慢了下来，一次次的深呼吸，尽情吮吸这夹着本草沁香的空气，心甜了，肺也醉了。

小镇人稀，历经千年，残留下一片斑驳的木屋和狭长的街道，沧桑与衰落写满了小镇临河那排几近荒废的商铺老屋，绵绵春雨湿漉了铺满花岗岩石板的街路，凉凉的山风，正悄悄翻开小镇古老传说的扉页。

这就是曾经繁华一时的古镇，因为一条河道、一个渡口，八方云集的人流物流日日在此川流不息。自唐朝初年始到明清时期，一直是大山深处方圆数百里的交通和经贸重镇，也是闽西通往闽南必经之地，如今已列为"海上丝绸之路"的重要码头遗址。

直到 20 世纪初，这里水路依然鼎盛。贸易往来，商旅交互，学子踏上

求学之路，匠人出外寻讨生活，水路几乎是他们唯一的通途。那时古镇的男人一多半是艄公和渔夫，老人和女人则临街坐店做买卖，从竹筏、木帆船到机帆船，延续至 20 世纪 80 年代，古渡通大港，顺流向东海，转道出去的人们，或陆路北上东去打拼，或海路远走异国他乡，从此化作一缕乡愁。

寒来暑往，弯曲狭窄的码头上，曾经无数的作别，人人各奔前程。老一辈革命家项南、新中国大导演汤晓丹都是从这里上船离岸，开启了辉煌的人生之路，他们至晚年依然清晰记得那个繁忙的码头，那条漫长的水路。古渡，由此披上了一丝传奇的色彩。

现代交通改变了人们的出行，古镇渐渐凋敝，曾经的喧嚣归于宁静。悠闲的老人，童真的孩子，还有几条并不警觉的小狗，让古镇存留着几许生气。这里的民风一如往常的纯朴，临街住家不管有人或是无人，房门大多虚掩着。古渡就像是一个藏着故事的岁月老人，在茂密的树荫下，望着一江春水静静发呆。

雨后的河道，江水浑黄激荡，两岸葱绿静谧，几捧衰苇突兀在水的一方，风的轻吟与树的婆娑，水的流涛和鸟的啼鸣，汇成大山深处的交响。古渡见证了久远的昨天，而今天又如一个孑然一身的老翁，孤独寂寞于岸边守望，伴随他左右的是一棵参天的古榕，以及后人建起的那座凝固的水车。

沿古渡的石板台阶一直而下，在临水道的最下方，停泊着一艘精巧的小木船，它孤零零地卧在水面，宛若一座雕塑，又似无言的述说。这可能是今天的古镇人刻意为之，以记录烟云的过往，留下历史的存照。

此情此景，不由想起唐代诗人韦应物的那首诗："独怜幽草涧边生，上有黄鹂深树鸣。春潮带雨晚来急，野渡无人舟自横。"我把全诗小改了一字，将"野渡"改成"古渡"，以为甚妥。

借问古渡今何在？漳州华安九龙江畔新圩是也！

爱厦门需要理由吗？

朋友总爱问我，为什么那么喜欢厦门？我纠正道，不是喜欢，是爱！用当下关于爱的三种流行语言来表达：一是爱厦门的一百个理由！二是爱厦门没有理由！三是爱厦门还需要理由吗？无论存在或不存在理由，厦门这座城市，都是值得我们去爱的。

厦门的旅程，有时匆匆，有时驻留，每一次都和着不同的涛声和心声。无数次过去，多少次回家，比对中每每又转化为一种不吐不快的情绪，同样是一座城市，同样面临着城市发展变化的转型，而那些生活在各自不同城市的人们，幸福的感觉和生存的反差为什么就那么大呢？

作为祖国东南沿海最早沐浴改革开放春风的特区城市之一，若论它的经济发展水平可能不如深圳耀眼，但它的自然环境优于深圳，城市建设也丝毫不逊于深圳，城市管理水平及其包容性更不在"北上广"之下，甚至有些方面超越了它们。

说到包容性，不能不说到厦门城市管理者的大气和胸襟。这个过去的对台海防前线，早年集聚了中央各类驻厦机构、央企、部队等多"方面军"，改革开放后，又有大量台港和外资企业入驻，无论人们来自何方，厦门人都把他们当自己人，及时给予配套政策，充分创造条件，让他们在厦门安心工作和生活。你不把别人当外人，外人自然也成了厦门人，大家齐心协力建

设美丽新厦门。我想，厦门之所以被称为"鹭岛"，也可以解读为良好的环境引得"百鸟朝凤"。

难怪易中天先生因为喜欢厦门，早早就选择来到这安居乐教，我想，他不仅仅是喜欢这里优美的自然环境，还有适宜的人文环境。这里有一流的学府、一流的海景、一流的港湾、一流的市民……适度的经济规模与配套的城市建设协调同步，令这个城市的昨天、今天和明天的发展布局恰到好处。

与"北上广"相比，厦门就是一个海岛，市区面积和人口总量确实小很多，城市管理难度自然也小一些，这或许是规模发展的软肋，但又何尝不是做精做细的优势？大有大的难处，小有小的便捷。如上海人精于"螺蛳壳里做道场"，厦门人深刻理解了"小的即是美的"含义，通过对厦门城区顺势而为的精雕细琢，从岛内向岛外科学延展，尽力规避七零八落的城建乱象，让每一处山水都是风景，每一个角落都有形象。

地处东南沿海，与祖国宝岛台湾隔海相望，如今的厦门已经成为两岸经济文化交流的桥头堡，这对于我们传统印象中"爱拼才会赢"的闽南人来说，无处不是机遇。但厦门人中正宗的闽南人比例并不高，他们身上似乎缺了点闽南人的那种"狠劲"，他们习惯于不慌不忙、不急不躁、不紧不慢的节奏，似乎更加追求人与环境的和谐，以及内心的那份平静与安宁。

这种相对散淡安逸的意识和心态，已经根植于厦门广大市民乃至不少官员的血脉中，不追求盲目的扩张和跨越，不热衷无规划、无秩序的逆天建设。城市建设和管理的出发点，更多考虑的是如何让环境更优美、交通更便捷、生活更安逸，既要舍得投入，又要善于投入，在合适的时机，以适当的力度科学有序地推进城市规划和建设，致力于打造有档次、有质量的人居环境，成为厦门历届政府施政的首选。

改革开放 40 年里，厦门经济发展没有大起大落的反复，城市建设少有大拆大建的折腾，历任城市管理者，就如同一个传承非物质文化遗产的厦门漆线雕艺人，从设计、拉胚、雕刻、成型、着色，既有腾云驾雾的大气势，又有争奇斗艳的小景致。其创意之灵动、信念之执着、工艺之精细，一届又一届，一茬又一茬，渐次渗透并浸淫于城市的每一处景观、每一个角落，成为这座城市几乎无处不在的生态标识和文化符号。

大自然赋予了厦门良好的环境与气候，其协调有致、始终如一的步伐，使厦门早早成为"全国文明城市""全国卫生城市"之翘楚，而对于这座城市而言，真正的管理者和建设者，不仅仅是厦门的官员或是单位，可以说，厦门的每个市民都是这座城市的参与者，他们"服从管理，互相监督"的责任意识、文明意识，"礼让三先，决不抢道"的交通意识，让每个外来人来厦门都感觉这里凡事讲规矩。

有规矩必成方圆，规矩不是谁来都可以改变，也不是谁想变就可以轻易乱变的。反观内地某些城市建设从来没有战略观和方向感，长官意志、口号城市加盲目决策，周而复始，往往让一个城市变得不伦不类，既破坏了一个城市历史的文化脉象，又干扰了市民的正常生活，最后，留下无数的"千年一叹"或是建筑垃圾，这不是建设者，而更像是一个折腾者！

爱一个人，就要爱他内在与外在的统一。同理，爱一个城市，我们要爱他"外美内实"的整体之美。爱厦门，不仅仅是爱它山海相连、海天一色的美景，更要爱这座城市历任管理者和建设者的匠心独运、精益求精的先进理念，爱这个城市人们的爱屋及乌、悉心呵护，让环境变得更加自然，生活变得更加美好，这又何尝不是一种"天人合一"的理想境界呢！

行走向莆　又过小镇

一

向莆动车飞快地掠过我童年生活过的小镇，车窗外是一幅幅熟悉的山水画面！

抚河水，白虎岭，乌龙街……以及那些上小学时曾经一起嬉戏的儿时玩伴们。

多年不见，如今因为微信而建了个群，偶尔地交流，以及自信地晒出各种幸福的样子，看到了好多面孔上略显沧桑的褶子。对着镜子，我依然认为自己算是"肤白显年轻"，只是那渐白的鬓发"出卖"了我真实的年龄。

记得几年前一次春节聚会，见到了小时候曾经认为是班上最好看的阿珍同学，可现在的她，也已是一头白发，好像中间门牙也缺了一颗，童年的那点甜甜的记忆瞬间碎了。回头，还是对着女神金喜善的照片多看了几眼，方才平复这颗受伤的心灵。

因我离开小镇早，至于那些他跟她、她跟他、最后他没跟她。后来她又跟了他的往昔情史，基本与我无缘，但今天他们都各自找到了各自的另一半，至于幸福的家庭都是一样一样的。

那次几十年后的聚会，因话题往往不在同一个频道，我被"罕见"地冷落在一旁。难道,我就这么不受人待见?这时,我才知道,人生有很多部电影,你不可能每部片子都成为主角,他们常年生活于此,有着更多的过往、更多的故事,有时候,静静地当个普通观众也是极好的。

人生的命运自己可能无法选择,但你可以选择快乐。尽管当年的小伙伴们有些看似今天生活境遇一般,但那次的聚会上,他们几乎人人都是快乐的主角,他们的快乐让我欣慰,而我内心似乎总在拿捏着自己的分寸,想使劲又难以完全融入,其实,也就应了那句话"不作死你就不会死"!

有人说,怀旧离苍老只有一步之遥!或许,这是一种岁月的预警,也是一种岁月的必然。既然是年轮和心态使然,那就让它自然地产生和联想吧,这年纪,人有些牵挂和念想,总比空空如也好许多!

坐动车过小镇时突然涌动的情愫,希望不是一种矫情,它催生了一种人生自然而真切的记忆因子。这并不是某些成功人士假借乡愁之名,在俯瞰角度下的一种审视与煽情,那样的人才真正让人不待见,但现实中,这样的人还不少。

我是这样的人吗?肯定句,我是!否定句,我不是!

二

暖暖的天,暖暖的城,坐动车,沿向莆,向着潮湿阴冷的故乡城市匆匆赶去,因为明天就是除夕。

一年岁末的暖阳,一度地稀释了过年的感觉。在这个东南沿海省城的街道,偶尔的红灯笼,趋冷的门铺店,沉沉拖着的行李箱,似乎掏空了这个城市个体生存的单元。

据说,很多外乡人在这座东南沿海的省会城市打拼,平日里辛苦,心却一直流浪,"年"意味着人的散去,城便少了几许生机,愈发达愈寡淡的城市

年味，成为今日中国越来越明显的特征。

　　曾经无所谓年兽到来，不管凶吉如何，以为本是个可有可无的东西，而随年轮的增长，过年的砝码，在心里渐渐加重，过去工作与家庭偏移的天平，开始了向另一端的些许倾斜。

　　因为工作，经常漂泊，如此不是游子却似游子，也和许多回家过年的游子一样，疲于数日的奔波，在一线熟悉而陌生的地方，纵然迎来许多欢颜，回到夜的宿处，毕竟不是家的感觉。

　　经常出差的这座城市，总体感觉一般，并无超越豫章故郡更多特殊而诱人的魅力，两者只在半斤八两之间，不过是从一座城到另一座城的游弋，于左手右手之间，除了离得很近且没有辣的口感，我实在分辨不出其他特质。

　　车窗外的风景，看多了也就看淡了。印象中，只对厦门等极少数几个城市有一种特别的喜欢，车行山水穷尽处，匆匆城郭与匆匆过客，其他则见山不是山，见水不是水了！

　　想想也是，城市万千美好，总归不如家乡。这世间有了如美女般形态不一、质量不一的各色城市，选择性代表品味感，一千个观众眼中有一千款美，如果问我喜欢哪一款，我只能回答，不可能见一款就喜欢一款，你喜欢就好。

　　来亦匆匆，去也匆匆，今天的离开是为了明天的相遇，来去之间，有些是你自己的选择，有些则是命运的安排。年的意义不过"聚散"二字，至于分别是否"依依"，时也，运也，命也，你且如此，他人又何尝不是如此！

空灵的遐思

元宵节的清晨，天空沉郁昏暗，一脸撇着嘴不高兴的样子，好想问它："咋的了？"原本天人的心境总有一种难言的耦合，其实我想多了。

窗外不见春的生气，树梢也耷拉着，细雨丝丝迷蒙如飘落的泪花，令人眉宇不展，我就出门几天，上苍也不至如此动情催泪啊！如此天色，布满花灯的路上你也无法感知生命的绚烂。

车上，一路穿越，耳中在静静聆听李健原声的《贝加尔湖畔》，闭上眼睛，又一番情境，仿佛春之雁已从南国返航，穿越辽阔的中国大陆，去到那个遥远的叫西伯利亚的地方。

远际没有诗，碎叶又何方！早已物是人非的北国，像腾格尔《天堂》中描绘的"蓝蓝的天空，静静的湖水，绿绿的草原……"山水依然倒影重重，而烟熏的嗓子穿透湖水便有了神的影像。

闭上眼，想象静静地躺在无垠的绿毯上，啥也不去想，痛快睡上一场，任蓝天白云飘过，尔后，没有方向，漫无目的地奔跑。如果，那里还有你想见的人、想聚的会，那便是美得诱人了。

夜里的星星，离我特别近，这样璀璨的星空，在中国南北已是稀罕之景，现实，仅仅空气也就罢了，还有天地、山川、人文，一切不够的纯净与纠结，你选择痛并快乐地活着。

于是，寻找自己，我们便有了音乐有了梦，宁愿泊在"春风沉醉无人的夜晚"，白天数着羊儿，夜晚数着星星，空灵幽古的冥想，不愿睁眼看看这个熟悉而陌生的世界。

风起兮，歌声至，任由着，随小提琴、风笛清脆高远的旋律渐渐飘走。尽管，贝加尔湖很远、故乡很近，我的脑海中却在"南辕北辙"中盘旋，内心总有一个清澈而神秘的声音，像贝加尔湖面静静的涟漪，美得我不愿醒来，不忍离去……

秋 日 思 语

秋夜的寂寥其实是一个心灵广漠而又充实的空间，这时候思想季节的收获与凝练，像一座航道中的灯塔，通体透亮着灵动的光芒。虽然暗夜的周遭没有任何的叨扰，但你依然会感觉这个世界因为你的存在而让所有的物体开始流动着一种生命本能的气息，你可以敞开你的心扉而无须禁锢自己，思绪可以激烈对冲而不再讳莫如深。

秋天的日子，阳光依然残留着几分炽热，入夜的秋风瑟瑟和鸣，对面楼栋里不知是哪个单元风铃儿时短时续地"叮当叮当"作响，甚是好听。虽然仅仅是几个简单的音符，却传递着一种原始的单调之美，散发出一种童真无邪的气息，你会发现原来在静谧的秋夜里，那没有经过人为加工的风铃之声，居然可以在淳朴的单音色中，让人感觉格外的清脆温馨。

　　且把身心静静地弥漫在秋意渐浓的情愫中,逐渐展开独特的思维和广袤的想象,此刻的你是平静而安详的。你会想起许多昨天和今天的故事,想起那些被你爱过或者爱过你的人和事,想起明天你应该在朝阳或落日下继续的旅程,你于许多的释怀和感悟中飘落的万千思绪如绵绵秋雨,点点滴落在你花色的雨伞里。

　　虽然,你不是罗丹雕塑中的思想者,但此刻思维的逻辑让你自觉或不自觉地成了一个有思想刻度的人。尽管那曾经的许多,仅仅是你人生的一块碎片、一段记忆,或许有的蕴含着许多积极的意义,抑或是一种遗憾的闪回,但这一切随着岁月的云烟渐渐飘然逝去,你依然在生活的路上继续前行。

　　一年四季中我最喜欢秋天胶片的颜色,白天晴朗的阳光下那般明快和高远,秋天的风情更让人生发出许多遐思。他的沉稳像一个成熟的男人,有着宽厚的肩膀、刚毅的性格、厚实的沉淀,让你值得信任和托付。而秋夜的静谧和清凉,则让人感觉似如水一般的女人,青丝如瀑的长发在夜风中飘逸着淡淡的芬芳,温婉而矜持地静坐在你的身旁,听你弹唱,为你歌唱。

　　空灵的世界与空灵的心境交相呼应着,微弱的灯火意味着夜的深沉,马路的沉寂偶然还有车的轮响,不远处的楼上风铃声依然在清唱,甚是悦耳。此刻,我的脑海中变得渐渐空蒙起来,似乎没有多少内涵的存量,这时候只想机械地打一些缥缈的文字且尽量让它灵动起来,与秋夜的安宁形成某种反差,或许还有些百无聊赖下无病呻吟的感觉,为的是去人为地制造些夜幕下的忧郁和感怀,对着镜子,扮一个貌似忧郁的自己。

　　或许,秋天本来是一个容易产生忧郁的季节,但那是浪漫中的忧郁、成熟中的凝重,因为也只有在这样的季节,你的心绪会更加无边无际地漫游,你的思想会开始莫名地怀旧,一如你为逝去的年华和那些曾经的遗憾而感

伤。但你的忧郁别人不懂，唯有这静夜的倾听。

忧郁有一种美丽的艺术质感，成熟往往又意味着某种果挂枝头的沉甸甸，意味阅历的复杂和思想的厚重，这便是秋天与春天质的分壤。一个没有思想的人俨如一尊空洞的躯壳，而思想的承载可能带来睿智的烟花，也可能变成心灵的负累，双重效应的作用体游走于正负的两极，秋天的内涵也因此而变得复杂和饱满起来。

静美的秋夜里悄然无息，我的睡意渐渐袭来，眼睛的迷离幻化出许多落叶的影子，黄枯枯、飘飘然随风儿时而盘旋，时而坠落，然后，静静躺在无垠的旷野中，旋即，一阵风儿刮起，落叶又飘向远方……困困的我缓缓地躺在床上，似睡非睡，强行闭上的眼睛却怎么也关不上思维的闸口，原来又是所谓的思想在作祟，唉，在这恼人的秋夜里！

清韵

茶馆的感怀

老北京茶馆曾经鼎盛一时。老舍先生通过一座小小茶楼,把一些社会上无足轻重的小人物们集合到这个小舞台,让观者在市井风情千奇百态中领略到不朽的戏剧魅力,品味原汁原味的京城余韵。

因为有老舍笔下茶馆的印象,以为那多是些八旗子弟、地痞流氓和市井草民等"京油子"们胡侃神聊的地方。在昏暗的马灯下,带着民国初年的尘土气和地道的京味儿,感觉胡同的幽远和老城的厚重,一座几近衰败的破城根儿突兀在眼前,木楼、牌坊、门匾衬托着茶馆的历史,街面上匆匆而过的手推车,卖蛐蛐儿的小挑子,茶楼小二的吆喝声,一切的一切,让人不由自主地融入那样一个年代。

今天,茶馆已不再稀奇,茶馆文化作为一种现代时尚,"忽如一夜春风来,千树万树梨花开"。如今各具特色的茶馆,随处可见,成为都市夜生活的一道独特风景线。今天的茶馆已不似过去的那般浑浊与嘈杂,主要以品茗休闲为主,多了一份文化的雅致。出入茶馆的人,你已经无法简单地从衣着上去判别他们的真实身份了。

闲来以茶会友,小聚轩中,一品清香,海阔天空,实在是种很好的休闲社交方式。绿茶、花茶、红茶,经常根据季节而变化着口味,在茶类的选择中体会今夜品茗的感觉。从龙井、毛尖、明眉、翠绿、云雾,到大红袍、祁红、冻顶、高山乌龙等等，无不味甘在心田，自在于其中。

如果说绿茶似豆蔻年华的少女，充满着鲜嫩的色彩和轻扬的灵性，那么，功夫茶则像一个成熟的男人，浸透着生命的成色和弥久的魅力。如果说绿茶像青春少年没有太多的程序和顾忌，随手即泡，泡开即喝；而功夫茶，无论从茶具到冲泡直至闻香、品饮，讲究颇多，一道程序一个说法，一个说法中又蕴含了许多的典故。在中国诸多的饮茶方式中，也只有功夫茶最为讲究，甚为精致，因而也最能代表中国茶文化博大精深的内涵。

老舍并没有刻意给作品中的茶馆取个有特殊意义的名字，那实际上为老北京人生活的一瞥。而今人的茶馆无论从名字招牌到内在氛围，都已上了几个层次，散发着浓浓的书香，名字信手拈来，"圣淘沙""听雨轩""水云涧""海韵""洗尘""茗仁""大红袍"……如此品茗，不一而足。

其中的装修也颇为考究，红灯高挂，茶客如织，名人字画、花鸟虫鱼相映成趣，明清家具、各色茶具一应俱全，于古色古香中尽显大家气派。身着色彩鲜艳旗袍、漂亮可人的茶艺小姐，带给你甜甜的微笑，一曲《高山流水》或《春江花月夜》的古筝弹奏，让你在不知不觉间，饮尽世间青翠，品味生活余香，那种都市桃源境界下，寻找出的一份"心灵鸡汤"，竟也是别样的悠然自在。

想来过去诗人所描绘的"夜夜扶得醉人归"的场面，反映的是一种古时先民们知足常乐的风情画卷。而今天，因为悠闲的生活和茶客的热衷，全然没有了老舍笔下旧时代的那种阴沉和萎靡，那茶馆门前成行的的士，当是"夜夜载得茶人归"，让你不禁在感慨换了人间的同时，对今天的生活派生出更多美好的祈望。

茶 水 物 语

茶水茶水,茶重要还是水重要？一般茶客多回答当然是茶重要,而我却不以为然。

水之于茶,犹如水之于鱼。"鱼得水活跃,茶得水溢香,有其色,有其味",自古以来,茶人对水津津乐道,爱水入痴入迷,故从唐朝陆羽《茶经》开始,就在其论煮茶方法时指出："其水,用山水上,江水中,井水下。"以此分类,泡茶之水,一般山泉最佳,江水次之,井水为下,现代自来水大概不在此列。

时至当下,自来水确为家家户户不可或缺的"主打水源",这实属无奈。但凡茶人茶客,对水特别讲究,虽然环境日渐恶化,但因为有了"大自然的搬运工",井水、河水早已为品牌纯净水和蒸馏水替代,而山泉水则越来越受推崇。我曾经就在江西宜春温汤大山里见过无数城里人驱车上山排队取山泉水的景观,故"高山取水"在南方也不算什么稀罕事。

好茶融好水,好水出正味。无论茶形、茶色、茶汤、茶香、茶味,都尽显茶之口感和品质,尤以明前新绿,鲜嫩翠绿,清香甘洌,口舌生津,润喉沁心。难怪古代茶人以"虎跑泉龙井茶"为茶水之最佳组合,甘泉伴名茶,品之如仙露,两者相得益彰,名扬天下,由此成为旅游胜地杭州西湖之双绝。

余购得明前江西新绿少许,赣南大山珍贵名茶遂川狗牯脑是也。因明前新茶绝对生态有机,其嫩芽如初,叶形清丽饱满,奉为至宝。那日,在家冲泡,虽无天下名泉,但以清明时节亲戚随车带回的上饶灵山千米山泉水冲泡之,口感极佳,回味悠长。

几天后出差赴京,同样的芽叶,同样的茶杯,唯以帝都之水泡之,感觉苦涩异常,舌尖泛麻,如饮满口糟汁,实在难以下咽。且不论糟蹋了一品好茶,更加深了水之于茶的重要性的切身体味,不禁对帝都人民深表某种同情,这也是本人作为中小城市进京出差干部少有的一回"优越感"。

茶水茶水,原来佳品天成,缺一不可,地球经纬度决定了南方产茶区的原生有机质量,而南方的水质更决定了泡茶的正味口感,难怪北方人多好饮花茶和铁观音之类香气浓郁的茶叶,这样或可遮盖北方水质不佳对茶汤茶味的影响。有茶人着文写道,至今北方人所谓的喝茶,大多属集体无意识,实在是历史传统的惯性使然。

大概北方人喝茶,如味精和香料对菜肴之调鲜调味,一旦习惯了这类工艺性口感,对原生态茶叶之原汁原味也就没有那么多的讲究了。或许,他们以为,这就是他们习惯的茶之味,反倒觉得南方人泡茶对季节、产地、水质、水温、茶具的过多规矩、过于讲究,未免有些矫情。

一方水土养一方人,乡愁往往由乡味而生,如南方人每每在央视春晚听到"让全国人民吃饺子吧",心里就犯嘀咕。除夕年夜饭,我们家可从来不吃饺子,恰(吃)就恰(吃)"南昌炒粉",纯属南昌人正宗的原乡味。这或许就是南北地域和文化的差异,尽管现在这种差异性已变得越来越小了。

今天,即便北方越来越多的茶人也开始品茶论茶,茶文化理论权威不断涌现,茶界各类学术活动频繁,盖因他们身处国之文化中心,见多识广,学养深厚,我所认识的不少文化名人原籍就在南方,早年浸润已久,现又专攻此术,经年累月,闻香品茗,故颇有心得,但不知其日常泡茶的水质如何?

可能我想太多了！

还有许多北方的艺术家逐渐迷恋此道，每日必品，权作修行，茶与艺术和佛道本来就天然结缘，尤其中国传统书画艺术本身就是水墨之功，水的运用尤为关键。文人好茶，辅之好水，可一品其香其味，颇得风雅之气，但凡有度，一旦品茶被过分追捧成"文人雅趣"，刻意强调其"文化雅韵"，反倒局限于小众化了。

好在市场经济的强力助推，让茶业空前繁荣。今日中国南北时空大大缩短，远至西南大叶普洱，中到华东华中小叶诸绿白茶、红黑黄茶，现代电商物流让南方不同茶类随时可购，快捷到家。当然，首推东南闽茶品种品牌之琳琅满目，其营销之道的独树一帜，堪称当今中国茶业界的领军力量。

唯一的缺憾是，如今一些品牌商务茶追求过度包装和连锁经营，在追求规模效应的背后，不少属异地收购、贴牌生产，如此鱼目混珠，难免有失诚信，有的质量一般且价格偏贵，真正的茶客对此颇不待见。

如果，你有些闲时闲钱，可以分季节、分产区，亲临南方原产地茶区品鉴选购，其茶不仅质量纯正，还物超所值。茶区产茶期的大小茶店基本敞开大门欢迎茶客免费品尝，尤其去福建产茶区品茶，老板大多热情好客，一晚上喝个10泡20泡直接把你喝醉，遇有民间"斗茶"比赛，则更是眼花缭乱。如此，"醉里挑杯品鉴，梦回唐宋论道"，那一要有功夫，二要真功夫，否则，怎么称得上是"功夫茶"呢？

中国功夫，不仅有武术，还有茶艺。品茗之柔与武术之刚，恰似一阴一阳、文武之道，同样讲究参禅悟道、内外兼修，不过文士多品茶，武人多好酒，酒水茶水，一切皆离不开水，如生命之同源，万法之归宗。所谓"道可道非常道，山有势水无形"，最终落沉心田，出神入化也！

悠游修水　春归何处

厚厚的是一本书，沉沉的是一段史。

山路弯弯，封闭意味着保守，但从历史文化的角度看，保守或是一种保留，让许多文化的血脉和符号得以传承。修河悠悠，汩汩流淌在这片古老而厚重的大山间，写着过去，流向未来。

修水产茶，绵延千年，尤以制茶有其独特的工艺和口感。据说当年"宁红茶"曾在巴拿马世界博览会与国酒茅台同台绽放，远销海外，质优价高，后日渐式微，行至当下，"宁红"重新走红，成为江西茶叶"四绿一红"中唯一的红茶代表。

自古文人与茶有着不解之缘，而北宋大家黄庭坚对诗书茶的精熟和修行非常人所及。有人把黄庭坚的书法喻之为"禅书"，而今人耳熟能详的"禅茶一味"，自然少不了茶。至于他与苏轼的那段煮茶论道的师生情谊，尤以二人文学艺术的造诣，更是成为一个无法逾越的高峰。

从黄庭坚纪念馆到县博物馆，许多历史的留存和史料考证，更坚定了我这千年断想。比较苏轼与黄庭坚的书风，感觉"苏体"秀雅中略显局促，而黄庭坚行书更为本真豪放，个人以为，苏体相对易学，而黄庭坚的字体却令很多书家面露难色，直至望而却步。

斯人已逝，茶香依然，往事千年，怀古思今！于是，顺手写下"山谷道人

生平事,修水河畔一壶茶,汴京飘零繁华尽,苏黄之巅越古今"一颂,是为观感。

据县志记载,晚清时期修水县城闹市临街处,有一座大茶楼——"满汉茶楼",茶客络绎不绝。这里,大概供应的是当地的名茶"宁红"和"双井绿",当地文人雅士多聚于此,或吟诗作对,或谈天说地,不亦快哉。

推窗而望,远处青山隐隐,清澈的修河穿城蜿蜒而过,微风拂过阵阵清凉,呷一口香茗,嗑几粒瓜子,顿感天宽地阔,心旷神怡。想必清代修水名门望族陈宝箴、陈三立也有过类似的风雅,至于陈家第三代陈寅恪先生虽备受今人推崇,但除了祖籍关系,并无其他留痕。

据说,离茶楼不远的对面有个雕龙刻凤的古戏台子,著名的"宁州十八班"经常在此登场,一出《春归何处》的宁河大戏开演,喝彩声持续不断,这便是茶人们所谓闹中取静的诗意人生。

这边厢唱道:"春归何处?寂寞无行路。若有人知春去处,唤取归来同住。春无踪迹谁知?除非问取黄鹂。百啭无人能解,因风飞过蔷薇。"那边厢作和:"常恨春归无觅处,不觉转入此中来。"

春归何处?何必问取黄鹂。愿这一片广袤的青山绿水,不再千年一叹,唤来春色满园,希望孕育其中,演绎又一出新的宁河大戏!

缘来白明是茶人

—— 读陶瓷艺术家白明《闪念》一书有感

近来读陶瓷艺术家白明《闪念》，颇有感悟。一番闪念之后，脑海顿觉空蒙，继续捧读，按白明推崇的"艺术个性说"，何必蹈规依矩，莫如在书中选择共同感兴趣的话题"跳读"，灵动和跳跃，本是一个文人不可缺的气质。

轻轻翻至156页，题目"茶言微语"四个字，吸引了我的目光，仿佛从闪念的高空降于平地，庆幸那些牵强的解读，没被滚滚天雷碾碎。我的刹那闪念与艺术无关，不过是一种思想的交融，而寻找现实同类项的并合，才是"原本同道中人"的暗示。

跳回茶的章节，白明喝茶三十年，我细细一掐，少不了几年，从最初跟随社科院余悦先生喝茶入门，到今天之茶饮，已融为每日生活的一部分，想来也算"资深"，但白明躬耕之余的这种"读书即净土，闭门即深山"的生活理念，是我倍加推崇的。

佛教讲究的是出入轮回之道，意在消除人的贪、嗔、痴三大烦恼，修行便是一种肉身必经的过程，而中国茶作为佛教文化的一种重要介质，贯通了法相，蕴含着哲思，喝茶就是修行。因此，最早的"禅茶一味"由此而来，只不过今人"言必称禅"，这四字到处张挂炫弄，倒有些俗了。

白明喝茶既讲究又不讲究，从最初的听人布道，到感同身受，最后自成

为一体,这三十年"茶道",伴随其艺术道路的成长,故亦可称之为茶艺合一的"艺道"凝结。"道可道,非常道。"当境界在云蒸霞蔚中升腾之后,茶便不是茶,是感知,是思想,是灵魂。好一个"清静为天下正",白明艺术如人,两袖清风,一身正品。

中国自古便有"俗人泛酒,雅士好茶"一说,而民间茶人喝茶又有"牛饮"与"品茗"之分,若非解渴,好茶自然当品。有人多次问我如何品鉴茶之优劣,我凭借多年喝茶的口感经验,概括为"苦涩非好茶,异香当存疑",指的就是质量之"清澈",及口感之"正味"。而白明却以其艺术审美的"排他性",来要求茶品的独特感,这或是他精神艺术化了的"新茶经"。

白明对茶的品道如同他的陶艺作品一样,个性特立,张扬而不花哨,迷恋而不负累。即便追求新潮前卫,作为艺术家的他,喝的是中国茶而不是咖啡,他对茶的感觉可以在情绪和情怀中从容变挡,手有茶香,心无挂碍,既在茶品的形色汤味中喝出了真味,更重要的是喝出了自己。

我之品茶与工作是分离的两个时空。办公室中,早晚大多一杯清绿,即便乏味,姑且饮之。因为经常游弋赣闽两省,对两地茶品及茶文化有了更多接触和了解。闲时偶尔"泡夜店",不过就近找一家清幽的茶馆,交一份茶水费,任由店家怎样地推销上品,我始终相信,茶是自带的好,那是我喜欢的口感,无所谓好坏。如白明说,因人而异,适口即可。

作为凡人,开门即有烦恼,庆幸生活中有茶有朋友。时常在家或小茶馆与一些茶人文友互聚分享,不管他们把某款茶说得多么沉醉超凡,如白明所言,一旦捆绑了太多外在的元素,反失了品茶的天然。在我的认知中,留一半清醒留一半品,我并不排斥多元,但也喜欢独特,相信自己的口感和味觉尚不迟钝,而不被外界轻易地推拉摇移。茶品如此,人品亦当如此。

我曾斗胆放言，今在豫章一隅，鄙人算是茶客群中喝茶品类较杂、经历相对丰富的一个，尤其八闽大地的茶馆茶山茶人茶客，多有亲历和交流，泡茶方式渐趋规范，自泡自品已成常态，与白明对茶的"灵性"和"生命"的深度解读相比，我大抵还是停留在"口舌生津"的浅层次。有时候甚至感觉，喝什么茶不重要，跟谁一起喝很重要，交流重于品鉴，感性多于理性，倒不一定觉得浪费，起码，在那一刻，我心清静，周身通泰。

白明品茶，集三十年之大成，从实践到理论，两者融会贯通，渐成体系，远非一般茶客所能及，与他谈茶，实在贻笑大方。尤其白明的微言数语，把茶与水的关系、茶与制的关系、茶与器的关系、茶与境的关系说得非常透彻，堪称大家。如此，可以仪式繁缛地喝，也可以率性自然地喝。但是，我以为，化繁为简，自在于心，应是现代茶人品茶追求的普遍境界。

但有一点，可能是茶人共通的嗜好。因为茶品的分类，什么样的茶，一般用什么器皿、什么水质、什么水温、什么程序来泡，却是十分考究的。所谓茶水，茶为主导，水是关键，或实时冲泡，或滚沸煎煮，这不仅仅关乎茶色茶汤，更关乎茶香茶味，茶人之品鉴，要得是在最佳时机泡出最正口感和余韵，所谓品味，就是恰如其分、恰到好处，一旦过了也就错了，那叫一个糟蹋。

但凡茶人对泡茶器皿多有讲究，嫩芽初上玻璃杯，像生命舞动的韵律，赏心悦目，沁人心脾；普洱入紫砂壶，淡泊平和，回味悠长；功夫茶大多白瓷盖碗，便于过程把控，尽得其味，回甘生津。更有资深茶客，广为收藏各类特色茶具，养壶养杯亦为一大乐趣。有人出外还不忘带上自己心爱的"母杯"，以示特别之处，潜心品茗，小心把玩，颇显雅士之风，想想，也是醉了。

白明好茶，从做了二十多年"白氏杯"可见一斑，如此陶艺大家，却乐在

几个看似寻常小茶杯的形态、图纹、色彩上煞费苦心，想必自有他热衷的道理。不知道喝茶是否经常带给他源源不断的思想火花和创作灵感，转念一想，爱屋及乌，即便无关其他，由喝茶到制器，做自己喜欢的事，把真品和钟爱玩到极致，夫复何求！

白居易有诗云："无由持一碗，寄与爱茶人。"真正的茶人，不管喝到几重境界，心灵的感受基本是相通的。作为一名茶客，道行不深，但也一路孜孜以求，笔端至此，忽而闪出一个俗念，何不借助拙文，弱弱一问，白氏杯哪里有销？我欲求购一个，既品茗专属，又收藏传家，杯面但求四字：云淡风轻。倘若遂愿，平生足矣！

话说南昌与王勃

近日，南昌海昏侯汉代大墓一挖，从出土文物中发现，"南昌"城名原来在西汉初年便有了，媒体把它作为新闻，其实，这是条不是新闻的新闻。

南昌，取"昌大南疆"和"南方昌盛"之意，拜西汉开国功臣灌婴所赐，比汉废帝刘贺还要早100多年。相传汉高祖五年（公元前202年）灌婴筑城，开创了南昌建城历史，故南昌城民间又称之为灌婴城或灌城。

与汉初基本同时代，南昌还有个名字叫"豫章"。这一名字与"南昌"之名一起，历经2000多年延续至今，为大多数南昌人所熟知。可能"南昌"一开始为民间叫法，而豫章当初则为建制称谓。只是灌城之名后来反倒逐渐被人淡忘，以致后人咏诵《滕王阁序》时，张口即是"豫章故郡，洪都新府……"一时间，"南昌故郡"与"豫章故郡"不辨真伪，而现代版的《滕王阁序》几乎清一色以"豫章故郡"开头。

据南昌当地文史专家考证，《滕王阁序》从来都是"南昌故郡"，"豫章故郡"为错版，包括苏东坡、文徵明、祝枝山、董其昌等书写的版本都是"南昌故郡"，元代《唐才子传》、明代《醒世恒言》、五代《唐摭言》等著作都是"南昌故郡"版本。所谓"豫章故郡"是近人在注释《古文观止》时误读并做了篡改，以致以讹传讹，连人教版教材也被误写成了"豫章故郡"。

自古"山不在高，有仙则名"，南昌山不高，仙人名气也不算大，故虽是千年古城，名气仍不够响亮，但南昌的山水景色却是非常不错的。要不然，初唐俊杰王勃也不至于临秋风，望江景，洋洋洒洒地写出那般恣意奔放的《滕王阁序》。虽然酒过三巡，醉意朦胧，毕竟吃人嘴软，文中稍许有些恭维的成分，但有关当年南昌山清水秀的自然风光，想必一定有她几分"姿色"。

明代有诗人总结出了"豫章八景"，即西山积翠、洪崖丹井、铁柱仙踪、南浦飞云、滕阁秋风、章江晓渡、龙沙夕照、徐庭烟柳。清代文人在八景的基础上又添上东湖夜月、苏圃春蔬二景，这便是流传至今的"豫章十景"。如此，汇成南昌城之大观也，前人之述备矣，只是好景不长，时至今日，这十大景致大多已难觅踪迹。

南昌地处赣抚平原中腹，自古以来就被誉为"襟三江而带五湖，控蛮荆而引瓯越"之地，以其临河达江的地理优势、青山绿水的自然优势，有着丰厚的历史文化积淀和自然生态资源。在农耕经济时代，作为"鱼米之乡"的南昌乃至江西较少大灾大荒，人民丰衣足食，如此"小富即安"的生活跨越千年，即便在上个世纪60年代初的"三年困难"时期，江西老表还节衣缩食

支持全国，以致当时的江西省长进京，周总理都叫他"富农"。

南昌，建城于汉初，名噪于初唐。盖因王勃的名篇《滕王阁序》，至于其他人再要续写南昌或豫章，一想到有它的存在，自惭形秽而不敢贸然动笔了。王勃身后，历代文人骚客留给南昌的绝句名篇并不多，即便有那么几篇，也大多不值一提，"王勃鸿篇在此，谁敢与之争锋"，这简直就是一种"文化的扼杀"呀！

读过《滕王阁序》后，再看后人的骈文歌赋，除《岳阳楼记》可以勉强一拼外，大多为蹩脚之作，或者是"狗尾续貂"。但历朝历代，总有几个大胆文徒敢于在"关公面前耍大刀"，借着几分酒兴，在一些新建的亭台楼阁中吟诗作赋，虽也应景生情，但离流芳千古一说相距甚远。

往事越千年，南昌古城依然如今天的南昌人一样"知足常乐"，而《滕王阁序》则成为一座难以逾越的文学丰碑，令世人仰望，也让南昌人平添了几分自豪。遥想王勃当年，一个翩翩舞勺少年，何等意气风发，文思泉涌，一气呵成之后，举座瞠目结舌。当时的王勃，仅仅是一个才14岁的"初中生"，如此绝世"神童"，简直令人难以置信！

据说，"文革"前，毛主席在一次会议上问到会同志："你们谁知道，听说王勃写《滕王阁序》时很年轻，到底是多大时写的？什么地方有这个证明？"在座一干领导干部面面相觑。严慰冰（陆定一的妻子）听了笑着说："这有何难，王勃14岁时写了《滕王阁序》，有书为证。"陆定一一脸惊讶："有书为证，快拿给我看。"严慰冰从她书橱中翻开《唐摭言》，很快查到出处，证明所言属实。陆定一当即让严慰冰速将书送至毛主席住处，主席看后大加赞赏。

每每捧读《滕王阁序》，我脑海中就会产生一种强烈的画面感，仿佛置身于赣水苍茫之间,登高阁而远眺,望天际云卷云舒,想必现在七彩梦幻的红谷滩新区,当年可能还是一片一望无际的原始森林,秋水长天下的烟波浩渺间,无数鸥鹭翔集,各种野兽出没。"熊孩子"王勃登斯楼,与满座嘉宾推杯换盏,触景生情,情景交融,想象着东南胜景,幻化出酣畅文字,成就了一代文杰的不朽名篇。

如此想来,王勃虽少年,才情自不在话下,然置身于名利场中,显露一手的虚荣心也是有的,文人概莫如此,王勃也不例外。此情此景,歌舞正酣,一番盛邀之后,又岂然无动于衷,《滕王阁序》如行云流水般喷薄而出后,声震天下,人们记住了少年王勃,也记住了修建此楼的滕王——唐高祖李渊之子、唐太宗李世民之弟李元婴。即便在后来改朝换代的战火硝烟中几毁几建,滕王阁的大名却经久不衰,并雄居"江南三大名楼"之首。

现在的滕王阁,重建落成于 1989 年秋天,这是它第 29 次的浴火重生。一座千年名楼,29 次反复重建。不管因何种原因"折腾",每一次的破坏,都何尝不是一次国家劫难和文化灾难。

我祈祷,这是最后的一座滕王阁,没有之一,没有之后,想必王勃泉下有知,也是这么希望的!

长天遥看海昏侯

感谢江西文化名家陈政老师和江西美术出版社的慧眼拾贝,将我见诸

网络空间的碎片散章汇编成《图说海昏侯——答疑三十六》一书。毕竟我不是专家，学识有限，很多东西仅仅是一孔之见、一家之言，可能还有些笑谈成分，铺陈开来难免贻笑大方，所以，请诸位方家多多海涵！

400多年前，英国著名剧作家莎士比亚说：一千个观众眼中有一千个哈姆雷特！而在2000多年前，中国的圣人孔子就曾说过"仁者见仁，智者见智"，换成网络用语就是"元芳，你怎么看？"。

那么，我眼中的海昏侯刘贺以及那段波光诡谲的历史又是怎样的一番情形呢？

一、汉时回眸：一段扑朔迷离的历史纠葛

海昏惊世，天佑江西！当真正近距离触摸"南昌海昏侯大墓"，遥想那段波云诡谲的历史，特别是聚焦一个特殊的人物——汉废帝、海昏侯刘贺这个集"帝王侯"于一身的传奇人物时，这个过去传说中的人物，居然与江西如此结缘，与我们如此接近。人们从史料、传说、文物和推想出发，围绕这么一个核心问题展开：海昏侯大墓里躺着的刘贺到底是个"什么鬼"？好人？坏人？或者是不好不坏？

从汉代史料记载看，对海昏侯的一生早已"盖棺定论"。"汉废帝"，顾名思义，汉朝被废黜的皇帝，仅仅在位27天的刘贺，也因此成为汉代在位时间最短的皇帝，一个大伽级的"过客"。

这刘贺做皇帝才不到一个月，还没有正式名号就被拉下马来，就只能以一个"废"字一语以蔽之，也可以说是"幸福来也匆匆，去也匆匆"。说是说以太后为名形成的"中央决议"，而当时真正有决定权的"幕后黑手"，他、他、他、他不是别人，正是西汉当朝重臣霍光。

霍光何许人也？西汉权臣、政治家，历经汉武帝、汉昭帝、汉宣帝三朝，中间还夹个没名分的汉废帝，官至大司马大将军，麒麟阁（汉宣帝时期专门设立的汉朝历代功臣的功勋陈列馆）十一功臣之首，既是汉昭帝皇后上官氏的外公，又是汉宣帝皇后霍成君的父亲。汉代这辈分也够乱的，每次捋这些家族关系和年号我都头晕。刘贺被废后，嫁给汉宣帝的霍成君，原来是霍光的继室霍显所生，几任皇帝的选择，包括刘贺的选废都是霍光"翻手为云，覆手为雨"，可以说是权倾一时，一手遮天。

或许，有人要问，霍光到底怎样权倾一时？举几个例子，先是刘贺被废，这个路人皆知。汉宣帝继位后，霍光为了保个人和家族的权力和荣光，先是指使群臣要汉宣帝把他女儿霍成君立为皇后，汉宣帝没同意，还是坚持立自己的原配妻子许平君为皇后。我分析，一来想树立仁厚形象，汉宣帝不想一上位便抛弃糟糠之妻，况且人家两口子本来感情甚笃。二来是吸取前车之鉴，汉宣帝本意不想有个像上官皇后那样"睡在身边的赫鲁晓夫"，天天查手机，发密信，烦不烦。而霍光的老婆霍显为达目的则是不择手段，居然偷偷买通女御医毒死了许皇后，令汉宣帝悲愤不已。此事后来被霍光知道了，碍于夫妻情分也只能"睁一眼，闭一眼"不了了之，而霍成君最终还是被立为皇后。也不知道汉宣帝怎么想的，居然找了杀妻仇人的女儿当老婆，这傀儡当得确实窝囊。不过想想前面刘贺的命运，心里头也只有一个字——忍！霍氏夫妻二人专权由此可见一斑。当然，这件事或许为霍氏家族最终灭亡埋下了一颗地雷。

尽管如此，令人奇怪的是，历代史书并没有把霍光列入奸臣行列，民间似乎也没那么讨厌霍光。这类功高震主的人物，历史形象大多是差评，像明代臭名昭著的阉党"九千岁"魏忠贤、东汉的董卓，包括三国时期"挟天子

以令诸侯"的曹操曹丞相也是负分居多,作为三朝元老的霍光能做到这个程度那不是一般的厉害。想想史家对刘贺的评语,说明他做人也够失败的。这大概是因为老谋深算的霍光凭借丰富的政治经验、治理之术和掌控能力,辅佐四任皇帝,尤其为"昭宣中兴"奠定了基础,为西汉王朝社会稳定和经济振兴立下了汗马功劳。所以,尽管后来汉宣帝对霍氏家族灭门,也还把霍光列入了麒麟阁功臣之首,说明这个人的功力和功业确实非同一般。

历史就是这么个奇怪的东西,既像"照妖镜",也是"遮羞布",只要你不是坏事做绝,一般就不会一无是处。前几天,江西省委宣传部黎部长来铁路检察院讲海昏侯的故事,我专门去聆听受教,最后,我就问他"刘贺到底是不是坏人"的问题。黎部长以历史唯物主义的态度认为,历史就是历史,特别经过历朝历代史学界研究得出的结论,一般代表了当时社会乃至后人的主流认识和基本评价,不是哪一个人可以轻易推翻的,否则,就是对历史的不尊重,学术上也是不严谨的。对于刘贺,不能简单以好与坏来认定,要从他当时所处的生长环境和政治生态来考虑。人的成长是有阶段性的,世界观和价值观的形成也需要一个过程,如果把刘贺的一生分为上下半场,那么上半场以18岁为界,只能说这是个年少轻狂、缺乏经验甚至有些浑浑噩噩的刘贺,这种家境、这个年纪的刘贺做了一些出格的事情本来也算正常,但贵为一国之君,有些事情就不可理喻,不可原谅。下半场从他被废黜直至死亡,这十几年里的刘贺可能意识到了缺陷,也吸取了教训,逐步走向了成熟,懂得通过学习增加修为,培养情趣,应该说在各方面都变得充实和完善起来,这才是最正常也最真实的刘贺。这个与我书中表达的很多观点基本相同。

二、刘霍相争：一起以卵击石的宫廷暗斗

想必大家对刘贺继位这段故事都比较了解了。刘贺作为汉武帝孙子，第二任昌邑王，在他18岁那年，遇到了一桩"天上掉馅饼"的好事，年轻的汉昭帝突然驾崩，霍光遣人连夜召刘贺火速进京（长安）接任皇帝。父亲昌邑哀王刘髆死后，四五岁的刘贺就当上了昌邑王，起码享受了高级待遇，到18岁，一直过着玉堂金马、无忧无虑的王侯生活。史料上说作为"官二代"的刘贺，因为生活太养尊处优，从小就养成了为所欲为、生性顽劣的"任性病"。所谓"时也，命也"，而就是这一纸玺书，刘贺的命运从此彻底改变。

也许，有人要问了，老谋深算的霍光怎么选了这么一个年轻懵懂的家伙，难道西汉老刘家就没人了吗？非也！其实，当时从汉武帝开始，皇后嫔妃无数，直系四代之内，还有若干个可以继承帝位的优秀"后备人才"，有的远比刘贺德才兼备。但在霍光眼中，政见不同的不行，受到处罚的不行，太有思想的不行，不好驾驭的也不行，那思来想去，就只有昌邑王刘贺了。霍光以为，选择刘贺，不在于刘贺的品行怎么样，而是觉得刘贺更稚嫩一些，更容易掌控一些。

但很快，霍光便失望了。据史书记载，当朝廷派使臣迎接昌邑王入京时，刘贺夜看玺书，狂喜得有些癫狂，连王府贴身家臣中尉王吉都看不下去了，悄悄对他说，王爷，昭帝这追悼大会还没开呢，当着使臣的面，你就是装也要装出一副悲痛的样子啊！王吉还上书告诫刘贺，现在虽然给了你皇帝的身份，那也不过是霍光手中的一个棋子，您继位后要像汉昭帝一样多多侍奉、敬重大将军霍光。言外之意，这个人，咱惹不起啊！

也许是"幸福来得太突然了"，这时候，脑子高烧不退且已经严重进水

的刘贺,激动得"根本停不下来",对家臣的忠言也早已充耳不闻,政治上不成熟的表现越来越明显,举止更加张扬。他打点行装,快马加鞭,连夜进京。据说这一路上还不安分,强抢民女,纵情欢娱,严重违反了朝廷规定不说,有些行为简直与山匪无异,让迎驾使臣甚为不满,心里暗骂:"切,什么东西!"抵达长安之后,刘贺先被立为皇太子,并亲自主持了昭帝丧礼,而刘贺又因为在葬礼前后"不恭不敬,不懂规矩"的表现而备受诟病。

刘贺在未央宫即位后没几天时间,又开始不安分了,他不甘心像前任汉昭帝那样做"儿皇帝",竟然想做起"真皇帝"来了。一方面他征召了大批当年亲近他的原昌邑国的家臣官属进京,见人升几级,严重违反了朝廷"选人用人制度",简直是乱弹琴;另一方面,既不及时去"走访慰问"前朝的"老干部",取得"老同志"的支持,又对当朝老臣忠臣之言基本不予考虑。据传,有老臣上奏,他也懒得理会,说皇帝忙着呢!忙啥?居然躲在宫内与家臣把酒言欢,这是典型的懒政怠政不作为。如此,不但得罪了很多在京的权贵和"老干部",也让霍光感觉自己"瞎了眼"。

更为要命的是,立足未稳的刘贺开始视霍光为眼中钉、肉中刺,他可能在想,与其做儿皇帝短命,不如找老家伙拼命。密谋准备对霍光采取打"大老虎"行动,以期彻底改变他长期统揽朝政的局面。想如今我们打几只"老老虎"都花了好几年的时间,你小子这才干了几天就想翻天,不想活了?果然,作为有西汉政坛"老江湖"和"不倒翁"之称的霍光是什么人,人家还在任上,并且历经两朝权力经营,已经集军政大权于一身,加之上官皇太后还是他亲外孙女,势大力沉,根基很深,耳目众多,对此必定有所风闻,也不可能无动于衷。

当刘贺开始着手调整宫廷御林军的禁卫兵马,诏封"王相安乐迁长乐卫尉",而掌管太后寝宫长乐宫的戍卫主官,那可是控制霍光外孙女上官太后言行举止乃至生命安危的紧要职位,相当于现在的"中央警卫局"。新帝继位,太后为尊,很多大事太后的意见也很重要,这也是霍光借势用力、掌控大局的一张"王牌",如果切断了这一直接联系,意味着霍光的权力架构中就可能失去一个重要的支点。霍光一看这是要对老夫动手的节奏啊!"跟我玩,玩死你!"于是,霍光决定抢先下手,实施一场兵不血刃的宫廷政变。在这场根本不在一个重量级的较量中,霍光气定神闲,一番密谋、串通和联合后,以丞相领衔,假太后之名,以迅雷不及掩耳之势,分分钟便将刘贺"秒杀"。

后来的结局,大家都知道了。废黜之日,在上官皇太后亲自主持下,霍光设局,"把朝纲挺在前面",先是诏见刘贺,后是群臣弹劾,最后皇太后议决,尚书令在未央宫承明殿内当庭宣布了朝廷"重要决定",历数其罪,说刘贺在短短 27 天干了多达 1127 件坏事,可谓是"劣迹斑斑"。故以"行淫乱""行淫辟"的罪名,废除其帝位,取消封侯,削为庶民,赐归故国昌邑,另赐汤沐邑二千户,从前昌邑哀王刘髆的家财也全给了刘贺。整个规制流程全部安排妥妥的,走得堂而皇之,滴水不漏,两个字——漂亮!

经历了从头号"正国级"到平头百姓这样"断崖式"的处理,刘贺的政治生命算是彻底完蛋了,好在没掉脑袋,也没进牢房,生活待遇也没有受到太大的影响,这算是"软着陆"吧!一生的际遇和厚葬的事实也证明刘贺从来不差钱,27 天帝位加 33 年阳寿,可叹"天子没命做,有钱没命花"。但刘贺从封国带到京城的旧臣二百余人中的大多数被霍光判以"亡辅导之谊,陷王于恶"的罪名,意思是没有尽到辅佐教导君臣之责,使昌邑王误入歧途而获重罪,并被"咔嚓",行刑路上,他们一路呼天喊地,那叫一个惨啊!

　　我们从中看到了霍光"铁腕"的一面，但霍光就是霍光，作为三朝元老重臣，他"柔情"的一手同样莫测高深，用我们南昌话讲，叫"玩得辣"。当宣布完废黜诏书后，刘贺当场表示不服，群臣忌惮，唯霍光镇定自若，亲自上前解下他身上的玺印绶带，毕恭毕敬捧上交给太后，扶着昌邑王走下宫殿，群臣跟着送行。刘贺见大势已去，神色沮丧，向西拜道："我愚昧不明事理，不堪担当汉朝重任啊！"起身坐上早已为他备好的辇车，霍光又亲自"添乘"把昌邑王一直送到山东昌邑，霍光躬身谢罪并貌似诚恳地说道："您的行为自绝于上天，臣等怯懦无能，不能以自杀来报答您的恩德。臣下宁可有负大王，不敢对不起国家。但愿大王能够自爱，臣下将再也不能见到您了。"说完，霍光一路哭着离开了昌邑，绝对的西汉政坛超实力派"老戏骨"，此情此景，真是感天动地，令人唏嘘不已。

　　"人生如戏，全靠演技。"如果写一篇有关霍光历史人物传记的话，我想用一个标题就叫"铁血柔情霍大侠"。玩政治是个高智商的游戏，必须按规则运行，否则，就很可能是"死亡游戏"或"零和游戏"。所谓"成也萧何，败也萧何"，而成败之间，比出了实力，看出了高下，这种实力不仅仅是权力所带来的，更多要靠高超的政治智慧和谋略，包括坚实的权力基础和威信。初来乍到的刘贺在这方面跟三朝重臣霍光相比，完全不在一个层次。从政治上讲，他又不自量力，急于求成，犯有严重的机会主义、盲动主义的"幼稚病"。从人格上看，一个领导干部年少得志、平步青云是好事，但自以为是、有权任性就不一定是好事，甚至可能是坏事，最终害人害己。

　　劝君莫话封侯事，一蓬衰草湮春秋。说人家刘贺27天干了1127件坏事，平均每天41件坏事，从早到晚这刘贺也不干别的，就专干坏事？很多史家对此也有质疑。所以，我在书中写道，纵观刘贺的一生，前面宠惯了，过早地享受到权力带来的荣耀和快感，所以无拘无束，为所欲为，最终在政治上栽了大跟头。后面看开了，远离了政治权力中心，开始饱读经书，修身养性，算是渐渐地放下。只不过，经历这次人生命运的大起大落，刘贺精神受到了很大打击，身体状况也每况愈下，刘贺与江西结缘，在封侯海昏国里也只生活了短短4年，除了留下一座完整惊世的西汉大墓，在江西几乎没有留下太多痕迹，估计这几年基本是闭门谢客，一心做个"文青"和"宅男"，也经常在家发发呆，偶尔郊游，又往往触景生情，其间还经历了一些波折，让刘贺雪上加霜，可谓是："宝宝心里苦，但宝宝不能说！"稍一"吐槽"就可能隔墙有耳，惹下麻烦，这号称"明君"的汉宣帝还一直"挂念"着，经常差人"问候"他全家呢！很快，在南昌一个酷暑难耐的夏天里，刘贺吃完一个香瓜，倒头而睡，再没醒来，从此结束了自己"生得伟大，活得憋屈"的短暂一生。

西方人喜欢说，年轻人犯错误上帝都会原谅！而我们中国人常讲的是一失足成千古恨！这便是中西方文化的差别。废帝刘贺人生的起伏、命运的多舛，正好诠释了这句话的深刻道理。所以，我想说，刘霍之争，不是一个故事，而是一场事故。在那种西汉以霍光为主导的，布满政治瓦斯、险象环生的特殊环境下，有人隐忍自保，有人无所顾忌，你没时间犯错，也没机会纠错，一步错则满盘输，这同样也是个"时度效"的问题，刘贺只不过是这个历史"矿难"事故中一个特殊的"殉难者"！

三、海昏余韵：一场永不谢幕的文化大戏

我看到2016年中国新闻奖评选结果，江西广播电视台报送的《南昌西汉海昏侯墓主椁室考古发掘系列现场直播》荣获了一等奖。这说明，海昏

侯大墓发掘的宣传报道和成果展示，已经在全国乃至全球都产生了较大的反响，刮起了一股强劲的"海昏侯旋风"，成了南昌人精神餐桌的一道地方名菜"黎蒿炒腊肉"，而且是一块 2000 年前的"老腊肉"。因此，也扩大了江西的知名度，更提升了中华文明灿烂文化的美誉度，我姑且称之为"海昏侯文化现象"。总结目前的成功经验，我认为主要有以下几点。

第一，风云际会，火花碰撞。在海昏侯墓的考古发掘和保护过程中，据说这次海昏侯墓考古挖掘团队是一支集中了中国考古界众多精英的"国家队"，从一开始十分注重多学科介入和现代技术手段的应用，是中国文物考古界的一次"跨界"大协作，为提高考古发掘的精准度和工作效率，科学保护出土文物发挥了至关重要的作用。更值得一提的是，这次参与考古发掘的专家学者深谙传媒之道，善于和媒体打交道。我注意到，那段日子，几乎每天都有新的发现、新的史料、新的考证抛出，不断有学术研讨、权威解读、成果展示跟进，让整个考古发掘过程"每天都有感觉"。尽管有的专家观点不尽相同，但恰恰是这种点滴的发现、新鲜的观点、火花的碰撞，吊足了媒体和大众的胃口，让人们对海昏侯刘贺的人生际遇，对西汉那段历史风云、对海昏侯与江西的关系产生了浓厚兴趣，更想走入其中，探究一二。不仅仅是各级领导和当地群众，很多外省群众、网友也慕名而来，希望先睹为快。我了解到，海昏侯出土文物展人气爆棚，江西许多的知名文化学者跃跃欲试，海昏侯相关书籍不断推出。数家电影电视剧创作单位有意拍摄相关作品。十天内有 58 家单位或个人扎堆抢注海昏侯商标，"你也说海昏，我也说海昏"，刘贺几乎成了今日"网红"，火遍大江南北，这在江西考古历史上是没有过的，也是当代江西罕见的一个文化现象。

第二，媒体叠加，异彩纷呈。如果说海昏侯"多金"，那么海昏侯大墓的发掘工作更加"吸睛"。围绕海昏侯大墓的考古发掘，各路记者纷至沓来，从中央主流媒体、省市传统媒体到各类网络媒体蜂拥而至，通过入遗址，挖独家，看文物，细甄别，找专家，做访谈，全媒体融合的强劲态势，让海昏侯大墓考古发掘的新闻报道呈现出形式活、内容新、周期长、效果好的特点，既有历史的纵深感，又有现实的鲜活感，更有未来的期许感，尤其是很多精美的图片令人惊叹与震撼，应该说，整个新闻系列报道战役获得了巨大成功。如果说这次报道有一点遗憾的话，那就是在发掘之初，我们对海昏侯墓刘贺身份"剧透"得过早，地球人都知道了，到了报道中期才开始设问"海昏侯墓主究竟是不是刘贺"，只可惜为时晚矣！如果从一开始就围绕这个焦点设置"悬疑式"话题，然后通过"答疑式"报道不断放料，通过一点点抽丝剥茧，去伪存真，最终让真相大白、尘埃落定，这样的传播效应可能会更好一些。

第三，高层关注，强力支撑。海昏侯大墓的惊现，让世界聚焦江西，令江西名噪一时，这为江西文化的振兴与发展带来了难得的历史性机遇。据我了解，海昏侯大墓发掘工作，从一开始就得到了中央领导的高度关注，并派专人到发掘现场实地察看和了解情况。时任江西省委书记强卫同志、省长鹿心社同志非常重视海昏侯大墓考古发掘工作，在多次会议上宣传介绍。还有一个"重量级"的推手，就是现任江西省委常委、省委秘书长的朱虹同志，亲自操刀撰写了多篇介绍和宣传海昏侯文化且文笔优美、内涵丰富的文章进行宣传和呼吁。作为遗址公园规划和建设主体的南昌市委、市政府，迅速成立了副厅级建制的海昏侯国遗址管理局，开始全面运作，仅此一点，已经令许多文物大省的专业管理部门羡慕不已。江西还将分期投入数十亿元建设遗址公园，力争五年内基本具备申报世界文化遗产的条件。

所以，这是强力支持。需要指出的是，海昏侯大墓是作为江西文化的"新高地"，还是旅游经济的"摇钱树"，这是个战略导向问题，把握不好就可能错失机遇，虎头蛇尾，最终由一个"美丽的神话"变成一个"尴尬的笑话"。

第四，海昏大戏，期待精彩。关于遗址公园的规划建设，对此，我在书中谈了一些个人粗浅的想法和建议：一是不仅仅要有"老东西"，还要有"新感觉"。历史、文物、人文、典故、传说新鲜诱人，仿佛历史就在眼前，让历史告诉未来。二是不仅仅有"文物味"，还要有"文化味"。宝贝有价值，文化更升值，大片、大景、大戏形式多样，满目生辉，在美不胜收、惊艳震撼的同时，让观者有所感，听者有所悟，以进一步加深人们对中国古代灿烂文化的理解和认知。三是不仅仅有"汉代风"，还要有"赣鄱情"。把江西美景、美文、美食融入其中，把古风雅韵和赣鄱乡情贯穿其中，变"穿越2000年的参观"为"穿越2000年的体验"，叫响"秦陵汉墓：北看秦始皇，南看海昏侯"的概念，让"江西风景独好，海昏惊奇不断"更加深入人心。四是不仅仅要有"服务端"，还要有"产业链"。在注重文化旅游服务配套的同时，以海昏侯文化元素为内核，整合江西的瓷器、文化、竹器、漆器等特色产品和民间工艺品资源，设计、开发并展示江西特色旅游产品，改变当下旅游文化产品"同质化、低端化"的问题。五是不仅仅有"硬环境"，还要有"软实力"。环境布局要高端大气上档次，更重要的是广泛吸纳文化创意人才，打造"互联网＋海昏侯文化"的传播平台，向全世界讲好"海昏侯故事"，为全国人民乃至全世界人民奉献一场精美绝伦的中华文化饕餮盛宴，让老祖宗留下的稀世瑰宝名扬天下，传世共享。

让历史告诉未来，让未来观照今天。今天我们所做的每一步都是对历史、对未来的真情告白，代表着今人的思想、视野与境界。虽然，海昏侯大墓的发掘和保护工作初战告捷,但海昏大戏才刚刚开演,更精彩的下一幕在等待着我们……

怀念陈忠实先生

惊悉,2016 年 4 月 29 日 7 时 40 分左右,著名作家、茅盾文学奖获得者陈忠实,因病在西京医院去世,享年 73 岁。陕西文坛乃至中国文坛一颗巨星陨落,特重发此文以示哀悼!

本文原标题叫"忠实的读者",这不是泛指对某本书或某篇文章的喜好,而是今天的我,作为一名普通文学爱好者,把目光聚焦在一个中国著名作家的身上。这个人就是《白鹿原》的作者陈忠实先生。通过十年前与他的一次零距离接触,着实感受到陈忠实先生独特的人格魅力。

二十多年前,当一曲《黄土高坡》撼动整个大中国时,以路遥、陈忠实、贾平凹为代表的西北作家群迅速崛起,成为当代中国文坛一道亮丽的风景。《白鹿原》便出产在那个时代。一些文艺评论家把它推崇为中国现代文学史上"史诗般的巨著"。虽然我也曾拜读过这本书,但当初的感触并不是特别深刻,且随着时光的流逝,渐成一段尘封的记忆。

那年,去古城西安出差,与好友、铁路知名作家刘谦先生欢聚,当日便被盛邀到城里的一家羊肉泡馍老店品尝西安小吃。进门大厅的广告宣传橱窗中,有一段《白鹿原》里所描述的这家百年老店生意兴隆的喧闹场景,

那充满乡情乡俗乡趣的精美文字，吸引了我的眼球，让我深切感受到西北这块厚重的黄土地上所散发出的浓郁的乡土文化气息。

谦哥看我驻足入神，便问我是否喜欢看《白鹿原》，我说看过，时间久了也就忘了，但陈忠实的大名我还是知道的。那好办，谦哥是个爽快人，掏起手机便拨号，而后一通郭达小品"换大米"式的秦腔："是陈老师吗？在哪儿呢，在省上，俄（我）和一个江西的文友明天想请你吃饭，行，就这么定了。""啪"，一个当代文坛大腕，这就算约上了。

不用说，谦哥刚联系的正是陈忠实先生。见面安排在第二天晚上。这一不留神，就可以结识一个文化名人了，心里不禁有种附庸风雅的窃喜。入夜，我邀谦哥跑到新华书店买了几本新版的《白鹿原》，连夜"温故而知新"，一方面想求个大家签名，另外也好在明天交流时有些话题佐料。

虽然已年过花甲，但忠实先生当时的身份仍是中国作协副主席和陕西省作协主席。在我的脑海中，对贾平凹的大作和形象还是比较深刻的。而相对忠实先生，因他较少抛头露面，我压根不知道他长得是怎样一副模样，为人如何，只听得谦哥用西安话不住地大声念叨："忠实老师，人横（很）好！"

次日傍晚六点左右，忠实先生如期而至。车到酒店，我赶紧上前打开车门，但见一个满头白发、穿着茄色夹克的老人走了出来，如果不是因为他拎了个还算时髦的黑色公文包，我会以为他就是一个长年生活在黄土地上刨地种庄稼的农民大叔，一脸"苦大仇深"的褶子，如台湾艺人林峰自我打趣"写满了中华民族五千年的沧桑与苦难"，或许还会让你想起罗中立的那幅油画《父亲》。

忠实先生和谦哥的交情非同一般，见面也很是随意，互相介绍后，忠实先生那双炯炯有神的眼中,散发出一种平静柔和的目光,声音很悠缓,他非常客气地握着我的手:"是刘谦的小兄弟,也就是俄(我)的朋友嘛!"带有浓郁关中口音的几句话,顿时打消了我初次见面的隔膜感,备感忠实先生的亲切与随和。

席间的气氛异常融洽,忠实先生话不多,多是谦哥大大咧咧地挑些当下文坛的陈年旧账,或谈及忠实创作和发表《白鹿原》时的一些趣闻逸事。忠实先生对文坛的是是非非绝口不提,任你评说,我自岿然。偶尔,很宽厚地笑着说说谦哥:"你小子,就喜欢胡说八道。"

忠实先生烟瘾极大,但从不抽烤烟型,只抽陕西当地产的一种雪茄。他说:"过去俄(我)在家乡抽的都是旱烟袋,抽了一辈子,习惯了。"问及他最近在构思什么大作,他淡淡一笑,"想着呢!俄(我)曾经说过,白鹿原就是俄的家乡,汉文帝就葬在那,俄(我)在那里的农村待了大半辈子,俄(我)没有像现在很多作家那么高产,俄(我)写的书离不开那块土地,俄(我)只想写一部死了以后可以放在棺材里做枕头的书陪着俄(我),《白鹿原》就是俄(我)的根啊!"

《白鹿原》作为中国当代文学的一部标志性作品,已经屹立在广大读者心中。在和忠实的寒暄中,得知有件事一直成为他心头的遗憾。那就是虽然很多影视导演非常看中这部作品,但迄今为止,《白鹿原》还没有搬上银幕或荧屏,原因是这部作品反映了白鹿两姓家庭的百年恩怨,呈"大开大合,大起大落"之势,人物关系过于繁杂,故事线条纵横交叉,时空跨度大,一些著名编剧看完作品大都望而却步。

这时候,我向谦哥使了个眼色,谦哥很快明白。于是,一席朋友们敬酒的敬酒,照相的照相,忠实先生虽然喝得不多,但每敬必喝。我敬完酒,轻

轻站在他的身后，请谦哥给我俩来张合影，忠实先生马上端坐了身子，脸部带着一丝微微的笑容，和我留下了一张值得一辈子珍藏的照片。

我也不失时机地把买来的几本《白鹿原》新书呈上，开玩笑说："忠实老师，您看这书不是盗版的吧？"忠实先生的性格如他的名字一样朴实，挺认真地看了看出版社和书刊审核号后说："看来不假。"我们哈哈笑了。随后，他在每本书的扉页工工整整签上大名，签完还不忘说："不好意思，俄（我）的印章搁在办公室里，今天就木（没）法盖了。"

远眺窗外灯影幢幢下依稀可见的古都城墙，只有这片深沉的土地才可能孕育出如此伟大的作家。凝望眼前的忠实先生，原来这才叫朴实无华，一个不讲究外在但蕴含丰富的文化大家，此刻，不由地生发出一种"读书品人"之感悟。捧着他签名的那几本《白鹿原》，我心底好一阵激动和温暖，不由想起了谦哥大嗓门吼的那句秦腔："忠实老师，人横（很）好！"

忠实先生千古！

与易中天先生的"一课之缘"

那是 2005 年金秋，单位在厦门举办一个专业培训班，想请一位当地文化名家为学员授课。作为读者的我，想到了厦门大学知名教授易中天先生。

易中天先生因 2006 年在中央电视台《百家讲坛》举办"品三国"讲座之

后而声名鹊起,虽然那时的先生远不如当下声名远扬,但他的《读城记》《闲话中国人》《品人录》等书还是畅销一时。

一开始,我们傻傻地以单位正式公函的方式向厦大官方"盛邀",几天过去,函件如泥牛入海,杳无音信。

情急之下,"掘地三尺",几乎托遍厦门所有关系,终于通过一个朋友找到了先生的夫人。"枕边风"一吹,易先生答应抽闲安排一个晚上为我们举办讲座,并表示我们可以"任意选题"。看来,中国人的"公关"远比"公文"有效。

那天下午,我们如约在厦门大学美丽而幽静的林荫道上,接到了"传说"中的易中天教授。

先生年近花甲,穿一件白衬衫,面相平和,性格开朗,尤其双目炯炯有神,只是鬓角略有些泛白,看上去五十出头,并无多少大学者的架子,感觉很是平易近人。

"大家想听点什么?"湘音未改的易先生,见面便征询我们的意见。

一时,我们也不知该如何作答,只好说:"还是讲讲中国传统文化吧?"

"哈哈!这个题目可大了,三天三夜也讲不完。"易先生哈哈大笑。

我们只好含糊地说:"那就讲点精华吧!"

"那可是精华糟粕兼而有之哟!"先生的回答不失幽默。

当夜,他讲的是"中国文化的思想内核"。

海边不远,下属单位的一个小会场,悬挂了一条醒目的会标"易中天教授讲座"。主持人一番简洁而略带恭维的开场白后,不带片纸的易先生话匣一开,立即吸引了全场。

"我今天晚上想跟大家谈的话题是中国文化的思想内核,为什么要谈

这个话题？因为人是文化的存在物，人和动物的最大区别在于，动物没有文化而人是有文化的，文化决定着我们的存在方式和经济发展。"

"文化和发展有关系吗？"易先生继而以改革开放之初港台流行文化现象为例，从当时年轻人风靡一时的"喇叭裤""蛤蟆镜""盒子炮"（录音机）说起。

"在我当时读书的武汉大学曾引发的一场激烈的思想论争，一派发问：喇叭裤能吹响实现'四个现代化'的号角吗？另一派反击：请问，什么裤能吹响实现'四个现代化'的号角？

"如此看来，文化与发展似乎没有多大关系？

"而之后的事实证明，恰恰是那些敢于率先穿'喇叭裤'，戴'蛤蟆镜'的地方，纷纷成为中国改革开放和经济发展的先行者，成为最先富起来的地方，为什么？"

易先生认为"思想观念变化为先，当一种新兴的文化力量开始深刻地影响传统的生活方式，变化便不期而至，而最终演变成为一种强势的地域文化。因此，文化与发展有着天然的、不可分割的联系"。

通过穿插日本文化、西方文化对其自身发展的关联比较，从解构日本著名作家三岛由纪夫的一篇小说，到解读美国人文学者鲁思·本尼迪克特的《菊花与刀》，易先生深刻剖析日本文化阴柔与强悍的两面性，以及日本人一方面坦承"胜己者强"，一方面又"逞强凌弱"这一多重极端的国民性，可谓入木三分。

从比对中西方在饮食习惯和风俗礼节的差异，到分析和阐述中国文化及其国民性的思想和行为特征，进一步切入"中国文化的思想内核"，即中国文化强调的是群体意识，而西方文化看重的是个体意识，两者之间体现的是截然不同的核心价值观和行为取向。

把抽象的逻辑具象化,把生涩的理念通俗化,易先生的演讲风格一如后来在央视"品三国"的戏说风格,诙谐幽默,引人入胜。

易先生说:"群体意识下的中国人极少强调个体,讲究成双成对,如'尊师爱生''尊老爱幼''拥军爱民'等等,无不以一种复数的对等关系体呈现于世。"

孟子曰:"老吾老以及人之老,幼吾幼以及人之幼。"易先生说:"意即考虑自己,亦顾及别人,这就是一种照顾人与人关系的平衡,打破了这一平衡就可能影响关系,伤人以及自伤。"

依易先生所言,"中国文化的思想内核,归结于中国人对群体意识的推崇,通过人与人的关系来实现人与物的关系。只有处理好人与人的关系,才会拥有一个良好的人际关系,这也是东方文化与西方文化的分野"。

易先生进一步推论:"因为讲究关系的对等,那么双方就必须给面子,甚至给足面子,这使得中国人对面子尤为讲究。面子是中国人最关注、最需要也是最深奥的东西,成为支撑中国人做人做事做官的关键要素,中国人讲到复杂人际关系问题时,往往喜欢用'水很深'来形容,这里面就意味深长。"

在中国文化当中,一切关系最终都归结为人与人的关系,一般社会关系的构建和演变,则为"关系学"的概念,而这种关系往往以层次分级,俗话说:"关系铁不铁,说话管不管用,你有多大面子,给不给面子,给多大面子……"从某种意义上说,这种"中国式"的关系效应负面多于正面,庸俗多于清雅,很多现代社会不应提倡的东西在现实中却大行其道。

但也不能一概而论,易先生认为:"天为大,我为小,天人合一,亦是一

种类似于'母子''父子'间的一种敬畏关系和亲密关系。"这种关系处理得当,必须有信仰的支撑,其演进发展到最高境界,那就是"天人合一",讲究的是人与自然的和谐统一。

一番番学贯中西、引经据典的旁征博引,一个个生动形象、环环相扣的案例解读,于不知不觉间,时间在一分一秒中流逝,先生亦庄亦谐、妙趣横生的演讲,让我们有一种脑洞大开之感。

尽管,我们对易先生讲座的某些观点并不完全苟同,但从他剥茧抽丝中所梳理出的基本脉络,还是让我们看到了中国文化在你我他身上或多或少的影子。

这些东西难以简单用精华或糟粕来形容,但现实中的国人多以此观照,热衷于人际关系的片面追逐而屡屡导致法律、公平的缺失,令人不得不对这样的国民性产生某种怀疑,其中的有些东西又恰是当年鲁迅先生所深恶痛绝的。

鲁迅先生一生始终坚持改造国民性,求得人的真正解放,以最终在"立人"的基础上建立"人国"。在鲁迅的眼中,中国的国民性基本上就是"劣根性"。

而易先生从现实的角度,阐述了中国国民性的客观合理存在,在理性批判的同时,又从中国人利益追求的内动力上,似乎赋予了它一定的积极意义。那就是,今天中国人对现实利益的追逐,甚至对"关系出生产力"的热衷,某种程度上刺激了整个中国经济社会的空前繁荣和发展。当然,这其中一定伴随着一些消极和负面的存在。

闲话也好,俗话也罢,易先生的学术功底是扎实深厚的,而道理又是直白浅显的。

　　不管别人以"有良知的知识分子"誉之，抑或用"老少咸宜的学术萝卜"贬之，所谓"见仁见智，智者见智"，在一个"双面人"充斥的世俗社会里，有时候，感觉易先生就像是安徒生童话《皇帝的新装》中那个敢于说真话的孩子，尽管很多东西我们都知道，但我们从来不说。

　　近日，在一本《读者》原创版上看到一篇关于易先生的专访，面对当下关于他众多的争议和质疑，他淡然一笑："学术问题从长计议，讲述方式不去争论，花开花落两由之。"

　　与易中天先生在厦门的那次见面，虽已过去多年，但先生那爽朗且中气很足的声音，不时回响在耳边。

　　相识于成名之前，绝缘于成名之后。或许，今天再遇易中天先生，他一定记不起我是谁了。但在当时，能有幸邀请到易先生，亦足以证明了"关系"的重要。由此，我也赚足了一回"面子"，这不正是所谓中国文化思想"内核"的体现吗？

　　欣赏不一定膜拜，成名不一定快乐。看到先生退休后依然忙碌、四处讲学的身影，唯有默默地祝福，静静地品读和思考！

扯一扯"文人画"

　　有言道：人丑多读书！又有道是：腹有诗书气自华，最是书香能致远。故而，最近迷上听文化讲座，通过"涨姿势"，以求成为一个"气质型男"。

　　那日，从新浪微博得知江西大儒省三老先生在南昌白鹭原茶艺馆举办"文人画猜想"讲座，作为一个并无多少艺术天赋的"草根"，激动不已，欣然前往。在一睹先生风采之余，更亲耳聆听了先生关于中国"文人画"的独特解构。

　　先生开场即把当下江西喻为"文化洼地"，而令人称奇的是，在"文化洼地"之中，却有一批如先生一样痴迷于中国文化的文人的风骨坚守，且称之为"文化促进派"，江西文化才得以有微弱火种，在寂寥的夜里偶尔散发着几许幽光。

　　先生共以"十性"来总括"文人画"之基本内涵与外延，既有传统国学素养，又有深厚审美情趣，语言诙谐幽默，观点独特精到，令人耳目一新。

　　"文人画"是个什么东西？搜索"度娘"，倒是有不少对其历史渊源、代表人物等方面的史料记载及作品展示。只不过，回到讲座中，因才疏学浅，对先生针对一些问题的独特观点尚未参透。譬如："文人画不画汪洋大海""文人画反对暴力美学""文人画要敢于自嘲""文人画充溢孤独和悲情色彩""文人画乃小众艺术""文人画是中国艺术未来走向世界的一个重要门类"……

　　先生的近两小时讲座学贯中西，旁征博引，深入浅出，妙趣横生。但在短时间内，要完全说清什么是中国"文人画"，或者说让我辈完全读懂"文人画"，似乎又不是一件易事。

　　记得，曾在京城听央视名嘴白岩松讲了一堂课，谈"什么是政府新闻发言人"。白先生开场便用拆字法，来阐释"政府""新闻""发言""人"的定位与功能，政府的权威性、新闻的规律性、发言的技巧性、受众的接受性……令人豁然开朗。照此"邯郸学步"，我理解的"文人画"，不是简单的文人画画,是否可以把"文""人""画"三者拆分理解,即"文化""人性""画境",然后,三体融合定义为:一个有人文情怀的文化人,运用传统国画艺术的独特写意,所宣示的一种主观人生态度。

古代"文人画"多为士大夫情趣,他们或声名显赫,或怀才不遇,最后多为归隐之人。士大夫的"山林归隐""心不动"和"无所欲"便成为他们最好的心理调适,而"文人画"则成为一种精神的寄托。经历了太多"见山是山,见水是水"到"见山不是山,见水不是水",最后"见山还是山,见水还是水"的心路历程,茅屋山舍,竹林深处,画笔中的山水虫鸟成为他们思想和情感的表达,由"放不下"到"且放下",这种小画品中的"大意象",同样是一种人文精神的追求。

生为豫章人,对"文人画"最直接的感知,可能来自于对明末清初生活在南昌的明朝王孙、僧人画家八大山人其人其画的了解。一块孤石,几根枯枝,数笔鹰鸟虫鱼,白眼向天,傲视苍穹,每一幅画面皆充溢冷峻孤傲之气,浸透着愤世嫉俗的个人"悲情"。至今日,八大山人的画几乎无人不知。前段时间央视《鉴宝》节目来南昌,专家对民间收藏的一小幅八大山人真迹给出高昂估价,令我瞠目结舌。

至于,"汪洋大海"可否纳入"文人画"范畴,省三老先生更倾向于"小中见大"。所谓"一枝一叶总关情",如苏轼的枯木怪石、郑板桥的竹、石涛的山水写意、吴昌硕的菊、齐白石的虾……正如江西文化名家陈政先生所言:就连当代最著名的西洋派画家徐悲鸿先生,虽早年求学法国,最终还是"洋为中用",将国画改革融入西画技法,其成名作"奔马图"虽有西画技法的运用,但骨子还是保留了中国传统"文人画"的精髓。

由此观照,"文人画"或有约定俗成之规,但随着当代中国的开放与包

容，"文人画"在复古与传承之中，似也不应以"有限性"而刻意拘束创造的边界。诗以言志，文以载道，只要能够"表情达意"，大江大海又何尝不可以成为文人画的一枝！

中华民族是个颇有宇宙观和哲学观的伟大民族，文化之源远流长自不待言。但两千多年的封建与封闭，渐渐让一些郁郁不得志的士大夫，在诗词歌赋、梅兰秋菊、风花雪月、琴棋书画中沉湎和释放自己，或"归隐山林"，或"小楼东风"，或"渔舟唱晚"，"文人画"的诞生或许基于这样一种历史背景和个人际遇。听完讲座后我发微博抒发感想，很快有网友跟帖回应：文人画其实不仅仅是一种艺术形式，它是一种和内心对话的生活智慧，懂它，就懂得生命的真正意义。

平心而论，我的感悟尚未达到如此造化，但从省三老先生 60 年对"文人画"的追求和诠释，足见其感悟之深刻。先生在比对中国画与西洋画的区别时，不无遗憾地表示"只去过日本，没到过欧洲"。他对日本传统文化的留存大为赞赏，认为在"数字高清"的电子时代，西方"写实主义"的画风正在遭受严峻的挑战，而中国传统文化瑰宝中的"文人画"必将迸发出强劲的生命力，唯有"复古和回归"，才能使"文人画"不至于变异或凋谢。

先生的话让我想起了数年前的一次西欧文化之旅。本人有幸参观了法国巴黎罗浮宫，当从倒金字塔通道一进入到这个世界文化艺术圣殿，立刻被镇馆之宝"胜利女神"雕塑所吸引。这座塑像出自两千多年前古希腊艺人之手，由一块完整的汉白玉雕刻而成，头像虽有毁损，但少女身体的曲线轮廓异常清晰，似乎被海水打湿了紧贴着肌肤上的白色长裙，被海风吹起一角，那贴身的长裙与修长的身段、丰满的肌体融为一体，令人叹为观止。如此高超的技艺，恐怕连今时雕塑家也难以企及。

其他展厅，多为琳琅满目的古希腊、古罗马雕塑，以及大量欧洲文艺复兴时期宗教题材的油画精品。面对维纳斯女神和《蒙娜丽莎》时，作为一个艺术的门外汉，我的眼睛瞬间湿润了。这种强烈的艺术感官冲击，只有两个字——震撼！而反观我在国内看到那些出土的，大多肥头大耳、呆若木鸡的神像，你可以谓之"古拙"，但总体感觉艺术质量和档次还差那么一点点。

说这些，并非我有多么"崇洋媚外"。当时就想，在西方雕塑和油画艺术早已登峰造极的今天，中国传统雕塑和油画基本难以超越，而中国画与西洋画风格迥异，目前西方人对此了解不够，尚属一个"盲区"，浩瀚的罗浮宫里也鲜有收藏，这不能不说是中国画的一个遗憾。在这里收藏有数万件中国历代瓷器精品，因为在西方人的眼中，中国古代瓷器艺术堪称登峰造极。

毛主席说"一张白纸好画最新最美图画"。西方人对中国画了解收藏不多并非坏事，恰恰说明我们在这方面有很大的市场边际和升值空间。随着中国"文化软实力"的增强，中国画最终赢得世界青睐的那一天，或许并不遥远。

至于"文人画"能否成为中国画走向世界的一朵奇葩，"文人画"是"复古还是创新"，这是个有待观察也值得探讨的话题。我以为，复古非坦途，创新有争议，但起码"文人画"要走向世界，既不能妄自菲薄，也不能故弄玄虚，还是应从所谓"小众"走向"大众"，先让国人推崇，而后为世界认知。因此，今天已不需要那么多的愤世嫉俗，而更多在于内心的安宁和精神的修炼，这或许就是省三先生所追求的"禅意"画境，抑或是"文人画"在历练和升华中走向成熟和成功的有效路径。

省三先生讲座最后对于"文人画"的乐观愿景，以及对自己作品的自信，让我们感觉到先生的"放不下"且"心动了"。这并非对他名节的亵渎。因为，对于真正有思想有功底有追求的艺术家而言，有着足够的空间和宏大的舞台，他们理应体现并得到该有的地位和价值。相信，当文化复兴日渐成为社会的主流意识，文化的"洼地"及其"荒漠化"上，必定会出现更多的"绿洲"。

即便如此，讲座主题加上"猜想"二字，又看出了省三、陈政、王东林、陈东有等一批江西文化名家内心的纠结与不确定。如果说，江西文化是矛盾的整体，而他们则代表文化精英矛盾的个体。他们彷徨于今天的进退，纠结于和者的寡众，一方面执意独上高楼，另一方面又期待着一呼百应。"是进亦忧，退亦忧，然则何时而乐矣！"但最终他们还是决定，像普罗米修斯一样，拿起那根长长的茴香枝，在太阳经过的时候，盗取火种带给更多的人，这便有了光明和希望。

晓云皓月追风时

是夜，蝉鸣，孤灯照，抄写时，一段《岳阳楼记》跃然纸上：而或长烟一空，皓月千里，浮光跃金，静影沉璧……

思绪突然跳至数日前的"海丝之旅"。那日，有幸观孙晓云老师现场挥毫，气定神闲处云卷云舒，笔走游龙时大开大阖，如太极高人之用力，似行云流水,若银河飞瀑,寥寥数笔,集圣贤之大成,展名家之风采,中国书法的超凡魅力乍然呈现。

震撼之余,瞬间产生一种强烈的感觉,曾经见识过一些舞文弄墨者故弄玄虚的卖弄,也看到过当下众星捧月般的炒作和追逐,如果把某些文艺界的"大腕"比作星光闪烁,那么晓云老师则如夏夜里一轮"皓月当空",透亮澄澈无比。

中国书协诗书万里行"名家采风团",沿"海丝之路"一路观摩采风,几天下来,开始的敬畏和隔膜逐渐消融。名师大家们绵厚的学养内力渐渐呈现,与君相伴,胜读十年书,作为书家,他们的身上绝无"江湖之气",除了在宣纸上的恣意挥洒,大多时候他们很平和,很安静。

之前在网上就欣赏过晓云老师不少作品,对于中国书法界这位赫赫有名的"当家老旦"有所耳闻。此次得见,果然气度雍容,卓尔不凡。晓云老师话不多,依然保有几分率真的天性,这或许与她早年的军旅生涯有关。和她在一起,你总能闻到一丝淡淡的香水味,宛若幽兰之高洁,隐约带有几分孤傲,就如同她的作品,浩然大气中有慧质、含雅韵,翰墨流清香,芬芳满天涯。

字如其人,文以载道,书之有法,行之有范。由此,你可以想象到晓云老师平日里精致而优雅的生活。或许,书法已不再是她的职业,而成为其生命体中融入血脉的文化基因。纵然外面的世界如何变幻,却从不随风摇曳,恬淡悠然地生活在自己的笔墨田园里。

当书法名家们来到大学校园和基层一线,面对莘莘学子和青年职工景仰而渴求的目光,他们则有问必答,话匣子大开,从书法起源、书写之道娓娓道来,并现场授艺,赢得好评如潮。此时的晓云老师,把书法的道理讲得

很生活，一再强调习书者最最重要的是师法古今名碑名帖，切记心浮气躁，务必打牢基础，如此才能"不忘初心，方得始终"。

网上介绍她 3 岁习字，承家传，续文脉，历经一个甲子的淬炼，饱含着情怀和法度，在书法传统和现代品味的融合中开创了一代书风，由此成就了她的艺术专著《书法有法》，成为当代中国书法爱好者至为推崇的一本畅销书。

历来文人似乎相轻，而对于晓云老师，一位同行的书法家由衷地对我说："孙晓云老师不仅仅是当代中国书法大家，她的作品和名号将载入中国的书法史，成为汉文字传承与发展的一个时代符号。"

尤其让我印象深刻的是，这批书法名家每到一处，更多是了解当地文化渊源和书法留题，有道是：江山胜迹皆所忘，摩崖石刻细端详。对于多处碑刻的年代和书家的考证，一些生僻字、异体字的出处及运用，书者风格的形成与变化等，他们乐此不疲。这便是名家风范。

历代书法名家及其精品正是那轮明月辉映大地，令无数习书者仰望太空，星夜兼程。由此，我便调侃一次"名家"，所谓"文化名家"，就是那些善于把名垂青史的文化精魂往自己家里搬并最终发扬光大的人。

"俱怀逸兴壮思飞，欲上青天揽明月。"名家尚在路上，我们何不出发！

一路守望无尽时

因为有感，看完一本书，码完一堆字！

读啸哥新书《一望无》，顿生"无垠"联想：一望无（际），一望无（心），一望无（情），一望无（钱），一望无（病），一望无（理）……

啸哥的文字既有草原高坡苍莽的悲凉，又带小巷丝雨呢喃的哀怨，与我几十年相识中所认知那个啸，有种形神文思驷马车裂的痛苦感。多才、多思、多愁、多面的心灵倾诉，或水银泻地，或细皮嫩肉，究竟哪一面是真正的啸，是骏马的呼啸，还是壮士的长啸！而其文字梨花带雨，啸中带泪，如歌！

是侠士是雅士，是禅师是导师，是行者是歌者……或者兼而有之，"啸"字口偏旁，肃然有古韵！粗犷硬汉外表下的啸哥，其实一直包裹着一颗极敏感细腻、柔软绵密的心灵，率性之中的灵动，豪放之下的童趣，外在逻辑已无力解构他内心的尺码，我以为，属于他的宇宙自有他认定的一切真理。

回归鉴赏，细品啸哥行文的开阖，勾勒的细微，情感的浓稠，文风古老而时尚，抒发奔放又精细，其老辣程度远非我等一般写手所能比拟。无论黄沙漫漫，诉说海棠血泪，或是烟雨迷蒙，追忆杏花江南，喻之"大写意，小悲情"似乎更为贴切。这种纤巧文字编织出的刹那感知和侠义情怀，与成长有关，与职业有关，与心境有关，更多与我们今天这个世界有关。

这一定是个深邃的丰富者，也是现实的矛盾者。趋同与叛逆的交织勾

勒出人生不凡的曲线,阅历与拥有的表达见诸磅礴唯美的文字,证明了多样人生的多元视角,这是行者的收获,更是智者的力量。我相信,真正的智者,因为理性的重重羁绊,其内心必是痛苦和孤独的,啸哥的文字隐约传递着某种信息,若远若近,似有似无!

大抵文人多如此,"胸有猛虎,细嗅蔷薇",快乐和痛苦更多埋藏于思想的深潭,看到的不一定真实,真实的不一定看到。形象和文字都具相当的欺骗性,唯自我是最真实的,但这种自我如果像啸爷的文字那样笔走龙蛇,纯净似水,行者无疆,刚柔有度,甚美!

一望无,一望无,一路守望无尽时……

(注:啸哥,吾友,乃央媒资深媒体人)

诗 路 老 马

自南昌铁路局与福州分局合并后,我与铁路诗人马兆印有过几次接触,感觉他为人豪爽,很有特点,也读过他的一些诗歌,阳刚中有柔情,地气中带仙气。据说,生活中的老马,可交、可敬,是个"大碗喝酒、大块吃肉"的主。

这些年,诗歌似乎离我们渐渐远去。本人也不喜欢与那种自命清高的"文人"打交道,但对于那些一直躬耕于基层沃土却依然保持着赤子之心的人,充满尊重和敬佩。或许,老马算是这样的一个人,他的《工人诗篇》亮相

CCTV《新闻联播》，既有些意料之外，又在情理之中。

生活的典型，缘自慧眼的发现与开凿

说到典型，老马既不"高大上"，也不算"伟光正"，就一普通的铁路人，一个喜欢写诗甚至个性有些张扬的工务人。为什么CCTV垂青于他，《新闻联播》聚焦于他？说来也是机缘巧合。南昌局这几年一直面向基层开展"走基层，看亮点"系列宣传活动，宣传骨干们把手中的笔墨和镜头对准最基层的一线职工，不求面面俱到，但求点点荧光。如此聚沙成塔、万涓成河，涌现出了如"蜘蛛侠"、好人王威、老黄牛国建华，以及诗人老马这样一大批"平凡之星"。他们有血有肉，朴实无华，故事大多令人耳目一新。至于老马身上有什么特色？我形容他是"在诗人里面洋镐砸得最好的，在砸洋镐的人中诗歌写得最好的"。这就是个性化、差异化的典型选择。有了这个定位，典型宣传才不至于面具化和平庸化。有了无数这样形形色色的鲜活人物和素材，只要媒体有需要，我们的"走基层，看亮点"宝库中总会有充足储备，供需双方总能一拍即合。因此，这次与其说是CCTV《新闻联播》选择了老马，不如说是我们在合适的时机、合适的平台遇到了对的CCTV，这不是幸运和偶然，而是一种各种要件、机缘交集中水到渠成的结果。

生活给了他一把洋镐，他却在捣鼓中吟唱

老马有着独特的个性。山东人的火爆脾气、诗人的多愁善感、日复一日的劳作，这些鲜明的个人烙印和生活历练，支撑了他劳动创作的全部人生。或许，老马并不想太多，诗以言志，诗以怡情，一杯酒、一根烟、一壶茶，

足以打发他的诗意人生。对酒当歌，人生几何，可能借着几分酒性更能生发出豪迈的"工人诗篇"。我并不完全了解老马，只知道老马几十年一直工作在铁路第一线，或许他有过委屈，有过抱怨，今天的老马是否真的沉淀下来，不再去计较那些个尺短寸长的琐事，把目光真正投向绵延的铁路和可爱的工友？我想，在那个伙食团晚餐的夜晚，他用沙哑嗓音发出的"有一种铁，绵延千里"的走心吟唱，让我读懂了老马。虽然，其后央视主播郎永淳的深情吟诵可谓字正腔圆，但老马"闽普话"的诵读让人更感亲切。老马几十年扎根一线的创作追求，不管有多少酸甜苦辣，可贵的是他一直的坚持，且这种坚持至今是激荡的、昂扬的。我从他多篇诗作中读出了"血总是热的，铁就是钢的"，每段诗句中，都充满着铁的成色和铁路人的情怀。不像现在有的年轻人自以为有些才气，以为"天生我材'必须'用"，一旦遇到小小坎坷或失意，便"天子呼来不上船"，或以示个性，或从此消沉，再也听不到曾经的歌声和吟唱，仅就这一点，老马值得尊重！

老马诗途，激励更多的人走在大路上

铁路和CCTV宣传老马，不仅仅是宣传他个人，也是宣传200万铁路人乃至中国亿万产业工人。从他的身上，我们看到了当代中国工人的气质和追求。古人云："腹有诗书气自华。"铁路有老马们的存在，有谁会说我们"大老粗"，这就是铁路人的一种形象展示。事实上，近年来中国高铁飞速发展，很多领域可以用"高精尖"和"高大上"来形容，只不过，外人对此了解不多，而文学和诗歌的力量，恰恰可以传播这种新感觉、新形象。我们宣传老马，就是歌颂更多的普通人，歌颂那些平凡而充满正能量的劳动者。因此，老马的《工人诗篇》，不仅仅感动了我们，感动了身边的工友，也感动了全国各行各业像老马这样扎根基层并为工人讴歌的"草根文人"。不管岁月如何改变,不变的是诗歌的灵魂,尤其是那些地处艰苦环境下拥有不懈追求的人,才是真正值得颂扬的人。我希望通过这样的人,去影响我们更多新进铁路的青工和大学生们。生活或许不像诗意的语言那样的美妙,但在任何时候、任何环境下,我们不要放弃积极的吟唱,诗歌可以让我们变得宁静,像老马一样坚持着,在绵延万里的铁道在线,一直走向远方……

这个叫王威的兄弟

自认为比较了解福州站的王威兄弟,一个成名已久的老劳模,每年春运,"王威服务台"都是媒体聚焦的新闻点。

当年,中专毕业的他在学校是个运动健将,身体杠杠的,可以大碗喝酒,大块吃肉,为旅客服务浑身总有使不完的劲。他从十几年前使用手机开始就一直没有换过号码,因为他最早把自己个人的手机号,在《海峡都市报》等媒体向社会公开。"有困难,找王威;找王威,没困难",让王威服务台赢得了"海西第一窗"的美誉,也为他自己一路赢得了"全国五一劳动奖章"、铁路劳模、"全路优秀共产党员"、福建省"道德模范"等多重荣誉。去年,他还作为劳模代表光荣赴京观摩抗战70周年阅兵式。

他由一个普通客运员成长为一名基层党支部书记,这一切循序渐进,波澜不兴,似乎吻合了"劳模是怎样炼成的"基本路径。但是,上帝在为他

打开一扇成功大门的同时，却悄然打开了一扇"病魔之窗"。几年前，一种突如其来的重症不期而至，而当时正值铁路在集中宣传一个因患重病刚走的女劳模——呼和浩特车站售票员孙奇，若论荣誉，王威成名更早，这场大病不禁让我为王威的身体状况担心。但王威就是王威，一个不轻易倒下的真汉子，连续四年，四场大手术，每次术后都能够很快恢复，出院不久，便重新活跃在王威服务台及车站的各个角落。其实，没人希望他再这样拼，车站职工如此，车站领导甚至更高层次的领导知道后，都反复交代并亲自登门慰问"逼"他休息，他却总是一次次固执地走上了自己的服务岗位。

还记得他第一次手术后，我专程去看他，说到在上海住院临上手术台时，还有旅客打来求助电话，而他自己却躺在手术台上爱莫能助。他对我说："我公布我的手机号代表着一种承诺，旅客打我手机则说明人家信任我，不帮人家我就失信了。"如果说，过去的王威是个"闲不住"的人，而现在则成了一个"拖不住"的人。不是组织不关心，更不是单位"冷血"，前后四次手术，看到他每每只有回到岗位才能找到快乐的样子，我感到这份责任已经融入他的骨髓，没人可以阻挡，王威自己也说这才是他最好的"术后恢复"，否则，"真会憋出病来"。十几年来，王威的求助手机号在福州当地几乎尽人皆知，旅客任何一个电话，他便有说不完的话，做不完的事。他反问我："待在家里，我能做什么？"

生命固然短暂，价值各自体现。当下，有的娱乐明星为了名利在拼命刷"存在感"，而我们的服务明星王威，只有在"无限的为人民服务"中才能找到存在感。

乡愁几许唤春梦

——中国春运有感

　　春节,中华民族保留最完整、最一致的传统佳节,红红火火之中,烙印着几乎全部的中国元素,植根于中国人的亲情血脉之中。春运,人类历史上最大规模的迁徙,让世界感叹中国人如候鸟般的规律与执着。再遥远的路程,再恶劣的天气,都挡不住回家的翅膀,以及那颗曾经漂泊的心灵。

　　乡愁是一只没有断线的风筝,一头连着家乡和亲人,一头连着异乡和自己。风筝再高飞,却始终连接地线,天空再辽阔,终究要回归港湾。于是,天地的空间成为一种牵挂,当它飞累了的时候,当春天就要来到的时候,它会依着那根牵连的长线,回到原来的怀抱。原来,是家乡,更是亲人;是思念,更是乡愁。

　　台湾诗人余光中先生,因为那道浅浅海峡的横亘,数十年间浓浓的乡愁让他由激情青年变成睿智老人。如今,实现了陆海直通,虽然有些漫长,但他毕竟等到了。而陆地的这头,更多离开家乡的人们,在春天即将来临的时候,最终等待的是一列长长的火车,踏上一段回家的旅程。

　　火车装载着密密的人群。铁路负荷的网络在这个时候,依然是旅程的主要端口,因为这个春天更多人们必然的选择,春运中的火车成为这个民族特殊时段重要的载体,进而幻化为一种传统文化的侧影、一个流动中国

的窗口。

火车便由此浓缩了社会，凝聚了责任。数千年中华文化传统最精髓的保留，在这个窗口中展露无遗，中国乃至世界的聚焦，让火车躯体上的每一根毛细血管，都如同暴晒在阳光下，那么透彻而清晰。此刻的铁路，承载的不再是蜂拥的旅客和人流，而是文化与责任、传统与道义的混血，是多元社会犀利的目光。一把偌大的社会巨尺在昼夜丈量着你的高度和强度，不再喘气的火车依然前奔，负重不堪的身躯往往是一声叹息。

如果没有春节，中国人的生活会变得无趣；如果没有火车，中国人的归程会变得艰辛。火车经历每一个年轮四季而最先接受春天的拷问，每一次拷问的背后同样蕴含着无数的艰辛，期待理解的目光，屡屡被一些冷漠的质疑击碎，这份沉重，原本不该属于自己，却又历史性地落在肩头。因为社会的转型，因为区域的落差，因为生计的考虑，所有的理由就装在一张方寸的车票里。

如果区域经济的发展不再有那样巨大的鸿沟，人们在各自的家乡能够尽情享受工作和生活的快乐；如果人们工作过的地方给人温暖，让漂泊的心灵愿意驻足停留；如果辛苦数年能够让游子安营扎寨，接来家乡的亲人在异乡过年；如果长途汽车春运票价不再上浮，民航机场遍及中小城市，价格更趋合理；如果那些发达地区的大学、企业、机关错峰放假，不只在短短几日让回家的人们行色匆匆；如果所有的城市都给外地务工者和他们的孩子以教育、医疗、保险和就业的基本公平，让他们逐渐融入那片陌生而又亲切的土地；如果大学的资源不再在少数城市集聚，高等教育资源和布局更趋合理而公平，或许春运的难题，以及那块凝聚浓浓乡愁的坚冰，将会随着春天的脚步而渐渐融化。

　　火车依然前奔,我渴望看到是不再是候鸟般单向流动的洪流,我希望火车里不再似沙丁鱼罐头般拥挤,中国的四面八方,世界的各个角落,火车和飞机载着的不再是疲惫的归人,而是出门远行的游客。那将是一张张喜庆欢笑的笑脸,一个个充满天伦之乐的家庭,一对对缱绻恩爱的情侣,他乡的土地不再孤独,异乡的人群不再寂寞,春节的气氛不再单调,在中国每一寸春天的土地上,驶来的火车载着快乐与舒适,归去的火车捎着欢笑与幸福。

　　春运是一张乡愁的车票。就在这个春天,因为春运,我有一个和谐大同的美梦,一个温情甜蜜的春梦。我还看见,火车轨道的两旁,报春花已含苞待放!

记忆

写 给 父 亲

　　我这人不喜欢八卦，对娱乐圈那点事不感兴趣。但在平时，我还是比较关注女星姚晨的动向，因为她是铁路子女，而且她父亲和我算是比较投缘的好友。

　　见识过姚晨演戏、跳舞，这次通过北京卫视《跨界歌王》节目，发现姚晨的歌也唱得那么动听。如"书画同源"一说，能歌善舞应该算是艺人的一种基本素质，老姚有福，培养了一个这么有出息的女儿。

　　尤其令我感动的是，在好多次节目访谈中，姚晨只要一谈及自己的成长经历，总是对父亲当年的付出念念不忘。她热泪盈眶地说起自己在考取北京著名艺术院校后，因为临时要凑齐10万元学费，父亲四处叩头借款，一夜白了中年头的情景。据我了解，之前姚晨小小年纪便从南平赴福州学艺，老姚同样付出了很多心血。

　　儿女出息了，自然是父母的骄傲，也到了儿女回报父母的时候。如今，已经退休的老姚啥也不缺，经常开着车四处转转，偶尔上京城小住几日，带带外孙，过着悠闲自在的晚年生活。

　　常言道："父母的眼泪都是往下流的。"为了儿女，父母往往不惜一切，哪怕牺牲自我，看看今天无数在"起跑线"上焦虑不安的父母，哪个不是为了孩子而费尽心机。想想我们成长的那个年代，父母虽然关心，但似乎没有现在这么大的压力，只要孩子进了校门，一切都是老师的事了。

由此，想到自己的父亲，一个通过中专考学从农村走出来的孩子。年轻时的父亲，五官俊朗，皮肤白净，可谓一表人才，也是个能说会道、能写会画的主。不仅一手毛笔字写得潇洒飘逸，而且天生就一副古道热肠，尤其对亲戚朋友的事特别上心，常常亲力亲为，在我家乡的小镇上算是个风光八面的人物，更是我们家族的一个灵魂人物。

可能受父亲的影响，我从小爱好文艺，喜欢看书写字涂鸦，玩点乐器，打小便展露出"文艺男"的气质。只不过，小镇天地太小，当时没有名师辅导，也没有艺培机构，更多是自己凭兴趣玩耍，这也算是早期一种无意识状态下的"素质教育"吧。

父亲后来从小镇提拔到县城某局当了股长，后又升任经理、局长，我们也随迁到县城生活。这个时候父母的工作变得越来越忙，记忆中父亲经常被酒局饭局整得醉醺醺，几乎没有什么精力管我们，顶多成绩不好时呵斥两句。我们三兄妹几乎是在放养中随风生长，当时在县城尚有几分能耐的父亲，帮助我们找到了一份相对安稳的工作，直到各自成家立业。

我参加工作后，父亲似乎才意识到对孩子教育引导的问题。每次我下班通勤回家，他都会关心过问一下我的工作情况，教我如何对待工作，如何处理人际关系，鼓励我继续读书考学，多参加一些组织的活动，努力把自己的小才干充分展示出来。回过头来看，这些看似闲聊的夜话，对于当时涉世未深的我，或多或少起到了一些指点迷津的作用。

自己的一点小小成就，父亲看在眼里，乐在心里，见到亲朋好友还时不时"嘚瑟"一下，同时也更加重视并时常提醒我这个要注意、那个要谨慎。毕竟我们成长的时代和经历不同，人生观和价值观也逐渐出现了差异，这

个时候的父亲意识到孩子真正长大了，便不再采取那种相对粗暴的方式压制我们，而更多是尊重我们的思想和选择。

从这一点讲，我们这个家庭还算是一个民主家庭。早年，父亲没有逼我学这学那，一切全凭兴趣，当然也没怎么为弥补我们的学习短板而想方设法创造条件。对此，我们后来多少有些抱怨，但在那个年代，一般家庭大抵如此。或许，正是在这种一定规矩内的松散式"放养"，带给我们自由之思想和独立之人格，这对于孩子未来的成长未必不是好事。

如今的父亲，虽年逾古稀，但脸上皱纹并不多，身体状况除了做过一次支架手术，总体不错，精气神也挺好，只是头发有些杂白和稀落，思维依然敏捷，声音足够洪亮，每天有酒有肉，有几个"麻友"，父亲就开心畅怀。他还在所住小区担任了业主委员会主任，干得乐此不疲。所管理的小区成了全县的样板，原本每年想安排他出外转转，居然因为小区事多而几次婉拒，转念一想，只要他活得开心，就随他去吧！

现在，每次去看望父亲，我们之间的话并不多了。他也意识到他那套人生哲学已经不太灵验了，可能他自己也有些腻味了，只是酒席上借着酒劲，一般三两下肚，父亲才会拧开话匣子，开始吹炫他曾经的"光辉岁月"，并且翻来倒去地"碎碎念"。有时候实在听不下去，便冷不丁地顶他几句，让他下不来台，脸色刹那变得阴沉。想想，这又何必呢，本来回去就不多，现在不让他说，以后你可能连听的机会也没有了。

父亲毕竟是父亲，在当今这个不缺吃不缺穿的年代，大多数人家都过上了小康生活，每次我回家，看得出来，父亲都十分高兴，亲自买菜下厨，乡下亲戚送他的土鸡土鸭，自己怎么也舍不得吃，每每放冰箱里冷藏了一两个月，就是为了等待我们的到来。好几次，我都说，以后赶鲜活的现宰现做，你们自己吃了吧。父亲却说，现在这些土东西难得，有营养，还是留给你们吃吧！

如今的父亲，说得最多的几句话，就是在我们离开时，来到我的车窗前反复叮嘱，车速慢一点，开车小心一点！或者对他孙子说，乖，要听话，好好学习哦！然后站在小区家门口的那棵歪脖子树下，目送我们远去。虽然只是简单的几句话，却蕴含着父亲对儿孙们细微的关爱之情。夜色中，回望父亲日渐苍老的身影，想想自己平时的某些言行，心中多少有些愧疚。

父亲无疑是这辈子对我影响最大的人，有些是遗传基因本身，有些是后天的熏陶和引导，儿女身上自然有他传承的影子，同时也有他更多的期待，而今天的超越并不代表我们就一定比他强，只不过是时代和机遇使然。我不是明星，也没什么机会面对镜头煽情讲述，但内心深处对父亲充满感恩，而今最大的心愿就是希望他老人家健康、幸福和快乐！

梦 见 外 婆

午睡中，人飘飘，神渺渺，似与一个同事去异地出差，像在生活过的县城，又似在家乡的小镇上……

朦胧的烟云中，我渐渐走进了一个窄窄的石板小巷子里，那一排熟悉的木屋，外婆就住在那里，门虚掩着，推开门，没人。

这房子，有我的童年。每天早上，或被老表的叫卖声吵醒，或有小同学

来邀我一起上学，或是清晨去学校文宣队练二胡……

每到夏天，一下课，扔下书包，便与我的小伙伴们忙不迭地去不远处的抚河里游泳。那时候，河面很宽，河水清澈，每次"浪里白条"扑腾一个来回，或借着轮渡的机帆船单程折返。

冬天来了，童年时体质一般的我，几乎天天围坐在火盆前，捧着心爱的红灯牌收音机，痴迷地收听长篇小说连播。记得，在特别寒冷的日子，还经常拎个竹编火笼去上学，让同学们笑话不已。

我打小跟外婆长大，外婆极其疼爱我，生怕我饿着、热着、冻着，平日靠帮当地服装店绞边、缝扣眼赚点零花钱，大多给我买了零食和书籍。

后来，我们举家迁到县城，已过花甲的外婆，依然在外找点活干，补贴补贴家用，直到她老得再也干不动了，每天下厨做饭也从未间断。至今，我依然忘不了外婆给我做的荷包蛋和油炒饭。

外婆离开我已经20多年了，葬回了家乡的祖坟地。我只在每年的清明，带家人去祭奠她老人家，在她的墓碑前，说上几句话，每次我都说："您要是想我，就托梦给我，我一定能收到！"

我其实不太做梦，尤其不在白日做梦，但今天中午的梦境却很清晰，老房子散发着熟悉的味道，屋子虽然简陋，却被外婆收拾得很整洁。我开始寻找外婆的身影，不在屋内，想必是去镇子里的井口洗衣服了？

冥冥之中，我爬上了一座小山坡，在一口青石古井旁，我依稀看见外婆正坐在小板凳上，躬身洗着衣裳，老远便叫"外婆"。外婆抬起头，看见我，双眼放出一道柔软的慈光，外婆只说了一句："你上次打球的袜子我放在衣柜的第一个抽屉里了。"我俯下身子，把脸贴在外婆一头银发、满是皱纹的脸上，感觉很温暖。

我站起身来，放眼望去，感觉这山坡原来好高好高，山下有成片的楼房和匆匆的行人，这是在哪？在这么高的地方，辛苦了一生的外婆依然在忙碌着……

远处，一道斜阳映照在大地，余晖渐渐把我包围。我从梦中醒来，眼角竟有些湿润，我想说："外婆，你好吗？我想你了！"

曾经儿时唱大戏

前阵子，小学老师约我和几个在昌的同学吃个便饭。席间，回忆起那时候，她还是个年轻水灵不到 20 岁的姑娘家，皮肤白皙，一双明媚的凤眼会说话，作为城里的知识青年下放到家乡小镇农村的"广阔天地"里锻炼成长。因为有文化，长得又好看，她被抽调到镇小当了几年代课老师，其间教了我们一年语文，回城后考上大学，现已成为一家省属知名企业的高管。如今，临近退休的她，气质更显优雅，生活也非常优渥。

当年，正是那批来自省城的知识青年，对我儿时的"素质教育"起到了潜移默化的作用。他们中的很多人能歌善舞，有的会玩各式各样的乐器，每年镇里都要组织"毛泽东思想文艺宣传队"，排练多个红色经典歌舞节目，对上组队参加市县两级文艺汇演，对下深入到田埂地头和水利工地巡回演出。在那个文化相当匮乏的年代，小镇文艺宣传队每到一处，受欢迎的程度丝毫不亚于今天"粉丝"追星的程度。

那时候,虽然是全国人民几台戏,但因为多是身边熟悉的人演经典的红色大戏,观众依然乐此不疲。大戏开演,一般是男女两个报幕员手持"红宝书",一身绿军装,在一阵雄壮的乐曲声中登场,如果是汇演,当然说普通话,而到了偏远农村,有的老人听不懂普通话,他们干脆转用当地土话报幕。"踫踫,踫踫契",台上一阵鼓点骤起,紧接着,大旗挥展下,是一个"雄赳赳气昂昂"的姿势,台下瞬间爆棚。这套路,后来成为南昌一些小剧场小品演出中的一个经典搞笑桥段。

随着高音喇叭嘹亮的音乐响起,"打虎上山""智斗""北京的金山上""三句半""小保管上任""就是好啊就是好",一干人便声情并茂、载歌载舞、气势磅礴地闹将起来。在当时照明和音响条件极为简陋的情况下,文宣队演出效果好坏很大程度上取决于现场的乐队,而这恰恰是文宣队创建之初的一个短板,所以,镇里决定在小学组建一支小乐队,由学校多才多艺的蔡老师从二、三年级的学生中挑选十几号人马重点打造,我有幸被选为其中的一员,开始了几年起早摸黑的刻苦训练。

开始我练习的是二胡,后又转为低胡,估计今天很多人没见过那玩意儿。低胡与二胡形似,但整体琴筒杆长足有1.4米左右,跟当时还不到十岁的我几乎一般高,圆圆的琴筒与农民用于地里浇水的泼桶差不多大小,琴弦是用很粗的牛筋线制作的,没点劲道根本按压不住,拉出来的声音沉闷、低回、悠扬,有些类似于蒙古马头琴的音质。为练这家伙,我的小手指居然磨出了好几层老茧,经过一年多的勤学苦练,我们这支小乐队终于破茧而出,逐渐可以合成多首红色经典旋律了。

很快,我们这支乐队的小伙伴们便成了镇文宣队的一片绿叶,经常"有组织"地缺课,伴随大哥哥大姐姐们一道参加各类汇报演出和下乡巡演,用今天的话来说,就是"走穴"。在那个缺衣少食的年代,有演出意味着有口福,去市县献演,伙食吃得特别好,也见了很多世面;而下乡演出,当地村民拿出平时舍不得吃的土鸡、土鸭、腊肉、咸鱼等大菜伺候,那时候的"土菜"才是真正的家乡味道,令人至今回味。尤其让我们惊喜的是,凡有演出任务,我们这帮熊孩子,还可以一天享受几毛钱的津贴,一年积攒下来可是一笔不菲的收入。虽然经常是坐在拖拉机上奔波,但感觉那段日子非常开心和快乐。

天天就那些大戏、那些曲子,我们拉来拉去,渐渐有些"审美疲劳"。于是,我们便通过收音机反复收听当时播放的一些民乐名曲,通过各种门路,用手抄本抄录朝鲜、阿尔巴尼亚、罗马尼亚等当时"兄弟国家"歌曲的歌词和简谱,并试着演练,渐渐也熟悉并掌握了一些外国歌曲的旋律,至今依然可以信手拈来地拉上几曲,只是平日里缺少训练,手法渐生,音准和熟练程度已远不如当年。

这种半艺半读的生活持续了两年左右,国家形势发生了很大变化,我们后来的学习也逐渐走上了正轨,儿时的"从艺生涯"便戛然而止。而这门"童子功",变成了一段记忆,也可以说是一项半生不熟的个人才艺,如今也就是在家自娱自乐的"二把刀"水平。再后来,自己也买了一把质量上乘的二胡,没事在家中摇头晃脑拉上一曲,不亦快哉!

记得前些年,有一回和朋友在街边吃烧烤,来了一个拉琴卖艺的中年汉子,手拿一张民乐歌单,说是点一曲十元。我请他拉一曲《二泉映月》,结果觉得不够劲。我掏出十元钱交予他,一把拿过他的琴自己即兴扯上一段,着实过了一把二胡瘾。

在那个年代,因为生活清贫和文化匮乏,我们能早早接受一些艺术感

染和熏陶,培养出一些自己的兴趣爱好,至今依然受用,这实在是人生的一件幸事。不像现在的孩子人人背负着应试教育的重压,而望子成龙的父母还要耗费大量的财力和精力,乐此不疲地给孩子报各种兴趣班,恨不得把自己的孩子培养成"德智体美劳"全面发展的"五条杠",而真正为他们所喜欢的东西有多少,快乐的日子又有几天!

一直怀念故乡小镇那段无忧无虑的日子。如此怀旧,并非述说那个时代有多么的美好,因为那时我们毕竟只是一帮懵懵懂懂的小孩子,天真是孩子的天性,玩泥巴、捉泥鳅、过家家……大人们的复杂是大人们的事,失去了童真童趣的童年注定是不快乐的! 就如同今天站在所谓同一起跑线上的孩子,几乎近似或者相同的成长规律和路径。将来,他们能够回忆的除了上课,还是上课。

乌龙街纪事

家乡的那条大河叫抚河,西岸的小镇,因地处三区四县交界,宁静又不失喧闹。那时候,河水很清澈,蓝天下经常有成群的白鹭、野鸭贴着水面飞翔,上游不时有长长的木排顺水而下,每到夏天,小伙伴们下课后的第一件事便是"扑通"下河。后来,每当听到有人唱《我的祖国》,就会想起家乡那条蜿蜒的河流。

小时候,我就住在小镇一条叫"乌龙街"的幽深小巷里。进入小巷先必经过一个圆形的拱门，那条长约 200 米的泛着光的青石板小径，看起来有些年头，一直伸延到一个丁字巷口，往东直上抚河堤岸，往西是一片广袤的田野，种植着成片的时鲜蔬菜，尤以盛产荸荠闻名，小镇的特产"萝卜咸菜"也小有名气。所以，周边的人们都习惯地把小镇人称着"萝卜咸菜"。

乌龙街小巷狭长，街的两边房屋密集相连，排列有序，住着近百户人家，抬头只能见到"一线天"。这里大多是清末民初时期带有典型南方民居风格的砖木结构的瓦房，一般都在两层，而层高却有 4 米多，住在里面冬暖夏凉，虽简陋却也安逸，唯一最怕的就是火灾了。所以，每到傍晚，巷口就飘来更夫敲着木鱼，高喊"天干物燥，小心火烛"的声音。我的童年，就是在这条小巷里度过的。

至今让我不解的是，小镇蚊蝇并不少，但一进乌龙街，似乎就少了许多。每当夏夜来临，小巷的住民几乎家家都搬床竹席到户外纳凉睡觉，极少有蚊子滋扰。老人们告诉我，这条街在新中国成立前主要是金银加工店铺，或许工匠们叮叮当当的敲打声让蚊蝇不敢接近，又或是小巷狭窄幽深，里面相对阴冷，蚊蝇不习惯。在我印象中，住在小巷子里的人们比较讲卫生，经常清扫垃圾和阴沟，蚊蝇不侵或与之有关。

说到环境卫生，不由想起当年住在我家隔壁的地主老蔡头。他年龄六十左右，个不高，略有些驼背，从前算是乌龙街的大户人家，新中国成立后被打成地主，乌龙街上的产业和店铺公私合营时全部充了公，街上只留下一幢自住的祖屋。后来，他的主要任务就是"接受改造"，负责小巷这一片地的环境卫生。

每天上学都要和老蔡头打照面，当然他起得一定更早。介于我作为"贫下中农子弟，毛主席的红小兵，革命事业接班人"的身份，怎么样也应该

与地主老财划清界限。因此，每当看到老蔡头推着一辆木制的垃圾车"吱呀呀"地过来，我总是远远地避着他，老蔡头经过我身边时，总抱以一丝浅浅的笑容，这不禁让我想起了四个字——笑里藏刀。

虽然时值"文革"尾声，乌龙街倒也平静，我和小伙伴们除了半真半假地上上课，更多是冬天打雪仗，夏天捉泥鳅，日子过得蛮开心，而平日里最期盼的一件事，就是县里的巡回放映队来镇上放电影。当时的电影队要在各公社"跑片"，每放一场电影，从放映机到胶片都要派人去邻近公社拉回来，这个任务，自然而然就落在老蔡头身上。

只有在这个时候，我们遇到老蔡头时，才会主动跟他搭话，问他最近要去拖片子吗？有没有任务？有些受宠若惊的老蔡头，都会很愉快地告诉我们。因此，一旦知道老蔡头有了任务，我们就如同掌握了"内部信息"，可以早早搬个小凳子去街上的圩场占个好位子，类似于今天 VIP 的享受。

每一回放电影，都是小镇人的狂欢夜，小镇居民全部出动，四方乡邻蜂拥而至。放映战争片时，总有冲锋号骤然响起，我八路军、新四军如神兵天降，圩场响起的欢呼声，瞬间冲破了小镇静谧的夜空。老蔡头为了这场欢呼，每每都要跑十几甚至二十几里地，现在想想也挺辛苦的，可在"贫下中农当家作主"的那个时代，我们并不觉得有什么，作为"黑五类"分子，这是他们应该得到的"惩罚"。

听奶奶说，老蔡头家当年是乌龙街上一个商户，有几家店铺和祖屋，读过几年私塾肚子里有点墨水，为人也算和善，手上没有血债，只能算小镇的一家富裕户，后被划为地主成分，就这样拖着垃圾车默默干了几十年。还听邻居说老蔡头会说书，有人听过他的《说岳全传》和《薛仁贵征西》，而我几乎天天与"红灯牌"收音机为伴，最喜欢的是每天中午的长篇小说《桐柏英雄》连播。

随着"文革"影响渐渐消退，小镇因为它特殊的地理位置，集市贸易也在渐渐复苏。每天早上，住在临街的我都会被各种叫卖吆喝声吵醒，推开家里那扇实木板子的窗户，就见挑着担子的村民三三两两从小巷穿过，站在窗口，喊住一个小贩，花几分零钱，就能尝到热乎乎的米糕，好吃又粘牙的糖饼子，还有夏天的仙人豆腐、菠萝冰棍等等，感觉这样的生活很是幸福。

每逢三六九，是小镇赶集的日子，十里八乡的村民推着车，挑着担，早早来到小镇摆摊设点。每年镇上还举办一次规模很大的物质交易大会，我们称它为小镇的"广交会"，各色价廉物美的南北杂货和特色小吃令人眼花缭乱，那时候的肉很鲜，米好香，甘蔗也甜。我至今依旧怀念小镇土鸡的味道，铸铁鼎罐文火清炖几小时，上面飘一层腻腻的黄油，放点葱花和盐巴即可，汤和肉质都特别鲜美。想想，现在这嘴巴里就馋出口水来了。

或许有人会问，乌龙街现在怎样了？呵呵，早没了！

过　　年

如今现代人过春节年味越来越淡了，除了除夕夜《春节联欢晚会》那道年夜大餐，能吸引年轻人的东西并不多。

回想起来，还是小时候在老家过年有趣。虽然那还是个文化枯竭和压抑的年代，但是家乡人对春节"找乐子"的热情却很高。彩莲船、武术队、狮

子舞，从正月初一一直闹到元宵节，天天大清早，就听见门外鞭炮"噼里啪啦"震天作响，一拨拨上门拜年的花灯队、狮子队，送喜上门，喝彩声声，把父母亲忙得不亦乐乎。

每次拜年的队伍上门，总少不了一条"大前门"香烟，几封爆竹。这在当时可是家里一笔不小的支出。虽然父亲在当地小镇的商业部门做个小领导，偶尔有些"走后门"购买香烟、肥皂、火柴等紧俏商品的权力，但毕竟就那几十元工资，可父亲却乐此不疲。父亲说，人家来拜年，那是看得起咱们，说明你爸爸人缘好，人气足，花点钱也是应该的嘛！

走完了东家走西家，我便邀上小伙伴们，尾随着花灯队和狮子队的大队人马，一起走门串户寻开心。一般拜年队伍到了后，主人先是鞭炮欢迎，接着由装扮成"王婆"模样的领队，现场念上一段拜年的"打油诗"，乡下人文化虽然不高，但念得挺顺溜，无非是些"正月里来是新年，我给你家贺新春，人逢盛世精神爽，新年又有新气象"的诗句，主人开心，一再道谢，领队的便吆喝着"伙计们，耍起来"。

锣鼓"铿锵"敲起来，彩莲船晃晃悠悠转起来，船里的姑娘嘴里"依依呀呀"，唱起了家乡的小调《莲花落》，武术队的小伙子把一套"南拳"耍得虎虎生风，随即，又是"三节棍"和梭镖表演，惹得围观的男女老少连声叫好。最后压轴的是狮子舞，只见一黄一红两头狮子，摇头晃脑，憨态可掬地走向中央，对着众人作揖敬礼，随着一阵急促的锣鼓声，两头狮子忽而翩翩起舞，忽而闪展腾挪，不时，狮尾那人把舞狮头的小伙子高高托起，煞是威风气派，把主人乐得满脸笑呵呵。

在小镇的童年，几乎年年春节都是在这样天真无邪的日子中度过，后来，随父母工作调动进了县城读书，便远离了这等快乐，工作后来南昌，那更成为一种朦胧的记忆。偶尔问及父母，家乡还耍狮子吗？父母说，耍啊，不光耍狮子，现在还耍龙灯，热闹着呢！

天天身处都市的紧张与喧闹之中，总怀念童年的那些日子。哪年春节，一定回老家去看看，邀上那群伙伴们，带着我们的孩子，再次感受一番儿时过年的欢乐。就是不知道，今天的我们，还能否找回当年的情趣？

五月初五是端午

"五月初五是端午，家家户户包粽子，门前艾叶两边插，雄黄调酒祛邪魔。"家乡端午节，就像过大年似的，那种热闹的光景，令人记忆犹新。

印象中老家的端午节，除了这些乡土民俗，最好玩的还是去抚河里看赛龙舟了。在那宽阔的河面上，百帆竞渡，鼓声激荡，桨起桨落，浪花飞舞，两岸观众如云，号子声、呐喊声响彻云霄，场面十分壮观。

每年端午，老家的堂兄弟就会来邀请家人去参观，还不仅仅是代表个人，算是代表老家的父老乡亲，请我们在外的"游子"为宗亲的龙舟队呐喊助威，回来的人越多，越是声势浩大，宗族人的脸上就越荣光。因而，小时候如果不上课，父母一般都会带我们回老家，我们也非常乐意前去。

老家的村头就是座不大的祠堂，那里珍藏着宗族的家谱、老祖宗牌位，在天井的右侧，就存放着那条有十几米长，船头高翘，全身漆得透亮的木制龙船。据说，这条船已经有几十年的历史了，可谓是身经百战，战功卓著，

家乡人对它倍加珍爱,一直保养如新。

又是一年端午到,龙舟队便成为村里"明星",一般半个月前就开始在村里挑选了精壮汉子,大多也是有经验的老手,开始操练起来,村干部和宗族长老们不时为他们打气,鼓励大家"为宗族争气争脸"。因为,在老家一带,每年的龙舟赛往往成为显示各村势力的最好方式,现在还算文明,据老一辈人说,早年因为赛龙舟,经常发生大规模的械斗,村与村之间结下梁子,甚至成了"鸡犬之声相闻,老死不相往来"的世仇。即便是这样,家乡人对龙舟的热衷却痴心不改,龙舟赛年年照办不误。

龙舟队出征的那天,村里在祠堂大摆酒席,男女老少全部到堂,在外宗亲也纷纷赶来。在震耳欲聋的鞭炮声中,村里龙舟队的汉子们,在挎着大鼓的主舵手的引领下,赤裸着上身,喊着"嘿呵,嘿呵"的号子,齐刷刷地抬出了重新漆饰过的大龙舟,置于祠堂的广场前,宗族长老级人物,扯着嗓子,向全村父老宣告,而后是祭拜天地、祖宗和各位父老乡亲,主舵手代表龙舟汉子们走到香火缭绕的案几前,开怀畅饮三杯,信誓旦旦,大有一番"不破楼兰誓不还"的豪迈气势。仪式过后,又是一通"几千响",送村里的"龙舟好汉"出征。

在当地,我们的宗族虽然是个大姓,因出外谋生的人很多,现在村落规模并不算大,但因为"人心齐,泰山移",每年端午的龙舟赛战绩斐然,为宗亲脸上挣了不少面子,赢得了一定的声威。村里的老人告诉我们,咱们靠的就是人心齐,力量大,其他村子没人敢随便欺负咱们。

敢情"团结就是力量",在龙舟赛上也得到如此体现。现在想来,如果家乡人能把这种力量放在致富之路上,或许,那还会有更大的里子和面子呢!

乐器三件套

吉他的和弦

那把尘封的吉他，随我搬进新居，已久未弹唱，琴弦上显出的斑斑锈迹，失去了过去的亮色，而我依然把它悬挂在客厅的醒目处。这并非附庸风雅，每天看见它，总能想起些什么，想起离开校门后的几载春秋的变迁，印度影片《流浪者》中《拉兹之歌》的主旋律又萦绕在耳畔。

从校门走进铁路大门，曾经的理想化为火车日夜的轰鸣，一种莫名的惆怅，时时涌上心头。无聊的日子里，和一群年轻的伙伴一起迷上了吉他，每天下班归来，便相邀去烈士陵园，在绿茵茵的草坪上，望着夕阳西下，尽情地弹唱。似乎只有这样，才能把一切烦恼置于九霄云外。每当这个时候，总有几个放学路过的高中生，带着几分羡慕的眼光，围坐在我们周围，望着他们的几分天真与稚嫩，我的脸上透出一丝"为赋新词强说愁"的苦笑。

许是不甘于命运平庸的设计，许是生活的磨炼使我的志趣发生了转移，我重新走入学堂，琅琅书声、本本书籍、张张稿纸替代了我昨日的琴声，我一方面走上了业余自学之路，另一方面沉湎于"爬格子"之中，我的心灵感到了一种前所未有的充实和满足。

几年过去了，在母校组织的一次新春联欢会上，我意外地看到了那几

位曾经端坐在我周围,眼睛里绽放着新奇目光的小男生。如今,他们已纷纷跨入了名校之门,成为"天之骄子",看着他们青春韶华、神采飞扬的样子,我心中充满了羡慕。他们联手弹奏的一曲《爱的罗曼史》,令人如痴如醉,美妙绝伦,赢得了新老校友们一阵阵热烈掌声。

演出结束后,我上前和他们打招呼,他们的言语中带着几分虔诚和敬意,一再说,我是他们吉他的启蒙老师,而我张开自己的双手,那手上当年练习时的老茧早已消失殆尽。我拍拍他们的肩膀,感叹着青出于蓝而胜于蓝!

回到家中,我从客厅的墙壁上,取下了那把"红棉"吉他,掸落琴面上厚厚的灰尘,重新校正了音弦,我轻轻弹唱起那首流行一时的《人生的车站》:"在人生的旅程当中,会有无数的车站……"思绪和着悠扬的琴声,飘出户外,在天空中久久飘荡。

二胡的颤音

经常喜欢对着淡淡的月光,拉一曲《二泉映月》,想象瞎子阿炳在无锡街头的茶楼酒馆,用干枯的双手,拉了一曲又一曲,最后等待着从别人的手中,讨得几块银角子聊以果腹。

在那条寒冷而悠长的雨巷里,有人常常看到,一个穿着青衣长衫,佝偻着脊背,拄着竹拐杖的瞎子艺人,每天从这里走过。那是在一个昏暗年代下怎样的落魄和苍凉。

记得刚上小学时,班主任把我挑去参加学校的文艺宣传队,每天"闻鸡起舞"似的练功,虽然手练得发麻,但那种新鲜的感觉让我满怀兴趣。日复一日,在弓法不停地挥舞中,我逐渐能独立演奏《喜送公粮》《赛马》《春江花月夜》《翻身道情》等一组中国民乐。可能是年少无知,虽然我只能从简谱中准确地寻找每一个把位和音符,却实在无法理解和参透音乐本身的含义。

长大后,熟悉了《二泉映月》,了解了瞎子阿炳和他生前的故事,我才慢慢懂得音乐本身不仅仅是一种音符的变奏,而更多是乐人情感和心绪的表达和宣泄。

凄凉如水的《二泉映月》,低回呜咽的《江河水》。每一次听二胡的颤音,我都能感受到一种心灵的沉重,那其中,蕴含着多少岁月的冷漠、命运的艰辛,进而真正体会了原来音符所包含的重量,也如绝世悲剧般令人长久地震撼和回味。

许多年过去,我得到了很多,也失去了许多,但那把二胡却始终伴随我度过闲暇的日子,表达着我无尽的情怀。虽然,现在的弓法已全然没有了过去的娴熟,但每一次弹奏熟悉的曲目,如同鼓槌般深深撞击我寂寥的内心,让我于感慨中,钩沉起绵绵岁月中蹉跎的记忆。

口琴的回响

今天的气息竟然是那样的短促和压迫,一首曲子吹过之后,感觉嘴唇边有一丝火辣,复音没有了过去的节奏和清晰,滑音没有了昨天的流畅与自如。

从小到大,玩过好几把口琴,记忆中"国光"口琴是我自己花钱买的第一件乐器。那时候,家中甚是清贫,为了这件珍爱的宝物,我省下了奶奶给我的零花钱,积攒了将近一年。终于有了三块钱,买下了那把心爱的"国光"口琴,那算是我少年时代唯一的一件奢侈品。

口琴因为相对容易掌握,在当时一度被作为一种大众乐器,会吹的人

很多,也算是一种时髦。而如今,虽然简单易学,但愿意吹口琴的人已经越来越少了。

其实口琴的曼妙,不是一般的民族乐器所能体现的,因为来自西洋,音域较宽,音色柔美,所以更适合演奏一些外国名曲。它既可以吹奏快乐的组曲,也可以演绎低沉的慢板,往往心境随曲调而波动,自我陶醉其中,生活其乐融融。

说口琴容易吹,其实是相对而言,想真正成为口琴演奏高手,绝不是件容易的事。除了气息的运用,要熟练掌握那些复音、颤音、滑音的技巧,还真要费点功夫。就像是留洋学生就读于欧美大学,属于"进门容易出门难",要完全展现口琴的魅力,那可不是一年半载的功夫。

我是个怀旧之人,即便今天对网络新潮的兴趣再浓,也始终没有遗忘那把伴随我青春美好时光的口琴,虽然它已经不似当年那样与我如影随形,但我总能隐约感觉到它旋律的存在。一个人在家的日子,我还时常拿出来轻轻吹上一段,随着舒缓的琴声,享受一份美丽的孤独,感觉思绪的轻舞飞扬,那同样是一种难得的清净和享受。

校园的青涩记忆

从网上看到,曾经就读的家乡中学莲塘一中,入围中国名校。记忆的闸门缓缓开启,思绪回到从前,那时的梦想,那时的快乐,那时的烦恼,似一幕幕微电影在跳荡和闪回。

母校的老校区原来在县城的闹市区,每天早上,校园内铃声清脆,书声琅琅。因为父母工作调动,我初一转学去的那个班,算是全年级有名的"刺头班",班主任由全校最最"马列"的政治老师担当,每每想起他天天放学前冗长的训话,真像《大话西游》里那个叽叽歪歪的唐僧。

当初老爸怎么就没一点"公关"意识,让我进个尖子班呢?转念一想,我爸非"李刚",作为一般干部初进县城的他也只能如此了。

坐我后排的是曾同学,已留级好几回,个子不太高,皮肤较白净,眼睛精明而有神。据说,他大哥当时可是县城里出名的"大罗汉",手下一帮小兄弟,成天在街上滋事,算是那时派出所"学习班"里进进出出的常客。或许"近墨者黑",曾兄天性顽劣,在班上是难以驯服的"问题少年",让老师为之头疼。

班里同学尤其女同学大多躲他,班主任看我本分,就把我由前排调至跟他同桌,并特地嘱咐我"今后在学习上要好好帮助他"。说实在的,我一班上初来乍到的孩子,没人帮我也就算了,要我帮他,实在是心有余而力不足。

而他跟我似乎天生有缘,没多久便跟他成了朋友,也听说了他许多"打罗"(混社会)和"搓满"(泡妞)的故事。但有一点,他从不欺负班上的男女同学,甚至因为班上有他,同年级甚至高年级的同学对我们班也"惧怕三分"。但他除了上课,从来不让我进他的圈子,只是偶尔见他书包里放有一把锋利的"三角刮刀",心里怵得很。

有一回,曾兄从校外鼻青脸肿地进了教室,一打听,他说是南昌绳金塔的"罗汉"为了帮县城里曾经被他欺负的小兄弟,带人在路上偷袭了他。曾

家大哥知道后,哪里咽得下这口恶气,马上又纠集手下为小弟"复仇",双方你来我往,烽火狼烟。最后,听说由南昌市另一个"罗汉大佬"出面斡旋调解,才算平息此事。

曾兄喜欢看电影,一次,他带我混入驻军某部大礼堂看内部电影。那时刚粉碎"四人帮"不久,"外国片"还没完全解禁,看"内部电影"是一种身份的象征。一直停留在"高大全"印象中的我,首次看到了阿兰·德龙在电影里与漂亮女星火辣拥吻的画面,当场满脸发烫。记得那部很好看的黑白影片的名字,是《勇敢的心》。

曾兄是班上最早留长发、穿喇叭裤的人,而那时我们一直以穿军装、戴军帽为荣。他敢于追逐"奇装怪服",根本不稀罕"革命制服",后来还送我一件八成新的四个兜军装给我。那年月,长发青年在人们心目中多是负面形象,而着军服,再骑上一辆凤凰牌 26 型自行车,简直就像当下"富二代"一样拉风和炫酷。

那年秋天,全校学生突然被通知到操场开大会,台上除了校领导,还有几个穿蓝色制服的公安,一片肃杀之气。校长开场便历数曾兄的斑斑劣迹及社会危害,随后,一名公安宣布对我班曾兄实行"少管",只听得主席台上一声断喝:"把曾某押上来!"几个全副武装的公安迅速扑向我班所在方阵,把曾兄拷上并塞进了警车。虽然平时的曾兄看起来挺横,但当时的他毕竟只有 14 岁,在押上警车的一刹那,他回头望了我们一眼,眼神中掠过几分惊恐与茫然。

看着警车远去,我心里一阵阵地难过,感觉自己没有完成老师交给的"帮教"任务,看着他走到这步,有一种莫名的愧疚。次日,班主任把我们几个同学叫去,说是秋凉了,要我们去看守所给他送床被子和几件换洗衣裳。

此时，学校大门口已经贴出了开除曾兄学籍的通知。

从此，我再也没有见过曾同学了，只听说他在某少教所劳教，至于待了几年，出来后怎样，也没了消息。直到1983年"严打"，我刚参加工作，经常听人说谁谁谁被抓了，谁谁谁被枪毙了，突然听几个同学说他也被抓了，也有说他给枪毙了，但始终没有准确的音信。不知道，他现在到底还在不在人世，如果在，希望他好好地活着！

偶尔回家，路过母校的老校园，看见那里几栋老房子依然还在，树木已经参天成林，郁郁葱葱，而新校区建得规模宏大，充满现代气息，似乎在向人们骄傲地述说它的光荣与梦想。

每年高考结束，母校门口都能见到挂满"热烈祝贺某某同学被清华、北大录取"的大幅标语，外墙面贴满了被各类本科院校录取的优秀学生光荣榜。张榜展示这些荣光的墙上，也曾贴出开除某某同学学籍的通知，他们的人生，或许都因为一张纸而改变。

诚实的友谊

一大帮人聚在楼梯口，不用说，都是来参加学习班的通讯员。人群中，我看到一张似曾相识的脸。他，戴着眼镜，身材瘦长，身着一件已经过了时的黄军装。"你是李平？""你是……"他瞪圆眼睛开始上下打量。我赶忙自报家门。他好像已熟悉了似的，一把抓住我的手："我们是老朋友了。"一句

话反倒把我说愣了，"唉！我是说报纸上常见面的老朋友。"

不知谁递上一张报名表，一看前面通讯员所填的学历，多数是大专水平，而我还差两个月拿毕业证书，填大专，尚有一步之遥；填高中，又觉脸上无光。唉！反正是个早晚的问题，一闪念，我拔出钢笔，洋洋洒洒地写上了"大专"两字。"小老弟，年轻有为，我比你差远了。"李平接过表，几乎不加思索地在学历栏填上"高中"二字。"你毕业了？"我一听，傻眼了，说毕业，文凭未到手，说没有，可这白纸黑字，我感到脸颊一阵发烧，硬着头皮，支吾出一句："毕……毕了。"他抬起头，流露出羡慕的神色："你们是幸运的一代。"我害怕他看穿，赶紧背过脸去。"三十而立，我已经三十有二了，今年总算考取了江西大学新闻函授专业。往后，还得多向你老弟学习呢。"他挽住我，诚恳地说道。不知为什么，我的心愈发感到阵阵发虚……

李平在南昌分局通讯员中算是小有名气了，而我不过是个刚出道的无名小辈。半个多月的学习，他带我跑报社，去电台，见编辑，从不计较地与我合作，不厌其烦地修改指教。每当那散发着油墨清香的报纸上出现我俩的名字，他总要邀我去他家小聚，酒香菜也好，可我却越喝越不是滋味，见面之初的那件事，总像一块心病压抑着我。几番，我鼓起勇气，话到嘴边，欲言又止，我陷于一种难以言状的苦恼之中。

终于，学习班结业那天，我走到他跟前："老兄，有件事我想跟你说明。"听后，他哈哈大笑："老弟，你也太死心眼了一点。""朋友相交，就该实实在在！""这次学习，我最大的收获就是结识了你这位诚实的小老弟，其实，说什么都是假的，只有自己学到了真本事，那才是最重要的。"

此刻，我想起了裴斯泰洛齐的一句名言："坦白是使人心地轻松的妙药。"真的，我感到身心如释重负，舒畅万分。我们的手再次握在了一起，紧紧地。

初 识 麻 城

那年初夏,初知麻城。而那时,到过麻城的人寥寥无几。

小城不大,却也错落有致,为数不多的几幢高层建筑掩映在浓浓的绿荫之中,狭窄的城区已显得有几分拥挤,临街众多店铺里的商品,对于小城人来说算是比较丰富的了。

因为陌生和新鲜,我们这批铁路的"接收大员",来到了那里最大的一家名叫"紫林大厦"商场,原本甚是冷清的商店因为我们的到来,顷刻有了些许生气。几位个儿不高的营业员操着一口夹杂浓浓乡音的普通话,迎上前来,那清澈质朴、略带几分腼腆的微笑,如一阵清风拂面,全然不似已经腻味了的大都市商厦里的靓姐们惯用的矫揉造作。

如果说那仅仅是一簇簇没有生机、没有芳香的塑料花儿,那么得到大别山雨露滋润的小城绿色之花所散发出的缕缕芬芳,让人久久回味。

信步街头,发现小城车流疏落,空气格外清新,小城人穿着普通,这使得我们这些本来寻常之人,也感觉平添了几分"贵族"气息。街道上四处转悠的小城人,似乎从不着急,步履懒散而又自在,仿佛是在一首悠扬舒缓的田园奏鸣曲中徜徉。沿街的树荫下,三三两两的小城人拢坐在一块,品茗、聊天、打牌、对弈,阳光穿过大树的缝隙,折射出老老少少一副副怡然自得的神情,让人不禁羡慕他们的神仙般的生活。

感悟小城的宁静与安详,宛若一幅浓郁独特的风情画卷,回想我们置身的现实空间,有时紧张得令人窒息和压抑,如此看来,小城人的休闲意识早已领先了一步。

小城有小城的故事。初识小城,我们知道了黄麻起义,知道了这片热土曾经为中国革命奉献了六千多位英雄儿女,高耸入云的黄麻起义和鄂皖苏革命烈士纪念碑,镌刻着那些神圣的名字和一段岁月的故事。漫步于苍松翠柏间,静静地聆听着碑下的玉兰花随风吟唱,遥望远方蓝天白云下黛色的山峦,凝重的心境渐渐开朗。今天,大京九把鄂赣两块红土地紧紧连为一体,先烈若有知,当含笑九泉。

乘兴而归的途中,我们驱车穿越了毗邻麻城铁路站区的黄金桥省级经济开发区,其恢宏的气势深深地吸引了我们的视线。这里新兴的、充满现代气息的建设蓝图,不再是我们游逛小城老街区时留下的“小城故事”。内心不禁叹服小城人在执守那份昨天的本色的同时,已经把目光放在了美好的未来。

黄金桥,一个多么美妙的名字,它寄托了小城人祖祖辈辈的希望和梦想,而今天的大京九,不正是为小城人民铺架了一座金色的桥梁吗!

依然文学梦中人

那是几年前,在一个秋高气爽的日子,应朋友之邀,故地重游坐落在长沙城外、岳麓山下的岳麓书院。书院紧邻着的便是著名的湖南大学校区，感觉这样一块风水宝地确实是读书讲学的好去处。

因为国庆长假，书院内外，游人之多超乎想象，书院圣地能有如此繁荣的光景，也算是文化之幸。正待购票进门，身边突然钻出个学生模样的年轻人，向我推销一本无书号、无定价但印制装帧极为考究的纸质小刊，名字叫《印象》，为湖南大学研究生会文学会刊，随手翻阅了一下，的确是本纯得不能再纯的文学刊物。

很快，我爱上了这本纯纯的刊物，一是因为里面蕴含着既学术又高雅还很文学的高贵质地；二是被那个为推销这本 10 元小刊的年轻人期待的目光所触动。虽然，内刊并非正规出版物，但质地精良，相信一个愿意为文学推销、为 10 元工本费而奔走的文学青年，值得作为兄长的我去扶持。

在这个追名逐利的现实世界里，已难得一见这样很纯很雅的文学内刊了，字里行间的忧郁气质、学术品位、名人雅趣、山水韵律、小资情调，抒发出他们对这个大千世界的不同情怀，每篇精致而典雅的文字，如万花筒般幻化出各种色彩和想象，不断撞击着我的视觉和思维。

放眼岳麓山下游客如织，心境各自不同。循着院内金桂沁人的清香，品位千年书院堂前"惟楚有材，于斯为盛"的意境，感悟湖湘文化的繁荣与传承。看到那些忙着向游人推销《印象》的学子，我不由想起了那个曾经在橘子洲头吟诗作赋，在北大燕园挑灯夜读的毛泽东，这个来自长沙第一师范的毕业生，当时的身份仅为北大图书馆的管理员，一月仅赚几块大洋的"北漂"，一个充满爱国情怀的文学青年。

"文学青年"，这个今时屡被揶揄的字眼，在我们那个纯真而又充满幻想的 20 世纪 80 年代，却留下了深深的烙印。即便今天，偶尔一翻那些曾

经熟悉的文学刊物,《十月》《钟山》《收获》,心中总能涌起一种莫名的情愫。20多年前,"文学青年"这个在当时非常时髦的名称,成为无数"热血青年"追逐的一个梦想,立志成为一名文学青年,如雨后天边那道绚丽的彩虹,总是令人无限神往。

回想自己平生两大爱好,一曰文学,一曰体育。对文学,那是自孩提时代就珍藏的一个梦,即便身处家乡小镇,也每天从收音机和镇文化站图书馆里汲取有限的"营养"。而所谓体育,纯属"叶公好龙"。虽然是光说不练的主,但每遇各类球赛,却总好"指点绿茵,激扬文字",在一些体育报刊也小赚了几包烟钱。

20世纪80年代中期,早早参加工作的我,看当时中国文坛大潮勃兴,新人辈出,佳作喷涌,仰慕之余,心里也琢磨着怎样才能搭上这班拥挤的"文学专列"。虽然,工作在郊县,却自费参加了省文联举办的几次文学讲习班,也结交了一批市县"臭味相投"的文学青年。

说来有些幼稚可笑,当时我们这批人,有不少还生活在社会底层,不过是产业工人、个体户、待业青年之流,但生活的艰辛并未泯灭理想的追求,"梦"开始在这条道路上朦胧起步。每次,班里只要来个稍有名气的获奖作家或顶着"朦胧派"诗人头衔的老师讲点意识流、蒙太奇什么的,我们就像今天的追星族一样顶礼膜拜,景仰之情有如滔滔江水。

然而,梦想与现实的鸿沟,让我们在苦苦求索中,倍感前路的崎岖和迷惘。我们时常在下晚课后,聚在路边一小吃店,吃碗南昌炒粉,勾画着明天要走的路。记得在一个寒冷的冬夜,我们在南昌一个文友的单身宿舍里"围炉夜话",商议着成立个文学社,并决定先取个名字。经反复推敲,"风雅颂"的名字想了一摞,最后,大家还是倾向于一个相对低调的名字"荧光社"，人贵有自知之明嘛！

物以类聚，人以群分。经过几番"传销式"似的招兵买马，很快拉起了一支队伍，借着县邮局朋友的一间会议室，我们正式召开了"荧光社"成立大会，选举产生了社长、秘书长若干，凡自愿入社者，每人交会费50元，30多号人马，很快我们便有了1500多元的会费，这在当时是一笔不菲的资金。有了这笔经费，我们决计趁势而进，创办《荧光文学报》，通过以文养文的方式，逐步扩大我们的影响力。

"社员"手头本来就有不少现成的原创作品，经过征集遴选，我们编辑了创刊号。因本人相对热心，印报重任就落在我和另一个"社领导"的身上。为精打细算，托朋友找到一家小印刷厂，同意以900元的价格，为我们印制"荧光文学报"创刊号1000份。因印刷工艺落后，我们又欠缺经验，出报后的效果不甚理想，但不管怎样，那散发着油墨清香的报纸，毕竟带给我们一种莫大的成就感，我们仿佛离成功的彼岸不远了。

经过我们估算，小报每份定价两毛钱，除留少量赠阅和交流外，社里几位骨干成员各摊派100份自售。这时的我才意识到，接下来，我们要唱"啦啦啦！我是卖报的小行家"了，这可就犯难了，100份，我们上哪卖去？和弟兄们一合计，利用点职务之便，上列车兜售，快车上不去，就上慢车。到礼拜天，我们找了趟认识的列车员跑的慢车，一个往返，来回穿梭，总共卖出有几十份，勉强够我们哥几个一天的饭钱，但这点微薄卖报款还得如数"交公"。

毕竟，在火车上熟人多脸面抹不开，我们又寻思着，不如去邻县去试试运气。在一个天寒地冻的日子，我们几个跟岳麓书院前卖内刊学生年龄差不多的年轻人，来到邻县中学的校门口，在寒风中跺着脚一直等到学生中

午放学,有心推销又羞于启齿,每每做贼似的悄然凑上去"同学,看报吗",女生瞥了一眼,扭头而去,一些小男生听说是我们自己写的东西,便好奇地买了几份,眼看商机乍现,却好景不长,突然,一个穿中山装的中年秃顶男人,从校园里冲了出来,对我们一顿怒吼,你们卖什么乱七八糟的报纸,再不走,叫警察抓你们。顿时,我们如丧家之犬落荒而逃。

自产自销已非良策,"荧光社"发展也渐入困境。在一次"社员"聚会上,有些经营头脑的"杨秘书长"提议,抓住社会日渐兴起的经商潮机遇,创办"双桅船"文化咖啡书屋,一边卖书,一边销售刚刚时兴的雀巢咖啡,既有文化品位,又显浪漫情调,由他出大头,剩余会费做补充,如有赚头,按比例拿出赢利部分支持"荧光社"发展。对这一"文化下海"创举,大伙一致认同。只是后来,因我考学读书,工作调迁,"荧光社"便与我渐行渐远了。

多年以后,在不同的场合,总能遇上几位当年的"社员",感到倍儿亲切。虽然当中无人真正成为"圈养"的作家,但那段追求和历练成为他们后续发展的阶梯,几十年的磨砺,他们有的成为记者、广告人,有的成了老师、公务员,如算我这个半吊子文人,也不枉这一番曾经的坚持。

最让我惊异的是,作为"荧光社"创始人之一的"杨秘书长",在靠开咖啡书屋积累了一些经商经验,后来逐步在省城发展,如今已成为省内知名的广告商,人称"杨董"。在省城最繁华的商业中心区,拥有自己高大上的写字楼和艺术沙龙,一年中邀我们去他那聚上一两次,品品茶,写写字,聊聊天,偶尔或邀上几个艺术系女生弹奏一首古筝名曲《广陵散》,让哥几个击节而歌,不亦快哉!

在前几年的秋天,我还收到"杨董"新出版的一本散文集。翻开扉页,一行朴素清新的文字映入我的眼帘:昨天的梦,依然在今天的脚下延伸……

一段记忆，几多感怀。近年开博之后，网络为媒，有幸结识了全国各地的文友，虽多年笔耕不辍，自感从未入流，也早已断了那份成名成家的念想，一次看一位80后作家文章中发出"作家是个鸟"的讥讽，心中不禁打了个激灵。但不管怎样，我依然感谢文学，感谢青春作伴的"文学梦"。尽管，这梦并不圆满。

秋 日 追 思

瀛上，松柏，秋风。那是一片寂寞的冰凉，孤独的两个老人并排躺在冰冷的水晶棺内，主任老邱，和相依为命几十年的老伴在同一天的晚上走了，仅仅66岁的人生，如他的性格一样温和、平静。用安详也好，肃穆也罢，一切都随着那一缕青烟宣告了这对结发夫妻人生的终结。

记忆中的老邱是个貌似威严其实异常和善之人，一幅戴了多年的高度近视镜，一口"标准"的福建普通话，抽点烟喝点茶但滴酒不沾，爱好不多兴趣不广，偏爱武侠小说。那时的老邱，脸色红润，精神矍铄。审档、改材料、看报纸，喜欢双脚架在老式的藤椅上，身子伏在案头，字斟句酌，煞是严谨认真。

作为部下，我们十年的相处是融洽的。那时候，铁路分局工作条件比较艰苦，加班加点属家常便饭。虽然办公室有一定的经费和接待签单权，

但老邱当家十年，从不用权为自己办事谋私，我们一班秘书熬通宵赶材料也习惯了，多是自己备好方便面。如此近乎苛刻地对待自己，也苦了一帮手下，即使过春节部门全体聚餐，有好几次，还是办公室内勤用卖废旧报纸一年积攒下来的钱买单。

有一次，老邱带我们一帮秘书去外局学习考察，兄弟局热情地接待了我们，几天的学习交流很顺利，临别时老邱提出，我们做次东，答谢一下兄弟局。我们连说应该，但老邱提出，不能用公家的钱，我们来的几个同志把这几天的差旅费统统贡献出来。一盘算，有个几百元钱，就在当地铁路招待所简单地回请了一下。那年月，我们的工资奖金都不高，出差费也算一笔日常收入，如此一来，出了趟远门，这回连根烟钱都没赚到。

办公室本来是个相对活络的部门，可偏偏遇上老邱这么个"吝啬"之人，不能说他对大家不好，也不能说他不关心大家，但他是个公私分明的人。虽然每年办公经费大权在握，一般人总希望用超一点，明年争取多拨一点，可在他手里，那点办公经费近十年未增加分文。随着时代、环境和观念变化，那点经费明显紧巴巴了，但老邱仍然极有耐心地天天审查每张接待单是否超标，居然有本事把费用牢牢控制在年度计划之内。

1999 年初秋，老邱已由分局党办主任升格为铁路局党办主任，我们一起到重庆参加会议，返程时，在一片"最后的三峡"的诱惑声中，我俩挟秋风、乘江轮顺流而下。一路上，老邱兴致很高，和我谈了颇多为官做人的道理。老邱是个敏感的人，船上几天，经常打电话回办公室了解情况，我说："将在外，君命有所不受。"他叹了口气说："或许，游完这趟三峡，我这条船也要靠岸了。"

临近九江的那天下午，老邱接到电话，说局里开了常委会，58 岁的他正式退居二线干调研员,而我也将离开工作多年的党办,去局宣传部工作。后来,老邱的话少了,看得出,他心里稍许压抑。虽然,我知道他不是一个恋权的人,对这一天也早已有了思想准备,而当这一天真正到来的时候,相对于每个人的心里都难免泛起波澜。

转眼几年过去,直到今年国庆长假,突接老同事电话,说"十一"当夜,老邱老伴病危,120赶来急救,最后告知老邱,无法挽救,准备后事吧。看到这一幕,老邱闷闷地瘫坐在那,只丢下一句话:"她走了,我活得还有什么意思!"便一头栽了下去,再也没有醒来。那时,距他老伴离去不到半小时。

跟老邱十几年共事的经历,从没有听老邱诉说过他的"罗曼史",只知道他老伴在铁路印刷厂干了一辈子。平时,去过几次老邱家,我们喊她"师母",慈眉善目的她总是笑眯眯地张罗着替我们点烟、倒茶、削水果,从没有多余的话,而老邱总是人前人后大大咧咧地直呼她"老太婆",尔后,泡着一杯香茶,悠然自得地翻着他厚厚的武侠小说。

就是这样一个为老邱为家庭为儿女一辈子默默奉献的普通女人,或许健在时并没感觉到什么,而一旦离去,老邱才真正感到天塌了、地陷了,直至感到生命失去了意义。于是,没有任何预知,没有任何征兆,老邱毅然决然地全身心陪老伴去了。

不求同年同月同日生,但求同年同月同日死。这闻所未闻的情感故事,不知道算不算一曲至真至纯的爱情挽歌和绝唱?但我内心依然不能原谅老邱的想不开,只是我再也无法和他沟通罢了。我想,每个人的人生故事不尽相同,平凡的家庭、平常的夫妻,一样可以演绎出这样感人至深甚至富有传奇色彩的故事!

谁是你人生中的贵人

人生就像一条河流,从高山涌泉,溪水汇流,到峡谷险滩,湍急汹涌,再到大河澎湃,奔流入海,历经千山万水,日日川流不息。

白驹过隙的一生,纵然短暂匆匆,无论是子在川上,或是浪遇飞舟,你穿越过的时空,经历过的山水,让你领略了不同的风景和挑战。无论你目的地的抵达是否如意,你可能记住了你跋涉的艰辛,拍摄了沿途四季不同的景色,往往忽略了你曾经走过的桥、坐过的船。如果没有这样桥和船的运载,或许,很多美丽的地方你去不了,很多的绝处的风景你看不到,人生难免留下许多缺憾。

人生中遇到的这些"桥"和"船",就是那些在你成长路上曾经默默帮助过你的很多人,算命先生称之为"贵人",适逢"贵人相助",或帮你"曲径通幽",或助你"一路畅达",少些人生路障和"小人之困",实乃人生幸事。而这种"贵"并非是什么"富贵之人",你的师傅,你的上司,你的长辈……他们给予你的更多是熏陶、点拨和感染,以一种过来人的经历和经验带给你启迪与智慧,甚至对于你可能干出的"愚蠢之事"给予包容和谅解。

从涉世之初,到成长成才,回头看看,那些早年的同路人,境遇大多发生了差异性变化,无论成功失败,无论顺境逆境,相信每个人都或多或少遇到过一些"桥"和"船",人生有很多步,而关键的往往只有一两步。如果这些"桥"和"船"总能如"贵人"般及时出现，让你顺风顺水，一方面说明你所处的职场生态比较纯净，另一方面说明你的运气够好，更重要的一点，一定是你自身的努力，为你赢得了机会。

这种"贵"非"富贵"，实乃"珍贵"，可遇而不可求，刻意了反容易失之交臂。有人或许问，为什么你有运气我没有？这个问题千人千面，没有绝对的标准答案，这一问，也问出了智商和情商的高下。你是你，他是他，世界上没一片树叶是相同的，但有一点是相通的，能被人欣赏一定是你的努力和才干吸引了别人的关注，有人助你一臂之力，说明你虽不算"人才难得"，但起码"孺子可教"，而不至"烂泥扶不上墙，朽木不可雕也"。相信"贵人"也这么想，帮努力的人，帮对的人，应该且值得。

回望自己走过的路，从参加工作起，无论在站段、分局还是铁路局，行走路上，总有一些"贵人"如影随形。他们从开始的素昧平生到相互熟悉了解，那点不起眼的"小才艺"总被人挖掘，给你很多的平台展示。顺境时告诫你不要飘飘然，逆境时帮助你化解各种难题，他们个人没有任何私心杂念，也没有庸俗的人际关系来维系，唯希望你一步一个脚印，行走得稳当扎实。由此，我深深理解了当下的两个热词：稳中求进、行稳致远。

作为一个"老文青"，几十年来，除官样文章外，闲时闷头写过不少"孤芳自赏"的文章，但大多发表于各类网络空间。十几年前就有一个"出书梦"，前任省文联主席早就为我拨冗作序，以自己既有资源，本不是件什么难事，但一想到要"自费出版，自我推销"，总有一种莫名的羞辱感。虽然现如今是市场经济，大概自己骨子里还残存一丝文人所谓的清高，宁可书稿十几年束之高阁，也不愿"为五斗米折腰"。后有幸结识省文艺出版界一大佬，得其赏识推荐，将我有关海昏侯的最新系列网文汇编成册，公开出版，

也算圆我一梦。

　　"贵人"的出现绝不是"空穴来风","天上掉馅饼"的事情或许有,除非你是个别"家族转基因"幸运儿,现实生活中的绝大多数人是不可能做到"平步青云,一步登天"的。当然,正常的念想本不是什么坏事,凡事不要机关算尽想过头,凡事不要企望非经努力得自在,过错过错,过了也就错了,松懈松懈,松了也就懈了。有道是"不想当元帅的士兵不是好士兵",但当今又是一个"不会唱歌的厨子不是好司机"的时代,这说明人应该有梦想,但一定要奋斗,无论你是专才、通才,或是偏才,这世界总有一款尺码适合你。如果没有兴趣和热爱,没有毅力和坚持,你将一文不名,或一事无成。

　　由是观之,人的一生,无论最终的结局如何,都与你自己的努力直接有关。网友说"打败你的不是别人而是你的天真",同理,"成就你的不是别人正是你的理智"。理智将告诉你,你的努力和坚持早晚可能得到别人的欣赏,使你"人前显贵",这种"贵",不是小有成就便"刷存在感"的显摆,而是一种自身价值的客观存在和自然展现;你的懈怠也可能令人失信,甚至为人不屑,你在"不进则退"中逐渐贬值,命运不再垂青,"贵人"离你远去,人生也渐渐迷失了动力和方向。

　　说一千,道一万,人生中的"贵人"不是别人,最终是你自己!

东北记忆与人生凝思

27年前，我第一次"闯关东"去黑土地，从南昌坐卧铺到北京，再由北京签硬座到齐齐哈尔，单程就坐了三天三夜的火车，那是我青年时代最漫长的一次旅行。在齐市学习电视脚本写作，并领回了职业生涯第一个电教片的写作任务，算是我文字生涯的重要开端。

那时候，我不过是个在铁路分局小有名气的通讯员，写电视专题片还是"大姑娘上轿——头一回"，稀里糊涂出了山海关，硬着头皮接了单，想想人总要学会尝试，学会开始，从无到有。

第一次出远门，四月初东北的天气还很寒冷，自来水的刺骨感让我至今难忘。我还见识了东北日出那么早，清晨五点左右，太阳便急匆匆升起，户外亮堂得很，而到下午四五点钟，天色说暗就暗了下来，人们大多回家了，大街上空空旷旷，一片冷清肃杀之气。我就想，幸亏我能在家门口工作，这要是真像"闯关东"似的来到天寒地冻的白山黑水，那可是老遭罪了。

离开齐市前，培训方带我去了扎龙自然保护区，那里是一片一望无际的湿地，是丹顶鹤的故乡，我远远看着无际蓝天下的飞翔之鹤，一种莫名的激动涌上心头。我就在想，什么时候我能像丹顶鹤一样自由自在地飞翔?!

坐着返程的绿皮车，窗外的景致一一掠过，我渐渐有些喜欢上这片黑土地。那里有辽阔的大平原和青纱帐，有一排排高大齐整的白杨树，有当

年在南方罕见的四通八达的铁路网,有豪爽的东北大汉,有辛辣的北大仓酒,有美味的"杀猪菜",乘车途中买的一只"沟帮子熏鸡",那特殊的味道和嚼劲让我至今回味。还听说哈尔滨的姑娘多混血,贼漂亮,只是那次没机会去见识。

近半个月的孤身东北之旅,是我人生中的"第一桶金",所以铭记于心。那一年我才21岁,那么遥远的距离,尤其是第一次孤独远行,除了初识几位老师,几乎没有熟人和朋友,加之来回六天六夜大多为硬座的漫长旅途,拥挤的绿皮车车厢里弥漫着各种混杂不堪的气味,心情由开始时的新鲜渐渐转入归途中的压抑。那种旅途寂寥劳顿的滋味,只有经历过的人才会有切身的感受。

回家后,经过一番努力,按要求如期交付了数万字的"作业"。那时我还是"以工代干"身份,单位领导因我会写些通讯报道将信将疑给我压担子,我在懵懵懂懂间扛住了压力,将就着完成了任务,半年之后得以转干留在机关,从此成了行文问道之人。

27年的成长路,一路走来,花开花落,潮来潮往。虽然,其中难免一些曲折坎坷,但咬咬牙,挺一挺,基本都能顶过去,而每一次顶的过程,都让我学到许多,悟出许多。我开始懂得了什么叫"心小则事大,心大则事小"的道理,内心逐渐变得自信和舒展起来。

"见山是山,见山不是山,见山还是山",不同的时期你会看到不同的风景。人生带给你的每一段故事都是一笔值得珍藏的财富,你每一段路程中结识的每一个人都是必然的缘分,自然面对它,坦然接受它,烟雨过后,或许云之深处又现一道彩虹。

南下,从东北南下,当年林彪率领的四野曾一路书写历史,而我第一次的难忘经历,也是从大东北归去来兮。一路走到今天,我自己根本想不到,甚至连梦都没梦见过,不管处在怎样的环境,我始终保持现实的清醒。曾经说,因为"不想"才少了世故,因为"不想"才少了烦恼,因为"不想"才少了攀缘,因为"不想"才少了羁绊,循一定之规,做真实的自己。

后来,渐渐有了许多机会去东北出差,哈尔滨、佳木斯、绥芬河、长春、沈阳、大连、锦州、丹东……在大兴安岭享受天然氧吧,在五大连池游火山遗址,在中俄边境看黑龙江落日,在丹东跨过鸭绿江感受今日朝鲜,每次接待均显示出东北人的大气周全,吃得很好,睡得很香,大杯喝酒,大块吃肉,火车快了,条件好了,朋友多了,但我脑海中从来只记得大东北的第一次旅程,无论时光怎样穿越,我始终记得当年磨砺的初始。

或许,这就是"苦难的行军"。正因为曾经苦难,我丝毫没有自负的本钱;而面对生活,我从来找不到自卑的理由。灾难、变故、际遇等等,可以瞬间改变外在的一切,唯有你内心的自信和拥有,才会让你活得自在而充实!

千呼万唤"彩"出来

一张小报——《南昌铁道》,对于常人或许微不足道,却为九万南铁人所津津乐道。这张小报,在大京九开通运营的隆隆汽笛声中诞生,那是1996年9月1日,也就是南昌铁路局成立不久的日子。如此一晃16个年轮,今天,黑白版的《南昌铁道》终于迎来了她历史性的"彩版时代"。

记得 16 年前的那段日子，我陪各级领导频繁奔波于大江南北提前介入京九新线接管。随着京九铁路百年梦圆的日子越来越近，应运而生的南昌铁路局首次把管界跨过长江，深入到湖北、河南境内，直指大别山区。

此时的"大京九"渐成全国新闻媒体聚焦的热点，接踵而来的各类开通剪彩仪式，把京九铁路炒得万众瞩目，好戏连台。这虽是一条纵贯南北且大部分穿越几大革命老区、被贴上特殊符号的"政治线"，但又如同给沿线人民群众架起了一座致富的金桥。

才饮赣江水，又食武昌鱼。我们的接管列车刚刚送别京九南段的干部职工，旋即挥师北上，穿赣鄱，跨长江，开赴北段湖北境内的黄冈、麻城一线。在这片充满传奇色彩的革命老区，曾经走出过多位赫赫有名的我军将领和国家领导人。当一群铁路人首次踏上这片异乡热土时，感觉既陌生又亲切，因为，他们知道，这里将是他们今后工作和生活的地方。

记得初到麻城的几天，满眼新奇的我，抽空走遍了这座小城的大街小巷。尽管当时的城市建设和经济发展还相对落后，但恰是因过去的交通阻隔和信息闭塞，让常年生活在这里的老百姓，少了一分都市的浮躁，多了几许偏居一隅的自在与悠闲，加之这里厚重的自然资源、人文历史和红色文化，地域的差异性中又有许多共同点，感触之余，当即草成一篇小游记《初识麻城》以作纪念。

与此同时，局报《南昌铁道》也在紧锣密鼓地筹划创刊，在首任总编周良平先生的运作下，报纸定位、出刊周期、人员挑选、办公地点等均已万事俱备，唯缺领导的报名题词的东风。几经协调请示，时任铁道部部长的韩杼滨同志答应亲自为《南昌铁道》题写报名，我受命赶赴京城取回了韩部长的题词手迹，及时交予了报社同志。

当黑白版创刊号《南昌铁道》以清新的面目呈现在南铁人的面前,我们真切感觉到"南铁新时代"的到来。我的那篇小品游记《初识麻城》,有幸刊登在创刊号的《南昌铁道》副刊版上,这是新成立的南昌铁路局第一份报纸,也是我在这张小报的第一次用稿,由此,成为我人生一段难忘的记忆。

16年岁月如歌,今天的南昌铁路局已经发生了翻天覆地的变化,京九线江北段划归兄弟局,而相邻的福州分局并入南昌铁路局,如此星移斗转,我们远离了一些曾经共事的老朋友,结识了更多同舟共济的新同事。我们的《南昌铁道》也在传承、发展与创新中一路走来,逐渐长大成人,满载累累果实,开始步入了她轻舞飞扬、活力四射的"七彩人生"。

昨天、今天、明天,人们常常感悟人生的无常,那是因为我们接触的这个世界每天都在变,而唯一不变的是我们的理想与我们的追求。今天的《南昌铁道》由黑白版转为彩色版,恰是时代发展带给我们必然的变化,或许我们有许多感怀和追忆,但置身火热的大时代,耕耘绚丽的新版面,我们要做的是,让她今天更"出彩",明朝更"好看"!

我 和 《读 者》

一直就想写一篇关于《读者》的文章,可一坐到电脑前,就像是最熟悉的朋友,明明知道他和你关系很亲近,但要把这种亲近程度具体描绘出来,却是件蛮难的事。

　　我喜欢看书，喜欢看一些有格调的杂志，人生四十年风雨历程，名目繁多的书籍已经填满了几大书柜，而保存的杂志唯有《读者》。房子空间小，每每想处理一些，又总不能割舍。

　　那时女儿读高中，可能受我的影响，《读者》是她在我书柜里唯一愿翻的杂志。后来，我发现很多旧《读者》杂志被她开了"天窗"，其中一些精品文章被她剪辑成厚厚几本，虽然当时有些心疼，但鉴于女儿爱好，便默认了。

　　女儿被我带着爱看《读者》，我被女儿带着喜欢看《故事会》。后来，我评点两本杂志特点的时候说："《读者》是适合在卧室睡觉前品读的杂志，《故事会》则适合在方便的时候一睹为快。"这样说，不是讽刺《故事会》，而是对人在不同时段欣赏心理和需求状态的恰当解读。

　　虽然办公室很早就邮订了《读者》，但因为发行速度慢一拍，有时候也有同事先睹为快，到我手上往往是陈货。为此，我变成了家属区楼下小报亭的固定客户，从过去月刊到现在半月刊，每到月中、月末，总关注它的广告招牌，因为《读者》一到，必然有赫然大字，而我也乐掏腰包。

　　《读者》的风格一直保持到今天，非常不易。市场大潮下，很多杂志为了生存不得不改弦更张，而《读者》能够保持始终如一的风格，顽强生存并不断壮大，不能不说是中国文化出版业的一个"奇迹"。《读者》并非生存于经济、文化发达地区，而恰恰在相对贫瘠的西部，更让人觉得匪夷所思。或许，正如列宁所言"在贫瘠的土地上，照样可以奏出美妙的梵婀铃"。

　　多年来，我对《读者》形成了自己独特的阅读习惯。新《读者》到手，一般先看言论，再看幽默，然后由后往前看，因为越是前面的文章，越是隽永清新，所以前面一些充满人文关怀的文章一般都在人睡前看，我把它当作是听一段轻音乐。《读者》的文章没有"愤青"般的张扬,也少了政论似的高亢,而更多透着生活的细节和人生的哲理,给人心灵的感动和思维的启迪。这些,恰恰是浮躁世界里我们所需要的。

我在一家国有企业从事宣传工作,感觉《读者》确实对我知识积累和思维开阔帮助很大。我在网络上也偶尔看到一些所谓的高端人士对《读者》的不屑之意,前不久专门在人民网《强国论坛》上发了个调查帖,问大家对《读者》的印象,绝大多数人还是相当认可《读者》的。

不管别人怎样认为,我一贯坚信自己的判断——《读者》就是我的良师益友。我偶尔有些小文章见诸报端和网络,《读者》给了我很多写作的灵感。记得2004年有篇言论,说的是西安"宝马事件",我就采用了《读者》中一篇寓言小品《狮子和狐狸》中的故事,批评西安市体育局和体彩中心体制的弊端,内外勾结,愚弄彩民,在一些报纸、网络发表后,得到了不少好评。

对《读者》的好感绵延至今,相信还会继续下去。唯一的担心就是现在的《读者》杂志社似乎太有一种规模扩张的冲动,近年出了很多版本。我想,集中精力办好一本杂志已经不容易,如果摊子铺得太大,会不会因此影响办刊质量,到头来得不偿失呢? 但愿是我杞人忧天!

杂弹

"诗意人生"与"失意人生"

古人云："差之毫厘，谬以千里。"也有人说："差以毫厘，失之千里。"一字之差，却有着不同的解读。

是"诗意"还是"失意"，如不同干渴之人面对半杯水，你的心情可以是"东风怒放花千树"，也可能是"东风无力百花残"。从心境到意境，诗意中总有一款适合表达与抒发，而现实中的失意，却蕴藏着无数的艰辛和复杂。

今人遥想唐宋风雅，在高台楼阁之上，仙乐飘飘之中，峨冠博带步轻盈，纸扇轻摇风拂柳，一干诗人才子被浓郁的诗情画意点燃，或慷慨激越，或浅斟低唱，引来满堂喝彩，吸引"拥趸"无数。唐宋年代诗词巨星交相辉映，"文曲星"几乎随处可见，庙堂上、花园里、井水处、田垄间，连空气中都弥漫着淡淡的诗意，如那时明净夜空中满天的星辰，仿佛触手可及，美丽璀璨。或许，这就是传说中的"诗意人生"。

那时候，一样有如春晚《大地飞歌》般的诗赋巨制，磅礴大气之人与桀骜不驯之人各显其才，家国情怀和小资情调兼而有之，《滕王阁序》《长安古意》《将进酒》《琵琶行》……也有精短的诗歌经典，让诗人表情达意，言志抒怀，尤以宋词中的婉约派最为温婉，那些绵软轻柔的词句，如三月里淅淅沥沥的小雨，滋润心田，每每诵读，总能生发出无尽的联想和思绪。

那时候的诗人都很忙，稍有名气的一些诗人，像今天的明星大腕"走穴"一样,经常应邀参加各种的诗会和盛典。千年之前,当时的交通状况可以想见,虽然路途遥远、舟车劳顿,但他们大多乐此不疲,倒不是冲着什么好处而去,更多的是因为文人诗友们喜欢以这种方式聚会交流,那种"一觞一咏,曲水流觞"式的情调雅境,为历代文人们所追捧和效仿。

唐高宗年间的一个秋水长天的重阳,"初唐四杰"领军人物王勃受邀参加洪州阎都督的"滕王阁重阳盛会"。因初来乍到,加之非常年轻,在"胜友如云"中座席恭谦靠后。盛会最后,阎都督倡议受邀名家撰文留记,别人尚且推辞,王勃却当仁不让,他从容不迫,稍加思索,如行云流水般写就《秋日登洪府滕王阁饯别序》,这就是为后人所熟知的传世之作《滕王阁序》。全文不过800字,既如水银泻地一气呵成,又似高山流水文情并茂。王勃文思如涌,妙笔生花,令在座之人无不惊叹。

作为名家高士,王勃在他短暂的人生中留下了千古不朽的名篇,成为骈体文"教科书"式的经典,在世即赢得了社会的充分认可,由此奠定了他在初唐文坛主流文人的显赫地位。

到了宋朝,那个叫柳永的福建人,其现实境况和社会地位则远不及早早成名的王勃,虽然柳永之词在民间传播甚广,堪称一代诗词"情歌圣手"。登不了朝廷主流的"诗词大会",也没有任何"协会"名号,作为一代诗词"网红",柳永在民间却赢得无数"粉丝"的拥戴,每一篇新作都像当下热播的"流行金曲",江湖名气不输任何文坛大家。

他一生仕途坎坷,生活放浪形骸,悲愤积郁之下,反成了一代大家。从成名之作《鹤冲天》中"烟花巷陌,依约丹青屏障",到千古绝唱《雨霖铃》中"千里烟波,暮霭沉沉楚天阔",成为他一生真实的写照。

柳词风靡一时,凭此超凡"才艺",柳永靠"刷脸"出没于苏杭青楼酒肆,

过着"今朝有酒今朝醉"的生活，至暮年及第，当了几回权力不大的小官小吏。因多年风流颓废习性不改，终生穷困潦倒，死后靠"烟花"姐妹"众筹"方得入土为安。

或许，"别人笑我太疯癫，我笑他人看不穿"，没有了这种出离的悲愤，离开了底层"快活的土壤"和深度的体验，柳永就不成其为柳永，柳词也可能黯然失色许多。或许，这是他面对人生的一种态度，也是他别样的"诗意人生"。

生活不过尔尔，人生也不可能总是一帆风顺，况且还有"人生不如意十之八九"一说，大凡文人吟诗作对，都是一种生活的表达和心理的调适。如果你懂点诗词歌赋，面对悲喜，你可以"人生得意须尽欢，莫使金樽空对月""白日放歌须纵酒，青春作伴好还乡"，也可以"天子呼来不上船，自称臣是酒中仙""仰天大笑出门去，我辈岂是蓬蒿人"，还可以"梅子金黄杏子肥，麦花雪白菜花稀""山重水复疑无路，柳暗花明又一村"。

这种"见山是山，见水是水"循环上升、返璞归真的人生感悟和终极意境，我们可以从唐诗宋词中信手拈来，代表着诗人们不同时期的"三观"。不论这"三观"高下与否，都通过"诗以言志，文以载道"，作了许多淋漓尽致或直抒胸臆的表达，成为后人的观照和镜鉴。

当人生的"诗意"稀释了"失意"，些许的不快瞬间灰飞烟灭，生活正负两极的对撞也不再变得那么剑拔弩张。诗如歌，词如水，细嗅诗词玫瑰的满庭芬芳，让你放慢了节奏，舒缓了心情，人间的美好更多绽放。如此看来，诗词的功能恰如"精神按摩"，有利于社会的和谐。

中国上下五千年，如果没有唐诗宋词，以及更早的《诗经》《乐府诗集》《楚辞》，我们永远无法得知"阳春白雪"的真实模样，也无法想象唐风宋韵给予中国人丰厚的文化浸润。好在唐宋给我们留下了李白、杜甫,留下了苏轼、柳永等一大批精神财富的创造者,让今人可以在唐诗宋词的浩瀚海洋中,亲切触摸到"诗意人生"的无边风月,且随风入夜,润物无声!

君子不立危墙之下

夜读胡兰成先生《禅是一枝花》,其中雪窦禅师诗云:"孤危不立道方高,入海还须钓金鳌。""避"与"冲"之间,构成辩证统一的人生哲理。

"君子不立于危墙之下",是为明智。孟子曰"莫非命也,顺受其正,是故知命者不立乎岩墙之下",正合此理。从古至今,无论官场民间,这类"君子"多如牛毛,褒义看则理性机敏,贬义看则明哲保身,若行为不酿成公害,无所谓好坏优劣,不过是人的生存之道而已。

"明知山有虎,偏向虎山行",是为担当。武松虽勇气可嘉,毕竟"酒后生事",更多的是匹夫之勇,若以担当论尚有距离。担当者,源自对强弱危安的清晰判断,即便胜率甚微,仍义无反顾选择前行,如此"虽千万人吾往矣"!

三国时期,赵子龙为救糜夫人和阿斗,孤身闯入曹营十万大军之中,刺死夏侯恩,寻得糜夫人及其怀中阿斗。糜夫人因身受重伤毅然自尽,赵云背负阿斗杀出重围,令曹操唏嘘不已,这是何等的担当!

"孤危不立道方高,入海不须钓巨鳌。"正所谓"沧海横流,方显英雄本

色",但这英雄往往伴随悲壮。你若担当,便是凶险,"革命军中马前卒"不是谁都能做的,若舍生取义而"壮士一去兮不复返",又需要怎样的胆量?

"危墙"之下,现实中的大多数人选择了躲(逃)避或自保,唯有极少的勇士选择了义无反顾,即便前路是绝路,也绝不找退路或后路。

想起多年前一个重大灾难事件,那个曾被看作是当时中国"最优秀新闻发言人"之一的某君,在灾情当日,选择了面对世界聚焦下的拷问。在那样的情势和环境下,他的勇敢演变成一场"案例",那样的担当"该不该""值不值",令我今天仍在反思。或许,"吾不入地狱谁入",这何尝不是一种担当。

由那起事件引发的负面影响持续了很长一段时间,曾经活跃的"新闻发言人"一度归于沉寂。所有的人都知道那是一道"危墙",小人姑且不论,君子尚避之不及。曾经的"勇士"行走天涯,淡出了人们的视线,面对"危墙",做只"鸵鸟"或是一种选择。

哈尔滨的一道火光,再次映出了"人生的墙体"。于是,纸面通稿成为最稳妥的选择,即便写得无关痛痒,任何人都毫发无损,依然可以安稳地做"君子",而只有5名消防战士勇敢地冲进了"危墙"之中,直至生命最后的燃烧,留在了通稿的最后一个段落!消防战士们用生命诠释了他们的职业操守,而作为媒体人也总是要有社会责任和职业担当的。

回到胡兰成先生《禅是一枝花》中,僧问禅师:"万法归一,一归何处?"如果答曰"一归于无",那便彻底错了。因为,世间无论对错正误,总有一种最后的选择存在。胡兰成先生希望的是这样的一个顶天立地的"一",它还要耀武扬威闯天下。

诗云:千载清风付与谁,万里明月照清朗!

从栗晚成到卢恩光的话剧新编

1955 年 7 月，第一届全国人大第二次会议召开期间，时任公安部部长的罗瑞卿同志在他的发言中讲述了一个政治骗子的故事。这个骗子从 1951 年起，四年当中混迹十几个城市，闯过十几个重要机关，钻进了党内，不但冒充战斗英雄，而且窃取了国家机关重要职位。这是一起十分严重的政治事件。

据此，老舍先生于次年写出了一部五幕讽刺话剧《西望长安》。剧中刻画了一个名叫栗晚成的骗子，用并不高明的骗术，伪造履历，骗取官职，把他周围的干部和上进女青年骗得稀里糊涂。后被个别警惕性较高的同志察觉到，最终通过公安机关侦查让其原形毕露。

六十年一甲子，历史往往惊人地相似。如果说栗晚成的出现，是因为处在新中国初建由乱到治的特殊时期，而在今天的和平年代，又一个"街头混混""江湖骗子"出现，其骗术虽不高明，却路路通达，屡试不爽，居然官拜省部级，这个人的名字叫卢恩光，仿若栗晚成再现。

据媒体披露，这个发迹于阳谷县城的"街头混混"，堪称"五假干部"，年龄、入党材料、工作经历、学历、家庭情况等全面造假。即便如此，自他进入体制内的每一个台阶、每一次进步都是真的。这个"五假副部"卢恩光一面在仕途上不断攫取政治资本，另一面则在商海中大杀四方，简单冠之以"街

头混混"未免有些意气用词,能混到今天,怎么也算得上"江湖术士"级别。

任何朝代都有骗官的个案,尤其在社会转型期,从崇拜英雄到崇尚金钱,一个时代有一个时代追逐的烙印,这也为某些骗子提供了滋生的土壤。即使今天,我们也能接触到某些带有那么点"习气",甚至略带一丝"神秘感"的人,但做到像卢恩光这样有头有脸且"货真价实"的人不多,对前者或许我们有足够警觉,而对于后者,正常情况下我绝对信了。

窃以为,这不是一个"街头混混"可以轻易做到的。时间跨度近30年,职务跨界多层面,如果是骗子,其骗术何等高超?如果是演员,其演技绝对一流!所谓"人生如戏,全靠演技",骗子的演技如果只是面对一群老头老太推销保健品,那只是糊弄一时,近30年从县城老板骗到京城大吏,其能耐不小。当年武松是打虎英雄,今天卢恩光却成了一只"吊睛白额大虫",好在这个时代还有"武松"。

落笔于此,我将按下不表,否则就属"深度调查",以我的"能见度",只能点到为止。千万次的问不如看最终的打虎定论,想必老舍先生泉下有知,一定唏嘘不已。"栗晚成二世"再现人间,60年之祭,虽然这不是第一个,但希望是最后一个。南宋词人辛弃疾写道:"西北望长安,可怜无数山。青山遮不住,毕竟东流去……"

大 话 网 浪

当人类驻足新世纪的门槛,面对新经济大潮涌起,你会突然发现网络正以迅雷之势闯入人类生活的家园,并以一种神奇的力量网罗芸芸众生,覆盖地球村落。千百年来,人类梦寐以求的多少传奇梦想在瞬间的点击下变得波澜不惊,网络似乎轻易解读了人类几千年文明与发展的终极"密码"。一小撮 IT 人大小脑划时代的发达与演示,已使越来越多的人为之失魂落魄、忐忑不安,这不可不谓是 20 世纪人类创造的最大"病毒"。

面对网浪的冲击,多少人发出如我这般的"哀鸣"。知识、经验、技能等遭遇到空前挑战,网络化和智能化大趋势逼迫着人们重新审视和更新自我的知识页面。克隆作为世纪发明,可以让人重温旧梦,却无法挑战明天;可以复制过去,却无法下载未来。因此,即便你可以克隆爱迪生,可以克隆爱因斯坦,但对于当今时代,他们已经成为真正的历史老人,我们可以永远感念他们,却不一定要执守他们,作为世纪新人类理应传承和续写更大的辉煌。

此刻,我的脑海里一团糨糊,思维的混沌与矛盾,可能恰恰反映了许多人潮汐下的真实心态:一方面担心被网络革命的步伐所淘汰,另一方面又渴望着与时俱进、逐浪前行。人类繁衍发展至今,再也没有人去研究和闹腾些镰刀与收割机之优劣,独轮车与航天飞机之好坏的"无厘头"笑话,如

孙中山先生所言,世界潮流,浩浩荡荡,顺之者昌,逆之者亡。

"不是我不明白,是因为这世界变化快。"网络当前,我们再也无法保持自己,必须直面无情的改造,或许,这是个洗心革面的必经程序,同时又是一个超越自我的契机。我们可以让许多沉睡的计算机启动系统、活动思想,并以此带动人脑的高级进化。今天,我们中的许多人并不缺乏硬件,更多的在于自身思维软件上的排斥或接受。

岁月无痕,"网事"悠悠,它日益带给人们一系列全新的理念,并由此带来社会经济生活的重大变迁,这一变化将不以人的意志为转移。记得有一年的国际大专辩论赛,曾就网络对现实生活影响进行了一番唇枪舌剑,虽然严谨的论题已被模仿秀似的表演所冲淡,但正反双方都没有回避这样一个现实,那就是网络时代正急剧向我们走来。即便是应对的反方,他们同样是随身携带手提电脑,随时上网下载大量的论战信息,在充分享受当代人类文明成果的同时,又旋即卷入到一场无聊的游戏中去。

网络的无孔不入,从某种意义上来说,改变了人们的生活形态和时空概念,地球似乎已变得没有距离,甚至毫无秘密可言。开启网络,游览天下,你会愈发感到常规媒体的单调与局限,你尽可在包罗万象的网络海洋中扬帆冲浪,不管你是达官显贵,还是平民百姓,你大可展开搜索的翅膀,随心所欲去采撷或释放你的益然兴趣。感性和理性在这里合流交汇,年轻和年老在这里友情链接,足不出户观天下,素昧平生结网缘,地球越来越像一个村落,东边太阳西边雨,南面喇嘛北面僧,大千世界,尽收眼底。

作为一个业余初段"网虫",我断无资格指点网络江山,也无意为网络经济鼓噪。或许,正是那种"初恋般的感觉"令我"一网情深"。漫步于广袤的网络天际,总能激起我无尽的遐想。应着鼠标的牵引,感受这人类智慧新的结晶,不禁在心中吟唱"我从网上走过,网上一片秋色"。想到网络对眼球和心灵的吸引和诱惑,又不禁哼出"你像是一张无边无际的网,就这样被你网在网中央",每当邂逅那"伊妹儿吾爱",我心倍感充实和舒爽。

日有所思,夜有所梦,思想者总是尝试着把斑斓之梦变成现实,人类无数先哲也正是在这无限的联想中,攀越了一个又一个文明的峰峦。网络无限,创造无限,借助网络的"月光宝盒",张开飞翔的羽翼,我们当登陆未来的黄金海岸。

"残"是一枝花
——胡兰成与张爱玲的那点事

1944 年初春,上海市中心一座欧式公寓小楼花园里,清闲而有些孤寂的胡兰成,照旧读着那些新出的杂志月刊。

《天地》第二期,他浏览到其中《封锁》一篇,才看几行便立即坐直了身板,凝神读了下去,他的眼睛开始闪烁出惊讶之光。

回头去信问杂志编辑朋友,张爱玲何许人也?朋友妙答:女子。胡兰成顶了顶鼻梁上的金边眼镜框,暗自夸赞:是个女子,真好!

《天地》出刊第四期,竟刊出了张爱玲那张身材高挑神情孤傲的旗袍美照,胡兰成看后更是惊喜。他又去找人问到张爱玲的住址,看来,他是准备行动了。

这时候的胡兰成作为上海滩多家报刊知名主笔、汪伪红人，长得风流偶傥，堪称一表人才，上流社会几乎尽人皆知，而张爱玲不过是个沪上文坛新人、女文青一枚。

胡兰成循着地址找去了，门锁着没见着人，胡兰成用笔写一纸条，自报家门和电话，从门缝塞了进去，这便回了。

一天后，胡兰成接到张爱玲来电，说不好意思，昨日出门不遇，改天登门讨教。顿时，胡兰成有一种飘飘然的感觉，看来，这上海滩，"胡兰成"这三个字还是管用的。

张爱玲果然来了，一身女学生模样的她，如她的文字青涩中裹着高冷透出温婉又充满个性，不如胡兰成当初想象的那么惊艳。胡兰成像个老司机，把一切话题纳入了他的轨道。

意犹未尽的胡兰成次日又去张爱玲处回访，依然对她的文章连夸带哄，滔滔不绝，两人又找到一个共同的话题，互相抄赠了一首诗，胡兰成从此开始了他的每日一访。

胡兰成已是有家室的人，想必张爱玲是知道的，胡兰成天天如此，想必敏感的她也感觉到了。一天，张爱玲送来一纸条，说请他今后不要再去了。

胡兰成坚信他离成功不远了，反而一天几次跑得更勤快了。果真，张爱玲非但没生气，反而更加开心。终于，胡兰成得到了张爱玲在《天地》所发的那张黑白原照，上面一段隽秀的文字：见到他，她变得很低很低，低到尘埃里，但她心里是喜欢的，从尘埃里开出花来。这算不算张爱玲人生初恋第一次也是最别致的告白，而这告白今后再也没有过了，即便她知道了第三者的身份。

拜胡兰成所赐，张爱玲终于完成了由学生到女人的转变。她一往情深地投入，直白又含蓄，渴望而又节制，但私情很快被公开。1944 年夏末，胡兰成的妻子主动提出了离婚，也算成人之美。

胡张二人自己做梦都没想到有如此意外的惊喜，有情人终成眷属。人们以为他们一定会高调地置办一场西式婚礼，但他们只是自拟一纸婚书，唯求"岁月静好，现世安稳"，婚就这么结了。

那一年，胡兰成 38 岁，张爱玲 24 岁，婚礼之极简让所有认识他们的人诧异不已。

婚后，连张爱玲都不相信这一切是真的，经常向胡兰成求证："你这人是真的吗？快告诉我呀！"胡兰成厚厚的镜片中掠过一丝幸福的茫然，转眼便到了秋天。

就在这个秋天，胡兰成去武汉创办一份新报，因为一点小恙去医院看病，一来二去，竟和一个年轻的小护士好上了。尚且沐浴在爱河中的张爱玲浑然不觉，写作成了她最大的寄托。

1945 年初春，胡兰成由汉返沪，向张爱玲祖露了与小护士的私情，张爱玲一时不知所措。8 月，日本战败，效力于汪伪政权的胡兰成成了人人喊打的文化汉奸，匆匆逃离上海，独自暂避于温州。

短短两年，乱世与家愁，让张爱玲的生活彻底凌乱了。她把上海个人事情处理完后，于 1946 年早春赶去温州与胡兰成相会，想就自己与小护士的事情做个了断。一路上，她满心期待的是胡兰成的回心转意。

温州苦等近一个月，胡兰成终于现出了"渣男"的本性。此时的胡兰成几乎身无分文，穷困潦倒，但让所有人看不懂的是，他既没跟张爱玲回头，也没牵手小护士，而是和这几个月新勾搭的当地女子范氏同居了。

高傲的张爱玲这回终于哭了，揪着胡兰成责问：你承诺的"岁月静好，

现世安稳"呢？胡兰成长久伫立于寒风中，沉默以对，张爱玲自知无可挽回，决计回到上海，胡兰成码头送别，一路无语。

这是张爱玲一生第一次爱过的男人，如今虽形同路人，但看他落魄样子，她实在不忍。回沪一年间，多次写信与胡兰成述说哀怨，并随信寄钱给他，胡兰成倒也每信必复，写得波澜不惊。

一年多后，得知胡兰成境况好转，张爱玲思前想后，决定忍痛彻底了断这段姻缘。她在最后一封信中决绝写道：我已经不喜欢你了，你是早已不喜欢我了的……即或写信来，我也是不看的了。

不知道胡兰成当时是怎么想的，是因张爱玲文字之美迸发短暂的激情过后感觉张爱玲本不是他中意的那款，还是怕政治污点拖累张爱玲（这个肯定想太多了），或是当时的他完全是一种人生失意后的"破罐子破摔"心态。

胡兰成晚年赴日研究禅学，写出《禅是一枝花》等系列著作。而现实中，如花似玉的张爱玲就这样被他的"生活禅"给摧残了！

解 读 干 事

近读报社周总新著，书名印象深刻——《一生干好一件事》。人生一世，大约两万多个日子，想干的事很多，干过的事也很多，但真正能干成的事情并不多。

　　能否干成事,有人归咎于制度,有人归咎于环境。小平同志说:"制度不好,好人也会干坏事。"环境制约可能使一个人英雄无用武之地,这类故事,在中国历史乃至今天不断重复地演绎着,因此,今天的人们也在更深入地思考着,如何寻觅和构建一种能让人想事干事成事的机制和平台。

　　我想,周总新著的书名是其人生的缩影,也可以说是人生的感悟。从通讯员、记者到总编,一辈子在新闻园地里默默地执守和耕耘,人们在今天的《半月谈》言论中依然可以洞悉他关注的目光和思想的影子。没有这样一种信念,没有这样一个舞台,想干这么一件事,恐怕也不是那么容易。

　　舞台有时候是一种机遇,看你能否抓住,是否有能力把握。舞台有时候是一片空地,靠你自己的双手去搭建、去展示。小时候学雷锋,有句名言记忆犹新:一个人做一件好事并不难,难的是一辈子做好事。因为当时认识的局限,我们把这句话片面理解为一种唯有英雄才具有的崇高觉悟,现在细细品味,原来这话蕴含着丰富的人生哲理。

　　首先,勿以事小而不为,一件事不一定很大很难,或许举手之劳,关键看你愿不愿意去做。其次,踏踏实实做事情,不图一时感性,没有功利色彩,是一种自然的责任心。再次,坚持就是胜利,走自己的路,让别人说去吧,只要自己认为值得去做,就一直坚持做下去。

　　现在,我们常讲想事干事干成事,我以为这是在一定层面上对工作、对员工的原则性要求。但要求之余也应注意几种不良倾向:天天想事,好高骛远,异想天开,像高飘的氢气球不着地;干起事来,有始无终,狗熊掰玉米似的吃一截扔一截;干成一事,华而不实,好大喜功,没有实实在在的业绩。因此,落实到具体工作中,落实到每个人身上,还应该倡导"想一件事,干一件事,成一件事"的理念。

以长远的目光谋事，以科学的精神干事，以务实的态度成事，应当成为我们今天重要的工作理念，事情无论大小，干好都不容易。如果你脑海中事情很多，那就请你把最紧要、最关键的事情优先考虑；如果你时间和精力有限，那就请你从你最熟悉、最擅长的那件事情干起；如果你已经开始上手干一件事情，那就请你坚持用心去做，拿出你的看家本领，干出你最精彩、最得意之作。

不积跬步，无以至千里；不积小流，无以成江海。同理，小事集成大事，大事成就事业。

品牌该如何修炼

品牌，是形象，是声誉，也是质量。如今国内大小产品皆为品牌，但形象、声誉和质量如何，只有天知道。马桶盖和电饭煲抢购潮，更深深刺伤了"中国制造"的内心和颜面。

曾几何时人心浮躁，一度很难有人静下心求质量、铸品牌，至于那些夸大其词的品牌，大多名不副实，或昙花一现。短浅的目光、短视的行为必然造就短命的品牌，真正如德国、英国、意大利人那样坚持质量至上，注重工匠传承，沿革百年质量的品牌，在中国难觅踪迹。

有一句话叫"一生做好一件事"，而现今之人，多像"熊掰玉米"中的狗熊，置身市场的"玉米地"不停地掰，最终也没落上几根玉米。中国历史悠久,"老字号"不少,但流传至今大多异化,手工艺人和独门工匠日渐稀少,很多工艺和手艺几近失传,人们只能在尚存的遗址或博物馆里寻觅它们曾经的精湛与辉煌。

曾几何时,"中国制造"在国内充斥假冒伪劣的"山寨货",在国外则是低档廉价的代名词,这种恶性循环肆意挤压着"中国制造"的成长空间,某些劣质产品甚至让"中国制造"声名狼藉。"中国制造"需要正名,正名就需要重塑品牌,形象、声誉与质量紧密关联,品牌的打造非一朝一夕之功,必须把握三个环节:

一是让品牌生根。不揠苗助长,不急功近利,必须秉持品牌至上的定力,不为外界所诱惑,把握产品的市场定位及发展方向。无论是大路超车或者是"剑走偏锋",都必须静下心来培养一支优秀的研发和工匠团队,做好一个主打产品。以传承之心雕琢内在质量,以创新精神追求一流质量,在岁月中磨砺,在淬炼中积淀,使品牌更具历史渊源和文化内涵,并逐渐长成根基深厚、枝繁叶茂的参天大树。否则,所谓的品牌不是山寨奇葩,就是坊间笑话。

二是让品牌生辉。品牌的打造建立在质量之上,过去靠吆喝口口相传,而现代传媒手段为品牌推广提供了多样化的可能,但凡事有度,不可盲目贪大求全,品牌宣传不是忽悠,不在煽情,任何的过度包装和滥用可能适得其反。品牌如金,其光泽来自纯度而非"镀金",是由内而外的自然之光,历经岁月洗礼而不褪色。品牌不在一时,贵在恒久,过度的品牌宣传只能让人反胃,过眼烟云的品牌永远成不了好东西,只有持之以恒的"老东西",才可能不断升值为"好东西"。

三是让品牌生金。品牌决定价值,作为一个好产品,必须变成好商品,

才能形成回报,并助推再生产。投放市场,把握质量,打造品牌,不能一味"曲高和寡",终究要与市场、与消费者对接,如果你的产品质量一流,通过必要而适当的营销赢得良好的美誉度,则必然为市场所接纳,为消费者所青睐,也必然为生产和销售商赢得收益和利润。但这个时候,恰恰是品牌坚守并传承的困难期,没钱时苦心经营想赚钱,赚钱了很快忘了来时路,是追求规模降低质量,是故步自封不思进取,还是急于变现一卖了之?很多厂家出问题往往在此,许多品牌的半路夭折也概莫如此!

曾经过热的经济环境,"资本运营"的无比诱惑一度让多少曾经矢志"中国制造"的成功商人纷纷投身于房地产开发、股票期货、开矿采煤的狂潮,少数人真的成了"巨鳄",更多的人却在"寒流"中瑟瑟发抖,后悔莫及。

今日中国,一度制造的多,创造的少;有品牌的多,有质量的少;有老人的多,有老店的少。如此,赚在国内,买在国外,可悲的是国货,窃喜的是洋人,流失的是金钱,丧失的是国格,真是害莫大焉!

颜值与气质齐飞

2017 年 8 月 1 日前后,英雄城南昌全网刷屏了,改造后的八一广场在CCTV《新闻联播》中全新亮相,"八一"前夜,十万南昌市民蜂拥至八一广场,高呼"祖国万岁",场面令人震撼和感动。

感动一：在建军九十周年之际，南昌市民汇聚八一广场，表达了对党和国家、对军队的热爱，体现了南昌市民良好的政治信仰和爱国情怀。

感动二：酷暑高温的夏夜，十万南昌市民庆"八一"，进广场，秩序较为井然，很少有喧哗、乱扔垃圾等不文明现象，文明之风令人耳目一新。

感动三：八一广场承载了南昌人太多的历史记忆，此次改造撤除了原来杂乱的广告牌，周边建筑恢复了老八一广场基本原貌，并融入了一些现代风格，大气而不失时尚。

在江西省委、省政府的组织领导和省级有关部门的协调配合下，南昌市这件事做对了，做好了，得到中央主流媒体的点赞。同时也受到了广大市民的欢迎，"八一"前夜市民的自发行动很好地诠释了这一点。

近年，江西省委、省政府深入贯彻习近平总书记对江西工作提出的重要要求，江西全面实施了"创新引领，绿色崛起，担当实干，兴赣富民"的发展战略，南昌作为江西经济社会发展的"火车头"，无疑起到了良好的牵引和示范作用。

南昌正在变得漂亮起来，国家级"创卫"和"创文"成果不断巩固和拓展，城市"颜值"越来越高了，更重要的是把南昌从"动感""水都""森林"一大摞单一概念中拔了出来，回归"英雄"的轨道。这不仅仅是"红色基因"的传承，经济社会发展同样呼唤真抓实干的"真心英雄"。

与很多发达省份相比，江西没有特别活跃的经济板块来强力支撑，也欠缺雄厚的城市群来交相辉映。南昌既是江西的政治文化中心，也是经济中心，打造南昌，辐射全省，其中政治经济意义非同小可。因此，把南昌打造成为一个全省经济社会发展的窗口和样板显得尤为重要。

"建设幸福美丽南昌"无疑是落实省委、省政府战略部署的重要一极，

也是全国看江西、世界看江西的具体缩影。有鉴于此,"颜值"固然重要,而"气质"更为重要,故民间有"主要看气质"一说。这不仅仅是市民素质问题,更重要的是结构调整、产业升级、科技创新、社会管理等一篇篇大文章。

所谓"腹有诗书气自华",颜值可以天生,可以整容,气质则需要靠长期的积淀和深厚的底蕴来实现,这才叫"外美内实"。从这个意义上看,在经历了一些曲折和徘徊之后,无论南昌还是江西,目前各个方面变化很大,成效彰显。但是,如果仅仅为了"颜值"做一时的"小鲜肉",忽视内在的修炼和整体的提升,这样的发展也是不可持续的。

说这些绝无任何贬低之意,而是希望南昌乃至江西抓住当前良好的发展机遇,趁热打铁,乘势而上,以"英雄"的使命担当,以不懈的韧劲追求,汇聚更大的正能量,推动全省经济社会沿着正确的航向"稳中求进,行稳致远"。

初唐诗人王勃曾经赞叹南昌"秋水共长天一色"的秀美景色,而今,南昌的发展日新月异,有目共睹,"颜值"和"气质"渐露芳华,但这仅仅是开始,好戏还在后头,更加美丽的南昌、更加幸福的生活在等待我们。在江西这块有着丰厚历史文化底蕴和优良革命传统的热土上,"颜值与气质齐飞"正是江西梦、中国梦的一种绝佳的写意境界,而实现这个梦想正待我辈,恰逢其时。

因为忘记国难的困惑

就在美国飞机南海滋事后不久,又一波留洋热开始。北京秀水街依旧是人头攒动,一溜长队,那种急切的目光已经看不到不久前愤怒的余波,时间是最好的遗忘剂,仅仅是过了几个月,天堂的美国梦又继续了它的漫游。

可以想见,长长的队伍中,多是些中国名校的精英,就在那次愤怒的申讨中,或许他们和许多国人一样慷慨激昂,甚至可能有人带头喊出了"打倒美帝国主义"的口号。但"美帝"的发达与繁华,依旧强烈地吸引着他们的目光,很快,他们加入到了秀水街的人流中。

记得当时国内媒体纷纷采访的高校学子,几乎众口一词:早日学好本领,将来建设祖国。但是,从美国各大高校到硅谷研究中心,多少神州学子在日夜耕耘着,不过不仅仅是为了中国,更多的是服务那个他们嘴里恨恨的"美帝"。统计数据显示,自上世纪 80 年代初,留洋学子返回祖国的人数不到总人数的 10%。

我们是吃着米饭、馒头长大的一代,虽然不像上辈人那样贫困,但基本温饱的解决使我们看到了改革的现实效应。这些年,我们越来越感觉到了中餐的丰富多彩,这种对营养过剩的欣赏已经开始在我们的体重中得到证明。

但是,我们的孩子,乃至小我们许多的少男少女们却无法认同这种幸福的感觉。因为广告、流行、大片,让他们知道了肯德基、麦当劳,知道了牛

排、咖啡……都市中餐酒店依然人声鼎沸,洋快餐对年轻人和孩子的吸引却远远大过酒店的诱惑。于是,这厢挤满大吃大喝的成人,那厢是天真无邪的孩子,两个世界的共存,构成了现代都市的新景观。

我们依然留恋传统,怀念历史,他们知道了追星,知道了卡通,使用的是新新人类的网络语言。一次问过一个同事读初三的小孩,关于老一辈革命家知道有哪些。他眨巴眼睛老半天,终于回答了毛泽东!

或许在他们的眼中,这世界本来就是这个样子,自助式的洋快餐用得干净、舒心,为什么大人们非得天天酒肉,顿顿海喝?为什么不能天天星光灿烂,非要播出些血腥的打打杀杀?

过去是个什么样子?日本为什么要侵略中国?南京大屠杀中,为什么日本兵会那么极端残忍?这些在我们许多人心中不能忘却的记忆,或许对于他们并不是那么重要。对他们而言,重要的是自己的快乐,重要的是现在的享乐。唯一的一点,他们知道,没有战争,维护和平,那就是维持了快乐。

今天的一代确实像温室里的花朵一样成长着,而教育似乎为了应试的需要,政治、历史、传统,一切都如同束之高阁的古董,远远地让人在玻璃窗外看看,那一行说明的小字,因为过于简单已经无法说明什么了。欣赏这类古董,作为有过一些经历和记忆的人,他会很快地找到定义的解释。但对新生一代而言,就像是欣赏一张卡通画片,看完就忘,因为这个精彩的世界里,还有更多的新奇在等待着他们。

小资情调的出现,并不仅仅在年轻人身上。从孩子开始,尤其是城里的独生子女,即便父母过去怎样地负累,到了他们身上只看到了殷实和富足,流行时尚的一切就是他们追逐的目标。民族重要吗?历史重要吗?过去重要吗？重要的是他们自己！

如果现在的教科书上依然保留了岳飞的《满江红》，他们多少还知道岳母刺字的故事，但那只是一个小小的片段，不可能像我们当年听刘兰芳评书那样，守候在收音机前满怀虔诚。

说话之间，他们可能用日本最先进的家庭影院，播放起最前卫的"韩流"音乐，在"咳"的节拍中，他们独自唱歌跳舞，独自疯狂并快乐着！

城市管理：需要"铁匠"，更需"绣娘"

"看见的看不见的，瞬间的永恒的，青草长啊大雪飘扬。节奏响起，煽动了想象。让摇曳的身体开始思想……"这是"凤凰传奇"在那首成名神曲《月亮之上》中的一段 RAP。

在一些城市里，城市高楼看得见，城区管网"看不见"；城市汽车看得见，城区拥堵"看不见"；城市繁荣看得见，城区乱象"看不见"。我们的城市管理者大多善于"打铁"，强攻硬上，无坚不摧；却不善于"绣花"，缺少细微入手，精雕细琢。

习近平总书记 2017 年"两会"期间在上海代表团讨论时强调："城市管理应该像绣花一样精细。城市精细化管理，必须适应城市发展。要持续用力、不断深化，提升社会治理能力，增强社会发展活力。"一语戳中了城市管理的软肋，点出了问题的根源。

习总书记作为上海这座国际性大都市曾经的"当家人",对于城市快速发展中伴生的"城市病"感同身受,对于如何治理城市自然也颇有心得。所以,总书记用"绣花"一词来形容城市管理,可谓一语中的,精准到位。

平心而论,上海市的城市建设和管理在全国算是领先的,上海人的"精细管理观"也有一定的传统。即便如此,也依然存在一些问题。比如2014年跨年夜上海外滩踩踏事故,教训就十分深刻。在国内其他一些城市,类似问题可能更为严重,济南市委书记就曾批评济南作为山东省会感觉像县城,发达省份省会尚且如此,很多市县可想而知。

改革开放几十年,中国大多数城市发生了翻天覆地的变化,一任又一任的城市管理者,以满腔的激情投入到城市建设中,掀起了大开大阖、大拆大建的浪潮;工地比比皆是,新城、新区如雨后春笋般不断涌现。

在变化的过程中,问题也接踵而来。有的看似有规划,但是一任领导一种规划;有的边建设边规划,碎片化工程留下一堆烂摊子;有的行为短视、规划不足,新城建成不久便出现了各种后遗症;有的重视新城区却忽略老城区;有的注重表面光鲜而忽略了市政建设整体配套,建而不管的问题非常突出;有的热衷地标式大工程而对于关乎民生的具体问题考虑不够。

说白了,很多城市管理者缺的就是习总书记强调的"精细"二字,只会当"铁匠",不会做"绣娘"。规划是建设的前提,建设是管理的基础,只热衷大手笔而忽略小规划,只注重大模样而忽略小细节,喜欢乱铺摊子大写意,不善于"螺蛳壳里做道场",归根结底还是扭曲的政绩观在作祟,没有真正体现"以人民为中心"的宗旨,没有把老百姓的困苦冷暖真正放在心上、做在实处。

习总书记说"房子是用来住的,不是用来炒的"。同理,城市建设是为方便老百姓生活的,而不仅仅是为了好看的。当然,如果城市建设能够做到科学规划、统筹兼顾,既保护传统又顺应时代,既漂亮又方便,既大气又精美,既整洁又有序,那是再好不过的了。而非像现在这样一拆了之,或者乱拆乱建,把老城区变成"堵城",而新城区成了"鬼城"。

有人说,城市的每一个"脏点"和"堵点",都是老百姓的"痛点"。规划建设无序,如果再加上诸多脏乱差、"三不管"地带和"城中村"乱象,建再多的高楼大厦,也只有外在的躯壳,而没有城市的灵魂。一个城市如果疏于日常管理,遇到"创卫""创文"才搞"运动式"的一阵风集中治理,老百姓既不会为这样的表面工程叫好,也不会为这样的城市管理者点赞。

作为城市管理者,当你站在高楼之上,俯瞰这座城市,眼睛里不要仅仅是那些看得到的"风景",更应多想想市政规划建设中那些看不到的"细节",尤其是那些与民生息息相关的地下"隐蔽工程"。当你坐在宽敞明亮的会议室里做决策的时候,城市网格化管理的常态化机制,那些联通小区、小巷的城市脉管,每个交通堵点、生活垃圾点的综合施策,都应该纳入视线,持续用心用力。

习总书记点出了城市管理的"病灶",也开出了"精细化管理"的良方。我们的城市管理者,真该静下心好好学习领会。规划建设重要,精细管理更重要,不急功近利,不贪大求全。当好"铁匠"打好胚,做好"绣娘"绣好花,把有限的资金用在刀刃上,把真正的力道使在"痛点"上,把管理的目光放在治本上,从一点一滴的细节中去打磨、去塑造。我相信,这个城市也必将变得越来越美好!

"高铁+旅游"之断想

近日,江西上饶主办"中国高铁旅游联盟大会",国内旅游界人士云集于此,聚焦合福,畅叙旅游,领导讲完,专家开讲,兴奋中有担心,期待中有隐忧。

"高铁+旅游",无疑成一对"世间绝配"。高铁作为大运力高速交通工具,正在深刻影响旅游业态。可以断言,中国旅游,因高铁而改变。

变身游为心游、浅游为深游,这一转型是进行时,而高铁"孵化器"的功能愈发凸显。那么问题来了,"快旅快游",惊鸿一瞥,旅游盛宴成快餐;同质同态,似曾相识,观光入眼不入心。说白了,游客规模看似大幅扩张,而经济收益几何?虹吸之下,谁能成为真正的赢家?

机遇稍纵即逝,尤其相对一些首次跨入"高铁时代"的地区,曾经"望铁兴叹",而今谁也不想错失良机,家家都在推介,在引流,在招客。然而,产品需要吆喝,但吆喝一定不是市场营销的主导,怎样才能留住客人并使其流连忘返,需要我们直面和思考。

当下流行两句话"我想去看看""我想发发呆",无不与旅游休闲有关,但真的让人听了想来,来了想待,待了不想走,让"快旅慢游"成为可能,不是简单的选择题,游客身心皆入的体验是第一位的。作为旅游城市或景区,需要"内家功",需要"慢火候",需要"呆生活",高铁拉动的"大旅游"时代,你不想被空心化和边缘化,就必须特质化和个性化。

人活着为了什么？一千个人有一千种回答,旅游、休闲、度假,这种生活无疑令人向往。在今天,很多人几乎不敢去想,但趋势必然让我们有机会,或者可以创造机会。

其实,旅游不是生活的调剂,而是生活的必需;不是生活的方式,而是生活的目标。今天,有人问:赚钱干吗？答:买房、买车、娶老婆。将来,人再问:赚钱干吗？答:我想到处去看看！目标于此,旅游目的地便是永远的下一站……

或许,"高铁＋旅游"只是人类今天暂时的方式。未来,"火箭＋旅游"也可能进入你的生活,即便只有单程船票,亦有人趋之若鹜——做个火星人,你想吗？

带着梦想出发

看到江西有一年中考的作文题是"带着＿＿＿出发",我立刻想到"带着梦想出发"这个题目。因为,人之有梦,就如鱼之有水。

对于中国梦,每个人站在不同角度,有着不同理解。但我想,中国梦绝不是简单割裂的,而是有机联系的。我赞同那句话:"中国梦必须以个人梦为基石。"每块基石夯成广义的基础,不求整齐划一,但求每一个体成就美好梦想与追求,虽千差万别,却色彩斑斓,且殊途同归。在历史的长河里,

百舸争流,百溪汇流,构成"美丽中国"的主色调和正能量。

中国有梦,梦中有你我。作为一名铁路员工,我眼中的中国梦,早在百年前孙中山先生就有过精彩描述。他率先提出了"交通为实业之母,铁路为交通之母"的著名论断,认为"凡立国铁路愈多,其国必强而富"。只可惜,后来的内忧外患,让强国梦几经坎坷,延滞至今,尽管依然面对各种审视的目光,毕竟曾经那些关于铁路的梦想正得以逐一铺展并实现。

有历史学家指出,京广线的建设让江西错失了一次发展良机。在近年新一轮铁路建设大潮中,江西虽然没有超前先发,却量力而行,稳中求进。而今,在青山绿水依旧的环境下,一条条规划中的高等级铁路正在如火如荼建设中,四通八达的区域铁路网正在逐步形成。大路通天,各行半边,在路上,大步快跑者或许率先冲线,但往往忽略一路的风景;小步慢跑者虽无急功近利,却让边际的天空更加丰满。我们暂时慢半拍,不等于我们永远慢下去,明天或将迎来综合发展效应的更多"红利"。

省内向莆铁路、衡茶吉铁路已开通,一条是快速出海路,一条是扶贫致富路。沪昆、合福等高铁线也陆续建成通车。天成的区位优势加之日趋完善的基础建设,厚重的历史文化加之优越的自然环境,必将让江西如虎添翼,蓄势待发,关注的目光早晚会朝"秀美江西"聚焦。赣鄱大地发展机遇再现,希望在中国梦引领下的"强省梦"不再遥远。

长天一色,落日余晖,伫立赣江之畔,眺望一江两岸的不同景致,于抚今追昔中喜忧参半。生活在这片绿色掩映中的红土地上,尤为渴望江西的新发展,期待让梦想照进现实,让梦想凝聚人心。我们需要改变,不在意别人异样的目光,而在于每个江西人自信图强的力量。

论剑

中国足球产业经营管理理念探幽

从经营企业到经营城市,再到经营足球,足球产业化趋势一浪高过一浪。随着职业化进程出现的产业化浪潮,已经深深影响到中国足球的发展。作为产业化经营,一定要有先进的理念作为支撑,一味地强调"国情"而"摸着石头过河",无异于"盲人摸象",最终可能导致战略性的全盘失误。我们可以参照现代企业经营管理理念来对中国足球进行分析和诊断。

——"第一桶金"理论。中国足球大厦是一项漫长而庞大的工程,建设年限44年,比最大的三峡大坝工程还多出30年。时间虽然漫长,但与一些开工之日就是亏本之时的"重点工程"相比,中国足球深挖细掘的"第一桶金"显得愈发珍贵。44年等待的愁苦与烦忧,随云烟飘逝,它证明了足球经营整体方向基本正确,也证明了经营业主经过44年的不懈努力得到了应有的回报,就像地质专家苦苦寻觅几十年终于找到金矿的喜悦。剩下的问题是如何保护和开发好这座金矿,既要防止内部的偷盗,又要遏止外部的哄抢,尽快实现企业化、市场化、一体化的开发、管理和经营。当前,要充分利用好足球"第一桶金"从市场和球迷中赢得的双重效益,用于下一步以至中超的扩大再生产和深度加工打造,努力降低管理和运营成本,让各俱乐部真正树立"以球迷为中心"的观念,不找市长找球场,增强自我"造血"能力,做大做强市场化经营"蛋糕",实现足球产业健康发展。

——"鲶鱼效应"理论。挪威人喜欢吃沙丁鱼,尤其是活鱼。市场上活鱼的价格要比死鱼高许多,所以渔民总是想方设法让沙丁鱼活着回到渔港。只有一位船长做到了,他在装满沙丁鱼的鱼槽里放进一些鲶鱼。鲶鱼到了新环境会四处游动,而沙丁鱼见了鲶鱼十分紧张,左冲右突,四处躲闪,加速游动。如此一来,沙丁鱼缺氧致死的问题迎刃而解了。中国足球职业化,引进了一批外援,有人指责外援赚了中国外汇,抢了国内球员的饭碗,试想,没有外援的引入、市场的拉动,国内球员的危机感会像今天这样强烈吗?那种大腕耍大牌、小腕耍脾气的现象会愈演愈烈。没有危机和压力,又哪来的进取动力?现在不是外援引进多少的问题,而是引援力度和层次的问题。这项工作做好了,不仅可以大大增强国内球员竞争意识,还可以缓解中国球员留洋后的球场危机,形成"一潭活水",让中国的职业联赛火爆刺激,逐渐成为亚洲乃至世界小有名气的职业联赛。

——"木桶效应"理论。一个木桶容量多少,不是取决于最长的木板,而是取决于最短的那块木板。中国足球目前的发展,似乎因职业联赛的开展而前景光明,过去一直担心的球迷问题经过近十年的心理调适和磨炼,球迷的心态已经成熟了很多。球员总体趋势也是向上发展,年轻一代的职业意识和刻苦精神较之过去正在发生良性的转变。现在看来,除了球迷群体、球员队伍外,最大的问题是至关重要的裁判老爷。这块看似最小的"短板"今天已经猖獗到左右赛场、为所欲为的地步,不解决裁判黑哨问题,中国足球木桶永远是漏水之桶。这就是当前中国足球亟待解决的主要问题,建立怎样的法规制度,来取代滞后的"行规"管理,是木桶中不可或缺的"铁箍"。

——"可持续发展"理论。一个国家、一个企业的发展不是短期行为,

必须有长期的战略眼光,有可支撑其发展的持续动力和发展后劲。虽然2002年世界杯的豪赌,我们赢得了一时的胜利,但如果仍然抱着"毕其功于一役"的心态,必将助长一些国内俱乐部老板和教练"杀鸡取卵"的短期行为。虚报年龄、以大打小的现象,只注重一线队伍培养、忽视青年队伍培养的恶果,已经给不少俱乐部带来了现实危机。可持续发展,既要讲究资源的开发和利用,更要注重资源的保护与再生。"风物长宜放眼量",仅仅沉湎于一时的得失,而忽视必要的保护和长期的投入,将来肯定要备尝苦果。足球不是简单的"城市名片",也不是什么贴金的"市长工程",必须遵循发展规律,科学谋划和实施发展战略,以真正形成与经济大国地位相适应的足球厚势。

足球的硬道理

当邓小平理论日渐为中国改革开放的实践成效所证明时,中国足球的发展却仍陷于一片迷惘和混沌之中。

从几十年前学习巴西的"桑巴舞",到徐根宝祭起英式足球的"长传冲吊",从戚务生的"防反"看家,到力不从心的逼迫式打法,中国足球终于被折腾成"四不像"。十强赛首战伊朗告负,归结于体能,我看未必。那场球的失利主要不在体能,而在于领先后的战术失误。"451"扭曲变形,密集防守更不伦不类,认为2球在手,胜券在握,不思进取,又不会防守,结果后30

分钟被反灌 4 球,难怪亚足联维拉潘先生一再告诫中国队:足球比赛是 90 分钟!

说心理问题,中国队有,外国同样有。施拉普纳说:"最怕的是自己打败自己。"君不见中科之战,中国队低调出征,而科国上下一片"许胜不许平"之声,结果,负担过重的科队失误频频,中国队难得一次把包袱甩给了对手。从某种意义上说,并非中国队战而胜之,实在是科队自己打败了自己,这场球与当年"5·19"中国国家队输给香港队的情形如出一辙。

"足球要往球门里踢",这是个再简单不过的道理,对中国队而言似乎晦涩难懂。十强赛四场球下来,中国队不论赢输,攻到禁区内和球门区的次数,均不及对手。即使是赏心悦目的中科之战,若非区楚良表现神勇,形势也可能发生逆转。

发挥不稳定是中国所有足球队的通病。我历来钦佩"比赛型"德国队的作风,稳健如一台精密的仪器,充满一往无前的锐气和霸气。而大凡中国队上场(商业赛除外),球迷的心都提到嗓子眼,加之本来忧郁的戚务生,更使比赛暮气沉沉。如果一支球队连正常水平也难发挥,怎么能企望他去创造奇迹呢? 十强赛伊始,中国队过分热衷于所谓阵型变化,然而阵型是死的,人是活的,再好的阵型也要靠人去执行。结果,几场球下来,"451"先进论不攻自破。绝望之余,铤而走险推出了老将徐宏、谢峰,不意连战连捷。事实上,这二人在甲 A 赛场的表现有目共睹。

技术问题也好,心理问题也罢,归根到底还是实力问题。中国有句老话:"手中有粮,心里不慌。"没有与强队过招的实力,奢望中国足球短期内"赶英超德",无异于乌托邦式的神话。说来说去,还是小平同志说得好,"发展才是硬道理"。只有中国足球的整体实力壮大了,塔基牢靠了,才不

愁塔尖不涌现马拉多纳、罗纳尔多式的球星。中国足球要克服浮躁心态，一心一意抓基础，老老实实再奋斗，真正苦干它十年二十年，才会有出人头地的那一天。

侃球品人生

我以为，侃球者，多为性情中人，属敢爱敢恨的真男人（女人除外），但要真正侃出内涵、侃出品位，并不是件容易的事。曾经爱好广博，习惯于天马行空，到如今，足球已逐渐成为某种心灵图腾的象征，它可以涵盖和表达许多情感深处的东西。因而，足球也就不仅仅是狭义而简单的足球话题了。

时至今日，人们已经普遍认为足球代表了一种文化，代表了一个国家和民族的质地，犹如中世纪欧洲人知道中国，首先是知道中国的瓷器和丝绸一样，我们今天了解巴西同样首先想到的是出神入化的桑巴舞步。

南美足球的狂野与艺术，欧洲足球的力量与精确，非洲足球的奔放与粗犷，亚洲足球的纤细与稚嫩，无不是地域人文共性和个性特质的结合，如此风格即是品位。

"窗户"打开后，中国足球固然在进步，进步得让你几乎感觉到它的无处不在。遗憾的是，日渐"钱儿响叮当"的中国队，一直是个逢赌必输的主，而且是谁都敢输。输得越凶越疯狂，越输还越牛气，这种"可贵"的精神，是愿赌服输的大气、越挫越勇的勇气，还是嗜赌成性的赖气？让人越看越不明白。

人生又何尝不是如此,市场经济下人们对金钱的向往,使这一赌徒心态表现得淋漓尽致。如果没有其中的黑色"寻租",哪来这么多的暴发户,足坛是非亦是如此。如今的足彩又吊足了彩民的胃口,不知道又要让多少人"放血割肉跳楼"。

在这样一个浮躁的年代,想要做个云淡风轻的雅士已经不可能了。见山不是山,见水不是水,那曾经是禅宗的心机之悟,只可意会不可言传。现在,这山真的不是山了,水也真的不是水了,球就更不是球了,剩下的唯有"一地鸡毛"。

看球侃球,是一种彻头彻尾的宣泄。离开了球的日子,听一段班得瑞的天籁,沏一杯香茗,读几页雅室小品,虽没有桃花源中人的悠然与恬淡,却可以让自己的思维从喧闹嘈杂的 BBS 绿茵场上下来稍事休息,也算是一种耳根的清净。

足 球 爱 人
——写给中国足球队

十几年来他一直像幽灵般地纠缠我,给我激情,给我惊喜,给我伤感,给我无奈。

事业上,他像一个失败的男人,总在黑夜中带着伤痕,浑身酒气回家,

而迎候他的已少有温存，少有爱心，我不时冷言冷语，甚至恶语相加。

他疲了，我也倦了。看他比赛，很难寻回"初恋"时的感觉，静如死水般等待，等待又一番的失败，以及重复而又唠叨的批评。"芳心向春尽，所得是沾衣"，心碎的我渐似一根流泪的红蜡烛。

还记得多年前难忘的北京工体之夜，当看到充满理想的他以 3：0 完胜当时的亚洲冠军科威特队时，我欢呼雀跃、泪如泉涌。我陶醉在这种爱的幸福中，真正感悟到爱的滋味，真美！

然而，从那次沙特队暗中"放水"，到他仓促地梦断新加坡城，我的生活再也不见"太阳"。我无法达到"爱他，即爱他一切缺点"的境界，更不忍看他一次次倒下，又一次次挺起疲惫之躯，去抵挡"东亚虎""西亚狼"一次次凶残的攻击和吞噬。那份悲壮，以及偶尔间绝处逢生的惊喜，不再激动，我变得消极而宿命。

我痛恨他不再像个男人，以 13 亿人支撑起的伟岸身躯，面对卡塔尔这样弹丸小国的队伍，竟也变得如此唯唯诺诺、弱不禁风。

我要激怒他，刺激他那根近乎麻木的神经。虽然我明知道法兰西之梦于他是苛求，但这份残存的感情逼迫他再做一次可能是没有实际意义的"梦游"。试问：一个连梦都不曾拥有的男人，活着还有什么意义？

许是上帝被感动了，绵绵秋雨可以作证。面对十多年前的"仇人"沙特队，他怒目圆睁，发出了悲壮的呐喊，似金庸小说中的寂寞高手，绝望的瞬间所给予对手的致命一击，令霸气十足的"石油巨人"轰然倒下了，倒得那样不可思议，甚至没有脾气。

当十月子夜的客场中科之战，他再带给我一份意外的惊喜时，即便绝情如我亦无法不被感动，爱与恨交织在一起，冲淡了这子夜的孤独。看到异国他乡的他难得的潇洒与从容,得到慰藉的同时,我想到了一首歌:"我怎么哭了?我冰冻的心底又一次升腾起苦涩的希望,或许这希望并不能带给我生命中的阳光和雨露,但我渐已懂得,真实的生活就应该勇敢地面对这一切。因为,一旦爱上他,我便无法回避。"

请原谅我以女性的角度写出这份对足球的真切感受,恰是这份浸淫在我血脉中的挚爱,令我对历经坎坷的中国足球变得如此刁蛮小气。我深深知道,今生我无法拒绝足球,一如无法拒绝对生命的渴望。

我 心 依 "球"

记得古希腊那句谚语:"太阳每天都是新的!"圆圆的太阳,圆圆的球,那是多少人心中不眠的咏叹!

我们于每天的清晨,听足球的消息,意甲、英超、西甲、甲A,精彩的故事串对串,排对排,老妇人消沉萎靡,拜仁坚挺如初,皇马西方不败,甲A乱七八糟。

心灵充斥着足球的影子,没有球的岁月就像没有太阳的日子,阴沉的天空只有无聊的吵闹与喧嚣,黑水白浪,让人不辨东西。

再次开始的集训,我们在黄粱梦中遥想世界杯的前景,以为那张苍白的纸里可以描画最美的影子,而时下一地的鸡毛,只能靠媒体的包装给予球迷自由如虚拟世界的短暂满足。

　　爱也有恨，恨也有爱，捧得最响的不一定是好驴，骂得最凶的不一定是恶人，充满爱恨情仇的中国足球，何日得安宁和平静？

　　关注海埂，关注中青，今天的希望和明天的梦想，把多少的热血激发，死水微澜的故事已经磨耗了太多的性格，我们的明天是否能梦想成真，给人长久的快乐？

　　俗语有云："笨鸟先飞。"今天我们的对手已早于我们的行程，米卢至今在华丽的唐服和精美的广告声中享受银子的快感，李响的追随使我们知道了什么叫财色兼收！

　　加勒比海的那边，频频热身的呐喊声震云霄，我们却在"扫黑"的风暴里等待最后的消息，因为我们已经长大，因为我们没有包袱，我们最大的包袱还是我们自己最终的实力。

　　或许，慢有慢的道理，黑马的本色在于隐蔽，狡猾的米卢葫芦里的咒语还有多少，知道的人只有唯一的女性。我们不奢望一再出现奇迹，走向日韩，展示自己，因为，世界杯不相信眼泪！

　　所谓历史的初次，如云烟消逝，已经没有重复的意义。我把球的谜语猜在心底，当新春快乐地来临，我们希望率先听到香港贺岁开门大吉的好消息！

　　等待胜利的那一天，但愿今天的世界杯不是我们此生的唯一！

我在鸟巢看球

2008年8月23日正午时分,蓝天碧透,阳光明媚。经过一宿旅行,加上京城内两个多小时的辗转,我们一行终于通过奥运安检,到达圣火燃烧下的鸟巢。

紧赶慢赶,还是没赶上阿根廷与尼日利亚两队足球决赛的进场仪式。而此时,身穿阿根廷传统蓝白队服和墨绿色尼日利亚队服的两支国奥队,已顶着当头的烈日,开始了在鸟巢中央的厮杀。

环顾鸟巢,座无虚席,用望远镜往贵宾中央区望去,上面端坐着国际奥委会和国际足联主席及各大洲足联高级官员。我很想找到老马肥胖的身影,但搜寻了几遍,实在人多无法瞧见。我知道老马一定会来的。因为,新生代的潘帕斯雄鹰将在中国的鸟巢放飞他们的光荣与梦想。

"阿根廷! 阿根廷!"随着一阵整齐而有节奏的呐喊声,我们所在区域的右上方,一群年轻的中国球迷敲着加油棒,在疯狂地为阿根廷人助威。"加油,尼日利亚! 加油,尼日利亚!"左边不远处,助威声浪此起彼伏。

作为一个饱经沧桑的老球迷,看到这群可爱的年轻球迷,真是百感交集。同样饱受着中国足球几十年病痛的折磨,但为了心中永恒的足球,他们擦干眼泪,强颜欢笑,把目光寄托给别人,用别人的快乐抚平自己的伤痕。

上半场，两队势均力敌，尼日利亚队尽管盛产高水平球员，同样号称"非洲雄鹰"，但与天才的潘帕斯雄鹰相比，显得勇猛有余而经验不足。他们一次次攻到阿根廷人门前，但又一次次无功而返，球场上爆发出一阵阵整齐的叹息声。阿根廷人则更像是一个功力绵厚的太极剑客，总在无形中拆解了尼日利亚人疾风暴雨似的进攻。

我们看到了梅西、里克尔梅阳光下飘逸的身影，他们看似不紧不慢地舞动着翅膀，充满着对驾驭球场的自信，一旦有了机会，他们像雄鹰发现猎物似的绝不放弃。终于，梅西在下半场第 58 分钟中场断球后，一记犀利的直传穿透了尼日利亚队的防线，迪马里亚面对守门员冷静的挑射如"一剑封喉"，非洲雄鹰被狠狠地啄伤。

整个鸟巢沸腾了，人浪一波又一波地翻腾起伏，阿根廷人以他们最经典的进攻方式，把 1：0 的比分一直保持到终场。相信此刻的老马笑了，当年正是他的一脚妙传，成就了"风之子"卡尼吉亚的美名，把阿根廷队跌跌撞撞地带入了意大利世界杯的最后决赛。今天的梅西，依然用他那种精妙的方式再度缔造着阿根廷足球辉煌的瞬间。

比赛在预想中的 90 分钟结束，阿根廷人历史性地蝉联了奥运会冠军，感觉没有悬念，很不过瘾，甚至觉得阿根廷人有点"兵不血刃"，剑未出鞘胜负早已注定。难道这就是江湖传说中高手间的巅峰之战？

奥运足球金银铜牌全部锁定，虽是银牌，但尼日利亚人在奥运足球决赛中夺金掠银的光荣史，足以让国人汗颜，难怪这次奥运会他们"很谦虚"地打出标语：我们体操不行，我们乒乓球不行，但是我们足球行！

这时，我才发现我前排有个日本人正在一本厚厚的记事簿上，详细记录阿根廷队和尼日利亚队比赛每一次传球线路和球员跑动位置。当时我就震惊了，中国足球的粗糙不仅仅是技术，更重要的是缺乏这种认真和精密。或许，原本不堪一击的日本足球快速崛起的原因正在于此。

观众依旧不肯离去，人们在等待梅西，等待小罗。当阿根廷、尼日利亚、巴西三面国旗徐徐升起的时候，中国足球之路依然是迷茫一片，对于一个世界大国而言，如此周而复始的怪圈，套用国际奥委会主席罗格先生的一句话，也算得是"真正的无与伦比"。

布拉格之夏

夏日世界杯的晚宴上，人们的目光总是顾盼流转在豪门贵妇的纤体上，似乎她们的一颦一笑都蕴含着无边的风月和无尽的话题。

豪门贵妇的风韵固然可以谋杀更多的菲林，但灯火阑珊处那来自布拉格的浪漫风情，并没有引发更多的惊诧。习惯于在世界任何舞台上自负而强悍的美国人，突显在捷克人面前的猥琐，让我们真正感觉到米兰·昆德拉《生命不能承受之轻》中的人生真谛。

捷克人用一场完胜诠释了足球，他们以一种酣畅淋漓的精神摧毁了美国人的霸气和傲气，观赏捷美之战，就如同你漫步金色布拉格的街头，永远没有疲倦的感觉。

足球在美国的根基不深，那是因为有 NBA、橄榄球和高尔夫的存在。美国人从来不愿意在一个为全球所关注的事件中被忽视，近年美国职业大

联盟的如火如荼,引领着美国足球的迅速崛起,成为在中北美唯一可以和墨西哥抗衡的球队。

遥远的布拉格有种慵懒而忧郁的气质,曾经作为欧洲经济、文化的中心,保留完好的中世纪哥特式城堡建筑群至今让人流连。尼采曾说:"当我想以一个词来表达音乐时,我只找到了维也纳;而当我想以一个词来表达神秘时,我只想到了布拉格。"相对于捷克足球,我们知道作为一支欧洲老牌劲旅它并不神秘。

经常观看意大利职业联赛,王者之师的尤文图斯最近几年长盛不衰,其灵魂人物就是我们今天在捷克队中所看到的那位金发飘飘且"跑不死"的内德维德。宣布退出国家队的内德维德在国人的感召下继续征战德国,作为捷克足球黄金一代的几员大将之一,历经十年磨砺,依然威风八面,满场生辉。

随着豪门逐个亮相,本届世界杯已泾渭分明。非洲没有传说,亚洲没有故事。到目前为止,最好看的两场球,除去德国对哥斯达黎加揭幕战,便是捷克与美国之战。捷克人充足的马力,三条线全方位的打击,就像享誉世界的捷克"维拉"雷达一样精准。

《碟中谍》中的汤姆·克鲁斯演绎了CIA在布拉格的惊险一幕,那只是好莱坞制造的"冷战"故事。在德国世界杯的赛场,捷克人用自己的行动证明了这一神奇,捷克人不仅可以踢强悍的足球,同样也可以踢出好看的足球。

整个夏天属于谁?我们已经腻味了超女们PK时天天琐碎的《宁夏》之音,但这个夏天注定不会宁静。因为那些老牌的豪门贵妇依然显摆的是她们曾经的辉煌,英格兰的侥幸、荷兰人的勉强、葡萄牙的费力,虽然捷克人没有值得炫耀的霓裳,但他们用古朴的布衣本色赢得了今夏最美丽的开局。

"高空轰炸机"科勒的受伤令人担忧,好在罗西基的神勇势不可挡,我看好捷克可以走得更远,不仅仅因为它有内德维德、波波斯基几员悍将,更在于它整体的均衡、阵型的合理、功底的扎实,以及打法所具有的攻击性和观赏性。他们或许仍稍稍欠缺经验,捷美之战几张无谓的黄牌恰恰说明了这点,但如果捷克人意识到这一点,还有谁敢轻视捷克?

一个曾经游历布拉格的中国文人这样写道:卡夫卡提供了阴郁的寓言,昆德拉提供了斑斓的象征,哈维尔提供了政治的实验,三者都达到了顶峰。想起布拉格,总想不起什么是她最美丽的风景。美丽的,是这座城市的气氛,并不是哪座建筑、哪尊雕塑或者哪支乐曲,布拉格真让人嫉妒。因为美丽往往蕴含于内在和整体,今天的捷克队正是拥有这一内在而协调之美。让我们在这个疯狂的夏天,对它拥有更多魅力的期待!

海埂并不陌生

我是一名铁杆球迷,对中国足球骂得凶狠却爱得真切。早年到昆明,带着一种"朝圣"般的心理,专程去滇池旁的海埂足球训练基地朝拜。铁栅栏内,是一片片空旷的球场,稀稀拉拉几个练球的孩子,前方是暗绿浓稠的滇池之水,另一边已见西山落日。当时,心底是一片惆怅。

记得中国足球的"米卢时代",曾经带给我们春的希望,当时的海埂正是中国足球队的主训练营。为此,我曾写下一篇八卦短文《海埂春色》,其中写道:"如春的昆明,喧闹的海埂,美丽依人的红嘴鸥衔来了对春天的留恋,那些怀春的汉子们从八方汇集,在这里播种希望,期待收获。"

曾经多年的颗粒无收,使他们一度抱怨这里的绿茵,怀疑这里的风水。绝望的岁月里,狼狗与栅栏也无法封闭和排遣他们的压抑,人性的颓废,就像是潘多拉盒子被打开,瞬间迸发出醉生梦死的欲望,日渐吞噬中国足球仅存的元神。

此番又到昆明,已是初冬,和风醺日中流溢着融融的暖意,"后仇和时代"的城市建设,较之前又上了一个台阶。在充溢现代时尚的同时,又彰显出这个著名旅游城市独特而又浓郁的民族风情。春城的初冬,满街依然繁花似锦,绿意盎然,瓦蓝瓦蓝的看似离我们很近很近的天空,宛如蓝宝石一样晶莹澄澈,远处西山层层火红与叠叠金黄的交织,让人忘记了是冬日。这个季节如此唯美的天空,在江西是难得一见的。

再度漫步海埂,感觉经过多年治理的滇池,异味少了许多,但湖水依然浑浊,就如同那曾经被重度污染,如今经过重拳治理正在复苏的中国足坛。而今的中超球队,因为职业化投入的逐年加大,已经不再需要中国足协"大一统"管束,各支俱乐部纷纷建立了自己的训练基地和服务保障体系,有的球队已经获得了洲际范围内的空前成功,如广州"五星恒大"队,目前正准备着与阿联酋阿赫利俱乐部队亚冠最后一战。

放眼望去,滇池大湖,在雄伟的西山衬托下,显得端庄大气,似乎还充满着一种诱惑、刺激和悬念,这不正是足球带给我们的感觉吗!湖之深处,云水苍茫,浩浩渺渺,一群群可爱的红嘴鸥就像那些曾经累并无奈着的青春少年,正忽高忽低,追波逐浪,在一片无垠的蓝天浊水间艰难地翱翔着。为了生存,他们必须努力。或许,今天正确的努力,才能换取中国足球明日的成功。

见证着中国足球过去无数尴尬的海埂基地,在初冬瑟瑟的寒风中,已渐渐与往事干杯。我们在冬日依然盼望着春天,就如同我们等待中国足球的春天,即便等得花儿谢了,我们依然相信春去春又回。

球迷马拉多纳的自由生活

德国世界杯开幕式上,国际足联给予球王贝利最高的荣誉,贝利与德国名模一道把大力神展示在亿万球迷面前。在东道主安排的曾经夺得世界杯球队的巡游队伍中,我们再次看到球王贝利和众多老球星们的风采,人们同样期待在阿根廷队中看到那个低矮粗壮的身影,但遗憾的是,马拉多纳没有出现,他来了吗?人们不相信这个时候的马拉多纳会无动于衷。

是的,马拉多纳来了,为了阿根廷,为了享受足球的快乐。我们在几场阿根廷队比赛的看台上都看到了他的粗壮的身影和快乐的笑容。听说开赛前他还自掏腰包宴请阿根廷众将,为他们提神打气。老马的出现,依然是媒体关注的焦点,面对记者对于开幕式时的疑问,一代球王马拉多纳非常淡然地回答:"我不是来参加什么仪式的,我是一名阿根廷队的忠实球迷,我来德国就是来给阿根廷队加油的。"

这才是真正的马拉多纳，一个挑战世俗、不循常规的马拉多纳，一个让全球媒体既爱又恨、既批亦捧的马拉多纳。即便他很少出现在国际足联或者各种仪式的正式场合中，也没有人会忘记他惊世的球技、彪炳的战功以及怪异的举止，世界足球的历史上早已铭刻了一代球王创立的伟业。尽管进入人们视线的马拉多纳，更多是以他特立独行的性格而成为媒体的焦点。

曾经用气枪教训过那些天天骚扰他、令他无法清静的狗仔队，曾经以毒品麻醉自己成为足坛中著名的"坏孩子"，曾经因为过度肥胖导致各种并发症而一度生命垂危的病人，今天以一个普通球迷的身份出现在世界杯的看台上，夹杂在普通球迷的队伍中。他不坐贵宾看台，也不在意别人怎么说，当一次次镜头对准他的时候，你能感觉他像空气一样的无拘无束和自由自在。老马是自由的，更是快乐的。

作为一个注定为足球而生的人，他热爱他的祖国阿根廷，也关注世界足坛的风起云涌，但他的心时刻在为阿根廷而跳动。我们在德国世界杯上看到了马拉多纳一直挥舞着手上的蓝白衫，像个天真的孩子似的为阿根廷的胜利欢呼雀跃。如果不是我们早已熟悉了老马那张开阔的面容，你会以为他只是万千赶赴德国观看世界杯的一名普通而又疯狂的球迷，他平易近人的举止让老马身上散发出一种亲和而又自然的草根特质和清新魅力。

德国世界杯上的阿根廷队，在球迷马拉多纳的激励下，尽显王者之师的气概，他们已经起航，正在全力加速，而且还将走得更远。马拉多纳依然会和他的家人们一道守望在那个沸腾的看台上，为阿根廷人每一次进攻而呐喊，为他们的每一个进球而欢呼，为他们每一场胜利而高歌。阿根廷人在爱恨交加中给予了马拉多纳相当多的理解和信任，老马以他特殊的鼓舞方式向阿根廷队注入了灵魂和动力。

　　这个世界需要马拉多纳的存在,足球需要老马的存在,阿根廷队更需要老马的存在。在球场上,在生活中,老马从不企望成为一名将军,他永远是个战士,而战士只有勇敢地冲锋,才能彰显生命的价值!

跋／ 从长路至远方

"荏苒冬春谢，寒暑忽流易。"人生如一条河流，从山源归大海，流经无数的峡谷、森林、险滩、河汉、城乡；人生又如一面镜子，从稚嫩的微笑到成熟的皱褶，不同的年轮折射出不同影像，而影像的深处是岁月和人生的过往，思想与灵魂的交集。

喜欢文字，三十年弹指一挥间，长路远方的记忆，似泉水般从笔端到键盘，再从纸面到网络。如此，累积下近百万字的落雨流痕，而今梳理后结集出版，是我一直的"文青梦"，如农夫渴望收获的金秋，鸟儿期待飞翔的蓝天。我真故我在，我思故我写，从文字中寻找热爱，寻找快乐，几十年来从未有过动摇。今日，梦终于得以实现。

读万卷书，行万里路，游历大江南北，山川的呼唤激发着我灵动的思维；行走广袤世界，无边的风景带给我精神的愉悦。感恩火热生活对我特别的厚待，感谢八方朋友对我一直的善待，那些饮马江湖的经历，自然成趣的爱好，赋予我追求的空间和空灵的想象。我想说，与写作相伴的日子，真好！

一路走来，山水的寄托，让我在工作之余呼吸了更多的新鲜空气，在文笔淬炼的路上，窗前的观景和感性的抒怀，留下了时代的印记。如青年时代对中国足球的痴迷，几乎对它每一场球都趋之若鹜，魂牵梦绕，然而一次次的失利,让绿茵不再相信眼泪,枯草愈发无情,凛冽的狂风吹落了那每每望穿秋水的等待,热血随风而冻,无奈中的呐喊一如肾亏的男人,无法支撑起生命的阳刚。心如止水的今天,对中国足球剩下的唯有一批文物级的评论,那里有我曾经耗费的青春和不可磨灭的夜色。

曾经都市里的一盏孤灯,网络中的一个浪子,那时明月和孤灯,那些不为其他只求"粉丝"点赞的冲动,让我每每在寂静的夜里,翻来覆去不能自已,像梦魇般折腾着不眠的思绪,在时空的幻象和虚拟的网络中写下一页页散落的心语碎片,在一次次情感的宣泄甚至有些犀利的吐槽中,释放自己矛盾纠结的情绪。清晨,推窗而望,那远处的一缕绿色正顽强地挺拔着春天的气息,因为希望,我们坚强执着地活着,把活着的每一天都当作美好的开始,相信自己一定会越来越好。

不需要笔和纸,今天的我用键盘来释放思想的火花,在心灵展开自我的抒怀。这思绪,如铁道在线飞奔的动车,上车下车,起点终点,每一段旅程,都有不同的乘客、不同的风景、不同的感受,每一次旅行归来,驿动的心便开始了滚烫的翻腾,让我情不自禁。车轮和年轮铿锵的回响,把过去、现在和未来串成一线,青丝可以掉落,头发开始斑白,生命的动车依然平稳驰行,思想的高度可以不断攀升,并日渐迸发出阳光般的能量。

感谢上苍的眷顾,让我在紧张的工作之余,有机会见识了远近很多的山和水,接触了岁月许多的人和事,让我的格局不断放大,这种忙而快乐着的生活,是物质之基和精神之塔构建必需的营养剂。如果有那么一天,再没有工作的缠绕,没有了俗务的纠结,以山水和文字作伴,云淡风轻或是夜色阑珊,一缕清香,一壶清茶,笔墨丹青,闻香品茗,把回忆作为品鉴,看晚霞依然满天,想必那样的生活亦如桃花源中人,不知有汉,无论魏晋。

　　今夜的思绪有些空灵，许多的灵感往往发生在夜的不经意间。多年的愿望终于梦想成真，它给予我的是一种极度的享受。当随笔文集完整呈现于案头的时候，从天而降的喜悦就像一个高龄产妇终于盼到孩子的出生，那种初为人母的体验已难以用语言来形容。或许，有人说这一天来得太迟，我却感觉正是时候，人生从来不迟，何必行色匆匆！

　　此刻，我要由衷地感激在我人生旅途中，如良师益友相伴的一拨又一拨的好人，我曾经的领导和兄长吴建中、王勇平，现在的领导和同事王秋荣、卢文星、王培，曾经的领导和朋友傅平、黄稚龙、周良平等，还有为文集出版给予鼓励帮助的江西省文联原主席刘华、江西文化名家陈政、著名电视主持人廖杰，为文集题写书名的著名书法家熊峰，以及为文集前期整理付出心血的同事娄国标、蔡久林、陈南辉、黎润林……尤其感谢江西教育出版社的领导和编辑对本书出版给予的的鼎力扶持。因为有了他们，我的人生才会变得充实而快乐，他们就像那我人生黑夜路段里一盏盏高悬的路灯，鼓励并引领我前行的每一步，让我的文字由稚嫩逐渐走向成熟，人生从简单逐步走向丰富。尽管有些文字还略显粗糙，但这恰恰可以看出个人时代的轨迹及思想进化的痕迹，也是一种人生孜孜以求的桥段纪念，在永远的满意和不满意中，明天继续出发。

　　写下一段缥缈的文字，算是对我文集所做的感怀之跋！

万　军
2019 年 3 月 5 日